POOR THINGS
可憐的東西

阿拉斯代爾·格雷 著　蕭美惠 譯
ALASDAIR GRAY

中文版推薦序／我們都是「可憐的東西」

陳文茜

小說中寫作這份他自己早年生活記錄的醫生死於一九一一年，對於蘇格蘭醫學大膽實驗史一無所知的讀者或許它說的豈止是十九世紀維多利亞時代女性受到壓抑的魔幻寫實故事。

它說的是所有受到社會框架控制的人，包括當代，包括男女共同的故事。

我們都不是自由人，我們的腦子在主流價值，社會制約下，很少具有自主的意識和靈魂。

小說改編的電影中女主角貝拉（Bella Baxter）由女星艾瑪史東（Emma Stone）飾演，年輕的貝拉意外瀕臨身亡，在「科學怪醫」葛溫的「創作」下接受了其腹中胎兒的大腦移植。

它如一樁寓言。

我們的腦早已經被社會框架換了，但我們並不自覺。

這是我們和這個以「道德、媚俗、反人性、甚至反良善」的體制，交易換取的，我們願意被換腦，為了交換安全，交換成功，交換不被這個社會排擠，「不被討厭」。

貝拉的一生被禁錮於她的「上帝醫生」創造者所建立的圍牆內，但她想要更多的人生體驗，她想要出去，她想看看世界，她想體驗人必然有的慾望。

小說中創造了一個理性及科學至上主義時代的科學家怪人，名為「上帝」，他是理性主義的完美代表。

有著一張醜陋的臉頰，皮膚經由不同皮塊的縫合，那樣的臉龐是原創小說的傑作，因為他扭曲的臉，正是社會制約下，被推崇的完人，真實的內心世界。

或許當代的完人他們都有著平滑的面孔，但是他們的成功，往往是和社會主流價值交易而來，知道如何取捨，知道如何趨炎附勢，明白自己的利益在何方，有一些善良，更有一些踏在他人肩膀上的個人英雄主義。

在「成功」的目標面前，他們必須賭對牌，跟對風。

說他們是完人，不如說他們是社會體制下的完美產物；一個沒有瑕疵的產品。

他們的靈魂、人格、內心，如這位怪醫科學家 Godwin Baxter 的臉，是拼湊的，是扭曲的。

電影中由威廉達佛（Willem Dafoe）飾演怪醫葛溫（Godwin Baxter），這位被稱為「上帝」的高明外科醫生本身就擁有一張怪物般的臉龐。

由於自小就被父親拿來做各種人體實驗，包括閹割，包括胃道，各種腺體。

因為他不能有非理性的感覺，包括性的慾望，食物的慾望，他必須不帶情感，才能成就偉大的科學實驗。

他傷痕累累的面孔在小說中的故事不是為了嚇跑身邊的人，因此孤獨寂寞，而是把他變成沒有慾望、沒有人性、沒有溫暖渴望的理性的「偉大」產物。

在他身上只有理性可以被允許，而自律是理性主義的關鍵原則。

我不是小說評論者。

但這部小說是我逐漸「沉淪於」社會制約已數十年不自覺之下，深具啟發的作品。

我們都是可憐的東西，只是每個人可憐的程度不同。

社會制約往往以暴力的方式，如外科手術直接切除你的腦部，換成它們想要的被控制作品。反抗者付出的代價，看似驚人，但至少她或許他，沒有白白的過了一生。

服從者呢？自覺安全、值得，甚至成功，其實都是扭曲的可憐的東西。

可憐的東西，一生中，活得愈老，愈是可憐。在他人的目光下活著，當黑暗迫近，我們逐漸白了頭髮，回看這輩子居然像一段逸聞，自己只是戲曲中的一個配角。

一生庸才、如靜止的機器、未完成的畫像。

不要老了，才看出其中的摧毀。

不要當「可憐的東西」。

逃。

快逃。

不要讓自己枯萎，不要讓別人馴服，好好活。

我們只有一生，無需假裝為了符合社會期待虛偽地活著。

「就任何標準而言，這是一本令人愛不釋手的書：文學腹語表演的大師級技藝，投射了作家霍格（Hogg）與喬治．麥唐納．佛雷瑟（《佛萊士曼》）的文學聲音，同時保留作者自己頑強的無政府社會主義正義感。」

——《新政治家與社會》雜誌（*New Statesman and Society*）

「格雷先生對比當代英國政治與道德荒涼以及展現如今已喪失的維多利亞最佳價值的市民活力。他凸顯蘇格蘭所遭受的傷害。《可憐的東西》是一本政治書籍。同時充滿機智與詼諧……詳細敘述維多利亞時代格拉斯哥的城鎮噴水池、居家裝潢與醫學院，成為本書的特色。書中角色以及奇特魔幻情境賦予了本書生命。」

——《紐約時報》書籍評論

「文字與圖畫仿作及拼貼的大師，格雷已找到方法完美喚起瘋狂、略為失衡的現實感。」

——《新聞週刊》（*Newsweek*）

作者簡介

亞奇博德·麥坎多醫生（Archibald McCandless）（一八六二～一九一一）出生於加羅威（Galloway）的華菲爾，是一名富裕佃農的私生子。他在格拉斯哥大學攻讀醫學，短暫做過住院外科醫生及公共衛生官員，之後投身於文學及兒子們的教育。他一度出名的史詩式小說《索尼·比恩的誓約》（*The Testament of Sawney Bean*）向來被不公平忽視，他的妻子禁止他最傑出的作品，自傳體《可憐的東西》（*Poor Things*）第一版的出版。新近被格拉斯哥地方歷史學者麥可·唐奈利（Mike Donnelly）重新挖掘，這本詭異的故事跟霍格（Hogg）的《一個自辯無罪的罪人自白》（*Confessions of a Justified Sinner*）同樣扣人心弦，並在一九九二年獲得「惠特貝瑞獎」以及「衛報獎」。

阿拉斯代爾·格雷（Alasdair Gray），本書編輯，一九三四年出生於格拉斯哥的里德黎，是一名紙箱製造商與兼職山丘嚮導的兒子。他取得蘇格蘭教育部設計與壁畫文憑，現在是個又胖又禿、哮喘、已婚的步行者，靠著寫作及設計東西維生。

獻給我的妻子莫拉格

序文

寫作這份他自己早年生活記錄的醫生死於一九一一年，對於蘇格蘭醫學大膽實驗史一無所知的讀者或許會錯把它當成怪誕小說。檢視序文結尾所列證據的人將不會懷疑，一八八一年二月最後一週，在格拉斯哥公園圓環十八號，一名外科天才利用人類殘骸製造出一名二十五歲的女人。地方歷史學者麥可．唐奈利（Mike Donnelly）則與我意見相左。是他搶救了本書最大部分內容的文本，所以我必須交待他是如何發現的。

格拉斯哥的生活在一九七〇年代是非常刺激的。造就這個地方的舊產業已關閉及南遷，民選市長購買多層住宅街區（理由是每個政治經濟學家都可以解釋的），同時公路系統也在持續擴展。在格拉斯哥綠地的當地歷史博物館，策展人艾紫培．金恩（Elspeth King）與她的助手唐奈利加班工作，取得與保存已遭遺忘的地方文化證物。第一次世界大戰之後，市議會便不再提供資金給當地歷史博物館（名稱為人民宮）去收購任何東西，所以艾紫培與麥可取得的東西幾乎都是從預定拆除的大樓搶救回來的。他們在（即將關閉的）坦伯頓地毯工廠租了一間儲藏室，唐奈利放進成堆的玻璃花窗、瓷磚、劇院海報、已解散工會的橫布條，還有各類歷史文件。艾紫培有時會幫忙麥可做這項工作，因為她的其他人員是開爾文格羅夫美術館（Kelvingrove Art Gallery and Museum）館長派來的隨從，領的薪水不包括從骯髒、不安全大樓回收物品。當然，艾紫培與麥可也是，所以他們策劃的、極為成功的新展覽，幾乎不花市議會一文錢。

有一天早上走過市中心的時候，唐奈利看到路邊有一堆老式檔案箱，顯然是放在那裡等候清潔部來回收銷毀。他望向箱內，看到本世紀初年的信件與文件，那些是一家停業的律師事務所的垃圾。一家現代公司承接了舊業務，丟掉不需要的東西。文件主要是人們與家庭的房產交易，那些交易塑造了本市早年樣貌，麥可瞧見第一名從格拉斯哥大學畢業的女醫生，這個姓名只有女性參政運動的歷史學者才知道，雖然她曾寫作過一本有關公共衛生的費邊社小冊。麥可決定用計程車把那些檔案載走，閒暇時仔細檢查；但他首先打電話給丟棄箱子的那家公司，要求他們的許可。一名高級合夥人（一位不願透露姓名的知名律師，同時也是本地政治人物）告訴麥可，他翻閱那些檔案已構成罪行，因為它們不屬於他的財產，而是打算送進市焚化爐。他說每個律師都發誓保守客戶事務的祕密，無論是不是律師承接過來的事務，無論客戶是死是活。他說保守舊業務祕密的唯一確定方法就是銷毀事情曾發生的證據，而如果唐奈利保存任何一部分沒被銷毀，他將以搶劫罪名起訴他。因此，唐奈利不再翻找那堆箱子，除了在被告知那是犯罪之前隨意據為己有的一小份東西。

那是一包密封的包裹，褪色的棕色墨水寫著：維多利亞．麥坎多（Victoria McCandless）醫生的遺囑／寫給她最年長的孫子或者一九七四年八月後存活的後裔／不得提前開封。最近有人用現代原子筆在上頭劃了鋸齒線，並在下頭寫著：沒有存活後裔。包裹的封條一端已被扯破，紙張露了出來，但這麼做的人發覺裡頭的書和信件太過無趣，便隨意塞回去——書和信都露出來，信也被弄皺，沒有摺起。大盜唐奈利在一次喝茶休息時間，在人民宮儲藏室仔細察看這份包裹。

書本長七又四分之一吋，寬四又二分之一吋，黑布裝訂，封面上印著怪異裝飾的戳記。扉頁上有人有人寫下一首感性的詩歌。書名頁印著：一名蘇格蘭公衛官員早年生活的經歷／亞奇博德·麥坎多醫生／版畫威廉·史特朗／格拉斯哥：一九〇九年由羅伯麥理浩公司大學印刷商為作者出版。這可不是鼓勵人閱讀的書名。那個年代出版的許多膚淺、八卦書籍都會取名類似《一名檢查者日誌的頁面》和《律師法蘭克·克拉克的意見與偏見》。作者付費給出版公司（如同該書）時，這類書籍通常比出版社付費給作者的書來得乏味。翻到第一章，麥可看到那個時期典型的標題：

第一章

我的母親——我的父親——格拉斯哥大學與早期困頓——一名教授的側寫——一份遭拒的財務提議——我的第一座顯微鏡——對等的才智。

最吸引唐奈利的是史特朗的插畫。威廉·史特朗（William Strang, 1859-1921）是一名蘇格蘭畫家，出生在鄧巴頓，就讀倫敦斯萊德美術學院，拜在勒格羅（Legros）門下。現今，他是以版畫聞名而不是繪畫，他的一些最佳作品都成為書本插畫。能夠請得起史特朗為自費出版書籍做版畫的醫生，收入必然遠超過大多數公衛官員，然而卷首圖畫上的亞奇博德・麥坎多的臉，看上去不像有錢人或醫生。包裹裡的信甚至更令人費解。那是維多利亞・麥坎多醫生所寫，作者遺孀，告訴不存在的後裔那本書充斥謊言。部分內容如下：

等到一九七四年……麥坎多王朝的倖存成員將有兩名祖父或四名曾祖父，並將嘲諷其中一名精神錯亂。我卻無法對這本書一笑置之。它讓我不寒而慄，感謝生命力量，我的亡夫僅印刷與裝訂這一版。我已經燒掉……原稿，原本也要按照他的建議把這些也燒了……但是，唉！這是那個可憐的傻子存在過的僅餘證據。他也花了不少錢印書……我不在乎兒孫們對這本書有什麼想法，只要沒有活著的人把它跟我連結起來就好了。

麥可看到書與信值得密切注意，於是把它們跟有空時想要專心研究的資料收在一起。它們就這樣被擱置。那天下午他獲悉格拉斯哥大學的舊神學院將被清空，由一家房地產開發商整修。（現在已是豪華公寓。）麥可找到十餘件十八及十九世紀蘇格蘭神職人員的大型鑲框油畫，如果他沒有從畫框把它們割下來（它們被釘在牆面顯眼的高度），也要被送去道斯霍姆公園的市立焚化爐燒毀。他把畫布帶去開爾文格羅夫市立美術館，在擁擠不堪的儲藏室給它們找到一處空間。過了十年，唐奈利才有空坐下來以休閒方式審視社會史。他在一九九〇年離開人民宮，那時柴契爾夫人的藝術部長宣布格拉斯哥為正式的歐洲文化首都，又再度順手帶走那本書和信件，（他確信）任何接替他的人都會不以為意——假如有人接替他的話。

我是在一九七七年認識唐奈利，那時艾紫培聘雇我擔任人民宮的藝術家記錄者，但是他在一九九〇年秋天聯絡我的時候，我已成為一名獨立作家，與數家出版商有往來。他借了我這本書，表示他認為這是遺落的鉅著，應該被出版。我也同意，並表示我會安排，假如他給我完全的編輯主控權。他有點不情願的同意了，我答應不會更動亞奇博德・麥坎多的實際內文。事實上，本書主要部分幾乎是麥坎多原文的副本，史特朗版畫與其他插圖以照相複製。然而，我改掉冗長的章回標題，換上我自己的簡潔版本。第三章原本的標題是：柯林爵士的發現——捕捉生命——「它有什麼用途呢？」——怪異的兔子——「你是怎麼做到的？」——沒有用途的聰明與希臘人知道的——「再會」——貝斯特的鬥牛犬——可怕的手；現在改成簡單的「爭吵」。我亦堅持將書名更改為《可憐的東西》。故事裡時常提到**東西**，每一個角色（除了丁威迪太太及將軍的兩名食客）都被說是可憐，或是說自己可憐。我將自稱為「維多利亞」・麥坎多的女士所說的信印出來，作為本書的後記。麥可則希望將之作為序文，可是如果放在主要內文之前閱讀，讀者將產生偏見。如果在主要內文之後閱讀，我們便可看出，這封信是一位飽受困擾的女士希望隱藏自己出身的真相。況且，一本書不需要兩篇序文，而我已經寫了這篇序文了。

我擔心唐奈利與我對這本書意見不合。他認為這是一本黑色幽默小說，真實體驗與歷史事實巧妙交織，像是史考特（Walter Scott）的《清教徒》（*Old Mortality*）和霍格的《一個自辯無罪的罪人自白》。我則認為它像是波斯威爾（James Boswell）的《詹森傳》（*Life of Samuel Johnson*），友人以回憶對談記錄一位善良無比、結實、明智、怪僻男士的美妙描述。和波斯威爾一樣，謙虛的麥坎多在他的敘述當中加入他人的書信，由不同角度展現他的主題，結尾時揭露一整個社會。

我亦告訴唐奈利，我寫多了小說，看到就知道那是不是歷史。他則說，他寫多了歷史，可以看出是不是小說。這件事的答案只有一個——我必須成為歷史學家。

我便那麼做了。經過六個月在格拉斯哥大學、密契爾圖書館的舊格拉斯哥室、蘇格蘭國家圖書館、愛丁堡戶政廳、倫敦薩默塞特府和位於科林達的英國圖書館國家報紙檔案室研究之後，我蒐集了足夠資料證據可以證明麥坎多的故事完全屬實。我在本書最後列出其中一些證據，但大多將在這裡提出。只想聽個好故事的讀者們不妨立刻進入本書主要部分。專業懷疑者或許在掃描這份事件簿之後，可以享受更多。

一八七九年八月二十九日：亞奇博德・麥坎多註冊成為格拉斯哥大學醫學生，葛溫・貝斯特

（Godwin Baxter，知名外科醫生之子，他本人亦為執業外科醫生）當時為解剖部助理。

一八八一年二月十八日：一名懷孕女性的屍體由克萊德河撈起。法醫葛溫．貝斯特（其住家在公園圓環十八號）開立溺水死亡證明，形容她「年約二十五歲，五呎十又四分之三吋高（譯註：將近一百八十公分），深棕色卷髮，藍色眼睛，肌膚白皙，兩手沒做過粗活；衣裝高貴。」屍體被刊登啟事，但無人認領。

一八八二年六月二十九日：日落時分，克萊德河盆地大多地區聽聞一個奇特聲響，之後十餘日當地媒體熱烈討論，卻找不出令人滿意的解釋。

一八八三年十二月十三日：律師鄧肯．魏德本（Duncan Wedderburn），平日居住在他母親位於波洛斯斯爾茲艾頓街四十一號，因為無可救藥的瘋癲被送進格拉斯哥皇家瘋人院。以下是兩天後《格拉斯哥先驅報》（*The Glasgow Herald*）一則報導：「上個星期六下午，民眾向警方投訴格拉斯哥綠地一場公開辯論的一名辯士使用汙言穢語。警官調查發現，該名演說者打扮得體，年約二十多歲，正對格拉斯哥醫學界一名受人敬重、樂善好施的成員發表誹謗言論，夾雜著下流話與聖經語錄。在被要求住口時，該名演說者加重淫穢語句，大費周章才被送進艾比恩街警察局，醫生宣布他應該被拘留，不得申辯。新聞記者告訴我們，他是一名出身良好家庭的民事律師。沒有被提出指控。」

一八八三年十二月二十七日：將軍爵士阿佛瑞．狄．拉．波勒．布雷斯頓（Aubrey de la Pole

Blessington），以前被稱為「雷霆」布雷斯頓，現在是北曼徹斯特的自由黨國會議員，在霍格斯諾頓槍室自盡而亡，那是他位於羅姆郡唐恩斯的鄉間住所。訃聞與葬禮記述均未提及他的遺孀，雖然他在三年前娶了二十四歲的維多利亞·哈特斯利（Victoria Hattersley），而且沒有她正式與他仳離或她的死亡記錄。

一八八四年一月十日：藉由特別許可證，格拉斯哥皇家醫院住院醫生亞奇博德·麥坎多，與男爵領土教區單身女性貝拉·貝斯特，簽署一紙民事婚姻合約。證婚人是皇家外科學院研究員葛溫·貝斯特與管家伊莎貝兒·丁威迪（Ishbel Dinwiddie）。新娘、新郎和兩名證婚人皆為公園圓環十八號居民，亦為舉行婚禮之處。

一八八四年四月十六日：葛溫·貝斯特死於公園圓環十八號，亞奇博德·麥坎多醫生（開立死亡證明）說明死因為「遺傳性神經、呼吸和消化功能失調所引發的腦部與心臟病發」。《格拉斯哥先驅報》對於在大墓地舉行葬禮的報導提到「造型獨特的棺木」，以及死者將全部遺產留給了麥坎多夫婦。

一八八六年九月二日：以貝拉·貝斯特之名下嫁亞奇博德·麥坎多醫生的那名女性，以維多利亞·麥坎多之名進入索菲亞·傑克斯—布萊克（Sophia Jex-Blake）女子醫學院就讀。

唐奈利告訴我，假如我有取得結婚與死亡證明的官方副本與報紙報導的影本，他會認為上述證據更具說服力，但是如果我的讀者信任我，我便不在乎一名「專家」的想法。唐奈利先生已不如以往友善。他責怪我丟失了正本，但這不公平。我很樂意把影本交給出版商，奉還正本，可是那會增加至少三百英鎊的製作成本。現代打字員可以從機器上將打字頁「掃描」成一本書，但是影本則必須從頭到尾重新打字；況且，照相專家需要那本書才能製版，重新複製史特朗的版畫與貝拉的信件。在編輯、出版商、打字員和攝影師之間，獨特的初版被遺失了。這些錯誤在書籍製作時不斷發生，沒有人比我更加悔恨。

我在這篇序文結尾放上一個簡短目錄，稍加編輯再版的麥坎多著作佔據最重要的部分。

作者　「維多利亞」・麥坎多醫生
頁 251
註釋，歷史性與評論性
作者　阿拉斯代爾・格雷
頁 279

我為註釋配了一些十九世紀版畫作為插圖，不過麥坎多在他的著作空白處配上第一版的《格雷氏解剖學》（*Gray's Anatomy*）插圖，或許是因為他和他的朋友貝斯特由此學習治療的藝術。怪誕的設計則是史特朗所作，以銀色印在原本書冊的封頁上。

My own dear sweet kind famous doctor, do
Smile on this tribute from a lover who
Was patient – daft old husband – doctor too.
Kiss my last book and (since you can't
return it)
Read it just once, then, if you hate it –
burn it!

Your faithful

Archie, June 1911.

Head
Artic. with Acetabulum
Neck
Shaft
CRUREUS
SUB-CRUREUS
Artic. with
TRAPEZIUS
DELTOID
STERNO-CLEIDO MASTOID
MAJOR
Head
of Scapula
DELTOID
BRACHIALIS ANTICUS
Radial Head
TERES MAJOR

作者

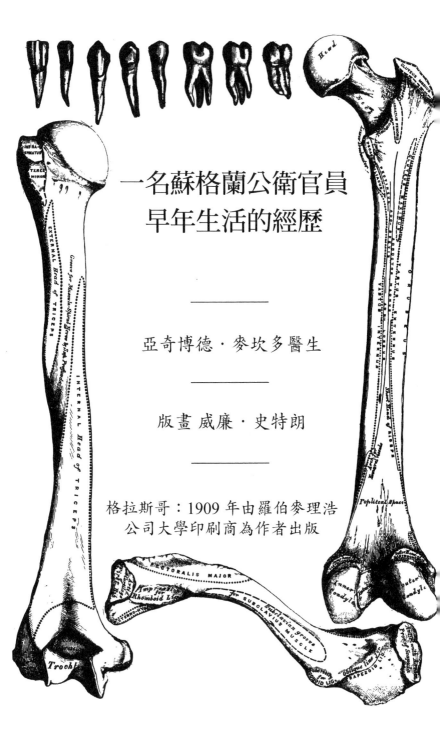

一名蘇格蘭公衛官員早年生活的經歷

亞奇博德·麥坎多醫生

版畫 威廉·史特朗

格拉斯哥：1909 年由羅伯麥理浩
公司大學印刷商為作者出版

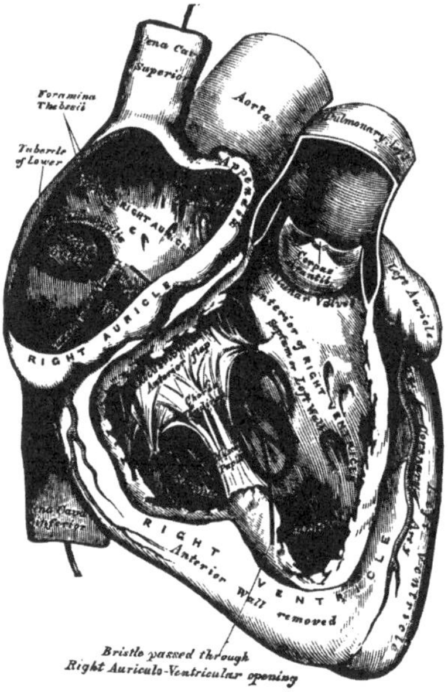
Foramina
Thebesii
Tubercle
of Lower
Aorta
Left Auricle
RIGHT AURICLE
RIGHT
Anterior Wall
removed
VENTRICLE
Bristle passed through
Right Auriculo-Ventricular opening

獻給讓我的人生
值得活下去的她

目錄

插圖

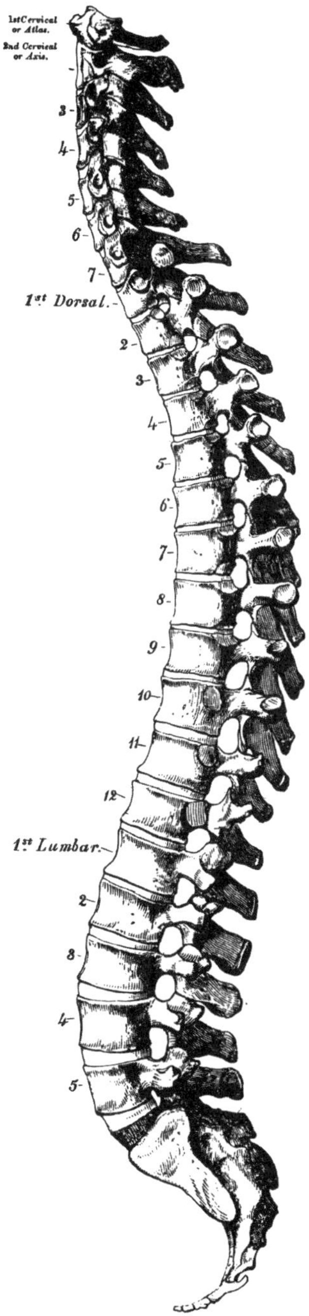
1st Cervical or Atlas.
2nd Cervical or Axis.
3
4
5
6
7
1st Dorsal.
2
3
4
5
6
7
8
9
10
11
12
1st Lumbar.
2
3
4
5

第一章　我的出身

跟那個年代的大多數農場工作者一樣，我的母親不信任銀行。[1] 她快死的時候告訴我，她的畢生積蓄放在床下的一個錫盒裡，她咕噥說著：「拿出來，數一數。」

我照做了，金額多過我的預期。她說：「用它為你自己做些什麼吧。」

我告訴她，我想做個醫生，她的嘴因懷疑而扭曲，如同她聽到各種古怪說詞時所做的。過了一下子，她凶悍地低語說：「葬禮你一毛錢都不要出。如果老匍匐把我葬在貧民墳墓，那他就下地獄！你答應我把所有的錢都留給你自己。」

匍匐是我父親在本地的綽號，也是營養不良的家禽感染的疾病。老匍匐確實支付了她的葬禮費用，但告訴我：「我把墓碑留給了你。」過了十二年，我才買得起一塊合適的墓碑，可是那時已沒有人記得墓地在何處。

在大學裡，我的衣著與儀態宣告我出身農場僕役家庭，我不願別人為此嘲諷我，所以總是一個人待在手術室與檢查廳外面。第一學期結束時，一名教授把我叫到他的辦公室說：「麥坎多先生，在公平的世界，我會預測你有光明前途，但在這個世界則不然，除非你做出一些改變。你或許會成為比杭特出色的外科醫生，比辛普森更優秀的產科醫生，比李斯特更好的治療醫師，但是，除非你培養一絲貴族氣派或者平易近人的幽默感，沒有病患會信任你，其他醫生也會躲避你。不要裝出彬彬有禮的模樣，因為許多傻子、勢利鬼和無賴都是這樣子。假如你買不起好的裁縫做的好外套，就去比較好的當鋪在流當品找一件適合你的。睡覺時把你的長褲整齊地摺疊，放在兩層床墊之間。如果你無法每天更換內衣，至少設法在襯衫裝上剛漿好的衣領。參與你就讀的班級所舉行的社交聚會及抽菸音樂會——你不會發現我們是一群壞人，而是將經由本能模仿的過程逐步融入。」

我告訴他，我的錢只夠支付我的開銷、書籍、儀器與生活費。

「我明白那是你的問題！」他得意洋洋地大聲說。「但是我們評議會處理校產以資助像你這樣應該獲得援助的個案。大部分補助金都給了神學院學生，但是為什麼科學遭到排除？我想我們可以安排，給你至少添置一件新西裝的費用，如果你用合適方式接觸我，而我又幫腔的話。你怎麼說？我們要不要試一試？」

假設他說了——「我認為你有資格領獎學金，申請方法如下，而我將是你的推薦人」——假設他說了我可以謝謝他；可是他躺回椅子，兩手扣住鼓起的背心，對我扭捏作態假笑了一下（因為沒有邀請我坐下），我必須把拳頭放進口袋，以免捶向他的牙齒。我回答他，我來自加羅威，那裡的人不喜歡乞求憐憫，可是既然他對我的才能有著高度評價，我們可以安排讓我們兩人都能獲益。我建議他借我一百英鎊，我將在貸款週年償還七．五％，直到我擔任全科醫生的第五年或是專業顧問的第三年，屆時我將償付原始金額，外加二十英鎊利息。他目瞪口呆，所以我趕緊補充：「當然，如果我不能畢業或者輟學，我就會破產，不過我認為我是安全的投資。你意下如何？我們要不要試一試？」

「你在開玩笑？」他喃喃自語，狠狠瞪著我，嘴唇抽搐著想要擠出他要我模仿的笑容。我氣到無法對玩笑一笑置之，便聳聳肩，道別後離開。

這次面談跟一週後郵局寄來一封陌生人的信或許有關聯。信封內有一張五英鎊紙鈔，我將大部分的錢花用在一台二手顯微鏡，其餘購入襯衫和衣領。現在我穿得比較不像農夫，而像是一名勤懇的書商。我的同學認為這是一項進步，因為他們開始愉快地跟我打招呼，跟我講最新八卦，雖然我沒有新聞可以回報他們。葛溫．貝斯特（Godwin Baxter）是我唯一平等對話的人，因為（我仍然認為）我們是格拉斯哥醫學教職員當中最聰明、最不善社交的人。

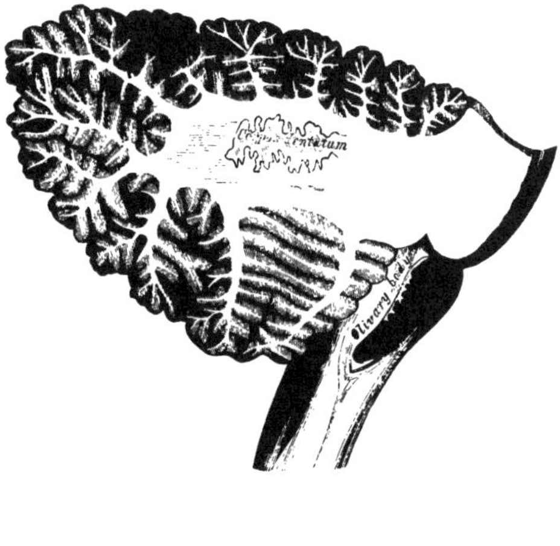

第二章　葛溫・貝斯特的出身

我跟他只是打過照面，直到三個學期後我們才說到話。解剖室的一個角落用碗櫃的一扇門及擺放一條板凳，隔出一個私人工作空間。貝斯特通常坐在那兒，準備與檢查切片，迅速做著筆記，他的大臉、魁梧的身體及厚實的四肢在這裡顯得渺小。有時，他衝出去翻找消毒池，池裡的大腦像白色花椰菜一樣堆積，當他越過別人，你看到他比大多數人高出一個頭，但他儘量跟別人離得遠遠的，羞怯到不行。雖然軀體像是山怪，他有著明亮的大眼，獅子鼻，焦慮嬰兒的憂傷嘴巴，一道眉毛被三條深深的皺摺擠壓。早上，他的粗糙棕髮抹油中分，平順地梳好，慢慢地他的耳後便翹出一撮一撮的頭髮，等到午後，他的頭皮已經像熊皮一樣亂蓬蓬。他的衣服是昂貴的灰色布料，低調時尚，裁縫精美，讓他奇特的身材儘量顯得平常，然而我覺得他穿寬鬆垮褲與童話劇土耳其人的頭巾會看上去更為自然。

此人是柯林・貝斯特（Colin Baxter）的獨子，柯林是醫學界第一位被維多利亞女王封為騎士的人。[2] 柯林爵士的肖像就掛在我們檢查廳約翰・杭特（John Hunter）的肖像旁邊：一個鬍鬚刮乾淨、面容嚴肅、薄唇的男人，看上去和他兒子完全不一樣。「柯林爵士對女性之美興趣缺缺是一則傳

W.S.
葛溫・貝斯特

奇，」一名八卦人士告訴我，「他的後代證明他對女性之醜具有特殊愛好。」據說葛溫的父親是老來得子，懷孕的是家中女僕，但是讓他兒子繼承自己的姓氏，接受私人教育及一小筆財富（不像我的父親）。葛溫的母親則沒有任何訊息。有人說她被關在瘋人院，其他人則說柯林爵士讓她繼續做女僕，在他招待同儕夫婦時，穿著黑色衣服、白色小帽和圍裙，默默地在晚餐桌旁上菜。這名偉大的外科醫生在葛溫進入大學的前一年過世。他是個聰慧的學生，但醫院工作則不然，他的奇特外貌與聲音嚇壞了病人，冒犯了工作人員，因此他沒有畢業，而是繼續擔任研究助理。沒有人知道、亦不關心他的研究路線。他被允許隨意來去，因為他定期繳交費用、不打擾任何人，又有個出名的父親。大部分人認為他是一個科學半吊子，但我亦聽說他在東區鑄鐵廠附設的一家診所提供義務幫助，極為擅長治療燒傷的四肢與斷裂的脊椎。

在大學第二年，我參加一場我有興趣的主題的公開辯論，雖然主題並不新穎：生命主要是透過小小的漸進改變而演化，抑或透過巨大的災難性改變？在那個年代，那個主題應該是宗教性質以及科學性質，因此主要發言者由極端嚴肅轉向到滑稽詼諧，只要能夠稍微占上風，他們就會改變辯論立場。在大廳之中，我陳述我們都能同意的事實立場，以及我們可以據以建立新觀念的架構。我斟酌用語，大家一開始鴉雀無聲，接著交頭接耳，最後變成哄堂大笑。翌日，一名認識的人告訴我：「很抱歉我們大笑了，麥坎多，可是聽到你操著波德斯方言不斷引述孔德、赫胥黎和海克爾，就好比女王用倫敦東區小販的聲音主持國會開議。」

在發言時，我不知道什麼把大家逗得那樣開心，我好奇地瞄了自己的衣服，看看是否沒穿好。笑聲變得震耳欲聾。然而，我說完自己要說的話，便走過不但已捧腹大笑、甚至開始拍手跺腳的群眾。等我走到門口時，一個尖銳的聲音讓我停住，大家也安靜下來。葛溫・貝斯特正在旁聽席上發言。他用刺耳的尖聲慢條斯理（卻字字分明）分析，台上每一名發言人發表的議論正好動搖他們想要證明的。他結尾指出：「站在台上的那些人是精選的少數！對最後發言者合情合理議論的反應正足以顯示群眾心理素質。」

我回說：「感謝你，貝斯特，」便離開了。

兩週後一個星期日，我正在卡斯金布雷斯（Cathkin Braes）郊區散步的時候，看到一名像是兩歲的小孩帶著一隻小狗從坎布斯朗（Cambuslang）方向走過來。等到走近時，我看清那是貝斯特帶著一隻巨大的紐芬蘭犬。我們停下來交談了幾句話，發現我們都喜歡長途步行，然後不約而同我們轉向旁邊，下到河邊，沿著盧瑟格倫（Rutherglen）河岸的安靜步道回去格拉斯哥。前一天，我們是醫學教職員之中唯一去聽麥克威爾牧師演講的人，我們兩人都納悶有朝一日必須診斷眼疾的學生對於光的物理性質竟然毫不關心。葛溫說：「醫學不僅是一門藝術，也是一門科學，可是我們的科學應該要盡可能寬廣。麥克威爾牧師及威廉・湯姆森爵士發現，照亮我們大腦以及刺激我們神經的鮮活物質。醫學人員則高估了病理解剖。」

「可是你鎮日都待在解剖室。」

「我在精進一些柯林爵士的技術。」

「柯林爵士？」

「我大名鼎鼎的祖先。」

「你從來不叫他父親嗎？」

「我從來沒有聽到別人叫他柯林爵士以外的稱謂。病理解剖是訓練與研究的基本，卻導致許多醫生認為生命是已死東西的一種躁動。他們對待病人身體的態度彷彿心靈、生命都不重要。我們培養的鎮靜臨床態度往往不過是廉價麻醉劑，想讓我們的病人跟我們實習的屍體一般被動。但是，畫師在學習繪畫藝術時可不是由林布蘭畫作刮除塗漆，切下顏料，溶解打底劑，最後分離畫布纖維。」

「我同意，」我說，「醫學既是一門藝術，也是一門科學。可是畢竟我們到了進入醫院的第四年才接觸到這門藝術？」

「胡說，」貝斯特脫口而出。「公立醫院是醫師們學習在窮人身上行醫，俾以在富人身上賺錢的地方。那正是窮人害怕與憎恨他們的原因，以及收入頗豐的醫生私下或在自己家中執業的原因。柯林爵士與醫院毫無關係。他冬天在我們宅邸執業，夏天則在鄉下別墅。我時常輔助他。他是一名真正的藝術家——他煮沸器具，消毒房間，而醫院理事會卻無視殺菌劑或是將之貶低為詐騙。曝露在公眾眼光下的外科醫生無人敢承認他們汙穢不堪的解剖刀以及沾滿鮮血的大衣一年害死數十名病患，所以他們繼續使用。他們把可憐的塞麥爾維斯（Semmelweis）逼瘋了，在努力傳播真相時自殺。[3] 柯林爵士比塞麥爾維斯更為考慮周詳。他不透露非正統發現。」

「請記住，」我告訴他，「我們的醫院自那之後已有了改進。」

「確實如此——多虧良好的護理。我們的護士如今是治癒藝術的最真誠實行者。如果每個蘇格蘭、威爾斯與英格蘭醫生以及外科醫生都突然暴斃，八％的住院者如果受到持續護理，將可復原。」[4]

我記得貝斯特被排除在醫院執業，除了最貧窮的慈善診所之外，這解釋了他對於這項職業的不滿。然而，在分別之前，我們講好下個星期日一起走路。

我們的星期日走路變成一項習慣，雖然我們在解剖室仍然不理會彼此，並且避免走過人多的地方。我們對於被別人看到都感到退卻，跟貝斯特做伴更會引發好奇。我們在一起的時候經常沉默不語，因為我無法不對他的嗓音感到畏縮。這種情況發生時，他會笑一笑，而後不再說話。可能過了半小時之後，我會鼓勵他再說些什麼，而我總是會這麼做。他的聲音使人反感，可是他的話語非常有趣。有一天，我在和他見面之前在耳朵裡塞進棉球，發現這樣讓我可以完全不痛苦地聆聽。在一個秋日午後，我聽聞他受到的怪異教育，當時我們在坎姆希（Campsie）與托倫斯（Torrance）之間密布交錯的小徑險些迷路。

我訴說自己的童年，而引出這個話題。他嘆了一口氣說：「我是因為柯林爵士與一名護士的交往而來到這個世上，那是南丁格爾將看護變成英國醫學一個優良部分的許多年以前。當時認真的外科醫生必須訓練自己的護理人員。柯林爵士訓練一人作為他的麻醉師，並與她密切合作，從而有了我，後來她就死了。我對她沒有記憶。我們房子裡沒有她的物品。柯林爵士對她絕口不提，只除了在我十幾歲的時候說過一次，那時他說她是他所認識最聰明、最可教的女性。那必定吸引了他，因為他對女性之美毫無興趣。他對人毫不關心，除非是外科案例。我是在家中受教育，並未看過其他家庭，也從未與其他孩童玩過，直到十二歲我才知道母親是做什麼的。我知道醫生與護士的差異，以為母親是較為低級的護士，專長是照護小人。我以為我永遠不需要母親，因為我從一開始就是大人了。」

「可是你必定讀過《創世紀》的生養篇章吧？」

「沒有。柯林爵士親自教導我，而且只教他感興趣的。他是一名嚴格的理性主義者。詩歌、小說、歷史、哲學和聖經在他看來都是廢話——他稱之為『無法證明的胡說八道』。」

「那他教了你什麼？」

「數學，解剖與化學。每天早晨與夜晚，他記錄我的體溫與脈搏，採取我的血液及尿液樣本，加以分析。及至六歲，我已經自己做這些事。因為我的系統化學不平衡，需要交互的碘與糖劑量。我必須極為準確地監測它們的作用。」

「你從未問過他，你是從哪裡來的嗎？」

「有的，他的回答是拿出圖表、模型、病理標本，又給我上了一課我是如何生產出來。我喜歡這些課。它們教會我欣賞我的內部組織。當我明白大多數人對我外貌的想法時，這維持了我的自尊。」

「悲哀的童年──比我更慘。」

「我不同意。沒有人虐待我，我由柯林爵士的狗身上得到所需要的動物溫暖與關懷。他總是養了好幾條狗。」

「我藉由觀察公雞與母雞而了解生殖。你父親的狗從不生小狗嗎？」

「牠們是公狗，不是母狗。柯林爵士一直等到我十幾歲才教導我女性身體與男性如何不同及為何不同。一如往常，他用圖表、模型、病理標本來教導我，可是，如果好奇心驅使著我，他會安排健康、活生生樣本的實際實驗。但我沒有。」

「原諒我這麼問，可是──你父親的狗。他是活體解剖者嗎？」

「是的，」貝斯特說，他的臉頰變得略為蒼白。我說：「你是嗎？」

他停了下來，用他悲傷、巨大、童稚的臉龐看著我，不知為何令我感覺像是更小的孩童。他的聲音變得微弱但刺耳，儘管我塞了棉球，還是害怕我的鼓膜會受傷。他說：「我人生中從來沒有殺死或傷害活生生的動物，柯林爵士也沒有。」

我告訴他：「我希望我也能那麼說。」

那一趟散步後來他都沒有再講話。

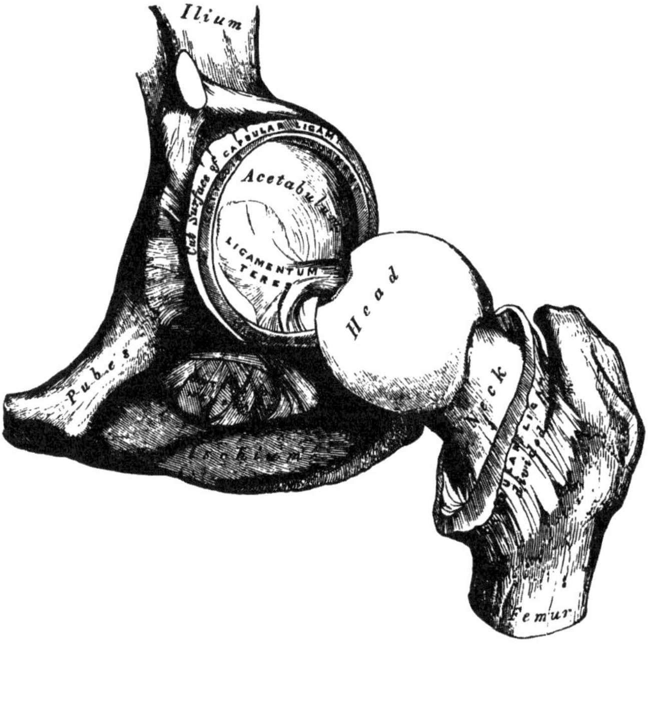

第三章　爭吵

有一天，我問他究竟在研究什麼。

「我在精進柯林爵士的技術。」

「你以前就跟我講過一次了，貝斯特，可是那種答案不令人滿意。為什麼要精進過時的技術？你的知名父親是一名偉大的外科醫生，但自他死後，醫學已突飛猛進。過去十年，我們已發現他會認為不可思議的事情——微生物及噬菌細胞、如何診斷及切除腦腫瘤、修復潰瘍性穿孔。」

「柯林爵士發現比那些更好的事情。」

「什麼東西？」

「嗯，」貝斯特慢慢地說著，彷彿有違他的意願，「他發現如何在不終結生命之下，捕捉一個身體的生命，讓神經不傳導任何訊息，呼吸、循環與消化完全中斷，細胞活力則沒有受損。」

「非常有趣，貝斯特。它有什麼用途呢，醫學上而言？」

「喔，它有它的用途！」他說，臉上的微笑讓我很不爽。

「我討厭神祕事物，貝斯特！」我告訴他，「尤其是人造的，那一定是詐騙。你知道我那個學年大多數學生是怎麼看待你的嗎？他們認為你是無害、不起眼的瘋子，玩弄大腦與顯微鏡，為了看起來很重要。」

我可憐的朋友僵住，直視著我，顯然嚇呆了。我冷漠地瞪回去。他用顫抖的聲音問說，我也是那麼看待他的嗎。我說：「如果你不坦白回答我的問題，我還能怎麼想？」「那麼，」他嘆氣說，「來家裡，我有東西要給你看。」

我很高興。他以前從來沒有邀請我去他家。

那是位於公園圓環一棟高大灰暗的排屋，在大廳，他和他的紐芬蘭犬受到兩隻聖伯納犬、一隻德國牧羊犬與一隻阿富汗獵犬的喧鬧迎接。他帶領我直直穿過狗群，走下樓梯到地下室，往外走向一座有高牆包圍的狹小花園。[5] 房屋附近有一塊鋪磚的地方，豎立著一座木造鴿舍，裡頭有若干鴿子，然後是菜圃以及一塊有矮籬圍繞的小草坪。草地上有籠子，一些兔子在吃草。貝斯特跨過圍籬，示意我也過去。兔子很溫馴。貝斯特說：「檢查這兩隻，告訴我你的想法。」他抓起一隻交給我，把另一隻放在他衣袖上輕柔地撫摸，等我檢查。

第一隻最明顯的奇特處是毛皮的顏色：由鼻子到腰部是純黑色，由腰部到尾巴是純白色。假如在身體最窄的地方繫上一條繩子，一邊是黑毛，另一邊則是白毛。現在，在大自然，這種直線的區分只發生在水晶與玄武岩——晴朗日子的海平面或許看上去是一直線，其實是彎曲的。然而，我假設這隻兔子如同任何人都會假設的——天生的怪物。果真如此的話，另一隻兔子則是恰好相反的怪物，到腰線為止是白色，彷彿被外科醫生的手術刀切割似地清楚明顯，由腰線到尾巴則是黑色。選擇性育種不可能培養出兩隻完全相同卻相反的毛色，於是我用指尖又檢查了一次，注意到貝斯特正用我看兔子的相同冷靜、密切、好奇眼光觀察我。一隻有雄性生殖器及雌性乳頭，一隻則有雌性生殖器與難以察覺的乳頭。在其中一隻，我在顏色改變的毛皮之下觸摸到一條幾乎摸不出來的隆起，由那裡到尾巴的身體突然縮窄，另一隻也有相同的隆起，身體則是變寬。這些小野獸是人工作品，而不是天生。我突然感覺手中的這隻兔子異常珍貴。我小心翼翼地把牠放到草地上，用敬畏、仰慕又有些憐憫的眼光看著貝斯特。你很難不去憐憫因為力量而與我們所有人有所區隔的人，除非（當然）他們是慣於傷害他人的統治者。我覺得我說話的時候淚水在眼裡打轉：「你是怎麼做到的，貝斯特？」

「我做的事沒什麼了不起，」他悶悶地說著，將另一隻兔子放下。「事實上，我做的事很齷齪。小毛與小皮原本是兩隻普通、快樂的小兔子，直到有一天我將牠們麻醉，醒來就變成這樣了。牠們不再想要繁殖，那是以前牠們極為享受的活動。可是，明天，我會把牠們弄回原先的模樣。」

「可是，貝斯特，如果你能做到這件事，還有什麼做不到的？」

「喔，我可以把富人的生病心臟換成窮人的健康心臟，然後賺很多錢。可是，我已經有了我需要的錢，讓百萬富翁受到此等誘惑太不善良了。」

「你把它說得像謀殺，貝斯特，可是我們解剖室的屍體都是因為意外或自然疾病而死亡。如果你可以用他們未受損的器官與四肢去修補別人的身體，你將成為比巴斯德與李斯特更偉大的拯救者——各地的外科醫生將把病理科學變成鮮活的藝術！」

「假如醫學執業人員想要拯救生命，」貝斯特說，「而不是想從他們身上賺錢，他們會團結起來預防疾病，而不是分開工作去治療疾病。大多數疾病的病因至少在西元前六世紀希臘人將海吉亞奉為女神以來就已廣為人知。日照、清潔與運動，麥坎多！新鮮空氣、純淨飲水、良好飲食與乾淨寬敞的房屋，政府完全禁止毒害及汙染這些東西的工作。」

「不可能，貝斯特。英國已成為世界的工業工廠。如果社會立法阻止英國產業獲利，我們的世界市場將被德國及美國占領，數千人將餓死。英國將近三分之一食物是由外國進口。」

「沒錯！所以，在我們失去世界市場之前，英國醫學將被當作無良富豪統治者臉上戴的慈善口罩。我用在東區診所的志願服務作為我的那個口罩。它撫慰我的良心。簡單腹部移殖需要長達三十三小時的手術。在我開始前，我至少要花兩星期找尋及準備與病人匹配的屍體。在那段期間，我的數名貧窮病患將因為缺乏傳統手術而死亡或經歷極大痛苦。」

「那麼你為何花時間精進你父親的技術？」

「基於私人理由，我拒絕向你透露，麥坎多。我明白這不是朋友的坦誠回答，可是我如今明白你從來不是我的朋友，而是容忍一個無害、不起眼的瘋子做伴，因為其他穿著體面的學生不會忍受你。可是，你不必害怕未來，麥坎多，你是一個聰明人！或許不是聰穎過人，卻是穩定、可預期，而這是人們偏好的。不出幾年，你會成為一名有效率的住院外科醫生。你所渴求的一切都將獲得滿足：財富、尊重、同伴及一名時尚的老婆。我則會將繼續在更加寂寥的道路上追求關愛。」

講話之際，我們又進到屋裡，再次上樓到陰暗的大廳，五條狗懶散地躺在波斯地毯上。感受到主人的善意，牠們抬頭、豎起耳朵，把鼻子朝著我，然後便靜止不動，如同狗臉的獅身像。在頭上的樓梯井，我不是瞥見，而是感覺一顆戴著白帽的腦袋透過樓梯平台的扶手往下望，或許是一名年邁的管家或女僕。

「貝斯特！」我急切地低語，「我講這些事實在太愚笨了。我保證我不是故意要傷害你。」

「我不認同。你的確故意要傷害我，而且比你打算的更加惡劣。再見。」

他替我打開前門。我變得絕望。我說：「葛溫，既然你沒有時間公開你父親的發現以及你所做的改進，把筆記借給我！我會當作畢生志業去公布它們。我會把每件事都歸功於你——每件事，而且不會打擾你的寶貴時間。出現公眾異議時——因為這有很大的爭議——我會為你挺身而出，我會成為你的鬥牛犬，就像赫胥黎是達爾文的鬥牛犬！麥坎多將是貝斯特的鬥牛犬。」

「再會，麥坎多，」他執拗地說，狗群嗥叫著，於是我讓他送我到門前台階，我懇求著：「至少讓我跟你握手，葛溫！」

「好啊，」他說，然後伸出一隻手。

我們之前從未握手，我也不曾近看他的手，或許是因為在一起的時候，他用袖口半掩著手。我想握住的手不像立方體那樣正正方方，而是厚度與寬度約略相同，從巨大厚實的第一個指節之後，手指急遽變窄，直到嬰兒般的指尖和玫瑰色細小指甲，讓手指形似錐子。我渾身打了個冷顫——我無法碰觸這樣的一隻手。我無言地對他搖搖頭，他突然笑了笑，如同以往我對他的嗓音感到畏縮時他所做的那般。他也聳聳肩，把我關在門外。

第四章 迷人的陌生人

之後迎來我所度過最寂寞的數個月。貝斯特不再來到大學。他舊有工作空間的板凳被搬走，碗櫃又放回了去。我每兩週至少會沿著公園圓環走一趟，卻未看見任何人走進或離開他家前門，我沒有勇氣走上門前台階去敲門。然而，明亮、敞開的窗戶顯示屋子有人居住，我應該猜到沒有訪客時，他會使用後花園的僕役入口。我懷念他的做伴並不是唯利是圖，因為我不再把他當作是科學奇蹟創造者。我的研究顯示，我們甚至無法把一隻蚯蚓或毛蟲的前半部轉接到另一隻的後半部。這是在楊斯基發現主要血型的二十年前，所以我們甚至無法輸血。我將接觸兔子的體驗歸類為幻覺，出於自然巧合及貝斯特的聲音催眠所引發，然而週末時我依然走著林地與濕地的老路徑，因為它們讓我回想起我們一起走過這裡時的談話。當然，我希望能再遇見他。

冬去春來，一個冷冽颯爽的星期六，我走在沙奇霍爾街，聽到像是包鐵的馬車車輪刮過路邊石緣的聲音。過一會兒，我才認出一個熟悉的聲音說：「鬥牛犬麥坎多！我的鬥牛犬在這種天氣還好嗎？」

「聽到你難聽的聲音好多了，貝斯特，」我說。「你沒想過弄一個新喉頭嗎？羊的聲帶都比你的更為悅耳。」

他在我身邊邁著慣常笨重費力的大步，趕上我的快步行走。他腋下挾著一根手杖，像是警官的警棍，後腦杓扣著一頂卷邊禮帽，下巴抬得高高的，燦爛的笑容顯示他現在絲毫不介意其他路人的眼光。帶著一絲嫉妒，我說：「你看起來很高興，貝斯特。」

「是的，麥坎多！我現在有了比你更討人喜歡的伴侶——一個美麗、美麗的女人，麥坎多，她的生命都要歸功於我的手指——這些靈巧、靈巧的手指！」6

他在空中舞動手指，彷彿在演奏鍵盤。我很嫉妒。我說：「你治好她的什麼？」

「死亡。」

「你是說你拯救她免於死亡。」

「有一部分，是的，但最大的部分是巧妙操作的復活。」

「你的話沒有道理，貝斯特。」

「那麼來見見她——我歡迎第二意見。在生理上，她已完美，但她的心靈正在成形，是的，她的心靈將進行美好的探索。她只知道過去十週所學的，但你將發現她比拼接的小毛與小皮有趣多了。」

「所以說你的病人是失憶症？」

「我是跟別人那樣說，可是你不要相信我！自己去判斷。」

在我們抵達公園圓環前他只說，他的病人名叫貝兒，貝拉的暱稱，生活在一團混亂之中，因為他想讓她盡可能看見、聽見及觸摸許多東西。

貝斯特打開大門時，我以為我聽到自動鋼琴在彈奏《羅夢湖畔》（*The Bonnie Banks o' Loch Lomond*），琴聲又吵又快，曲調無比愉悅。他帶我走進一間會客室，我這才看到音樂是一名坐在一架自動鋼琴前的女性發出來的。她背對著我們。卷曲的黑髮長到腰部，她的腳用力踩著轉動圓筒的踏板，顯示她喜歡運動就像她喜歡音樂。她的雙臂在身側揮舞，像海鷗的翅膀，沒有按照節奏。她全神貫注，根本沒有注意到我們。我有時間環視房間。

房間有高聳的窗戶可以俯瞰圓環，大理石壁爐燒著火。大狗們躺在一張爐前地毯上昏昏欲睡，下巴墊在彼此的側腹。三隻貓坐在最高椅子的椅背，離得遠遠的，假裝沒在看別隻貓，但一旦有一隻動了，全體都會抽搐起來。透過打開的雙扇門，我看到一個俯瞰後花園的房間，在這個房間的爐火邊，一名平靜老嫗正坐著編織，一個小男孩在她腳邊玩著積木，兩隻兔子由茶碟啜飲牛奶。貝斯特小聲說那名婦人是他的管家，男孩是她的孫子。一隻兔子是純黑色，另一隻純白色，但我決定不要因此而做出什麼荒誕不經的結論。這裡奇怪之處在於地毯、桌子、餐具櫃和座椅上的各種物品：架著望遠鏡的三腳架，對著一具直立式螢幕的幻燈片投影機，直徑將近一公尺的天球儀與地球儀，拼到一半的英國群島拼圖，一個家具配套齊全的娃娃屋，敞開的正面可以看到所有人，包括閣樓臥室裡有個瘦小女僕和地下室廚房一個胖廚師正在做糕點，一個玩具農場有著數百頭準確雕刻和繪製的動物，一群色彩繽紛的鳴鳥標本綁在一個形似樹叢、由彩色玻璃製成的樹葉與水果的銀架上，一架木琴、豎琴、定音鼓，豎立的人體骨骼，裝著浸泡四肢與身體器官的玻璃罐。這些標本或許是柯林爵士舊有的收藏，但它們褐色的病態對照到附近的水仙花瓶、風信子盆栽、一個大水晶碗裡小小隻、珠寶般的熱帶魚游來游去，大隻金魚則慢慢滑水。許多書攤開在生動的插畫頁。我注意到《聖母子》，伯恩斯向一隻田鼠致意（譯註：伯恩斯創作的一首詩名為〈致一隻老鼠〉），《被拖去解體的戰艦無畏號》，以及地精在哈茲山下的洞穴發現魚龍骨骼。[7]

音樂戛然而止。那個女人起身面向我們，搖搖晃晃向前走，然後停一下，好像是要保持平衡。她高䠷、美麗、豐滿的體形好像介於二十到三十歲，臉部表情則看起來年輕許多、許多。她的眼睛與嘴巴張得大大地看著，若是成年人這顯示警戒，但在於她則顯示期望更多的好奇與開心。她穿著一襲黑色天鵝絨禮服，蕾絲窄領與袖口。她小心地講話，操著英格蘭北部的口音，每個音節甜美而清晰，彷彿笛子吹奏：「你好葛溫，你好新人。」

然後她猛地張開雙臂對著我，便停止不動。

「對新人伸出一隻手就好了，貝兒，」貝斯特和藹地說。她把左手放下到身側，便不再動或改變她明亮期待的笑容。以前從來沒有人那樣看著我。我很困惑，因為伸出來的手太高了，我無法用傳統方式握手。我意外地往前跨，踮起腳尖，用手指握住貝兒手指親吻。她嚇了一跳，過一下子慢慢抽回她的手看著，輕輕用姆指摩擦手指，像是檢查我的嘴唇留在手指的東西。她驚訝但開心地偷瞄我入迷的臉，貝斯特得意地對我們笑著，像一名牧師在主日學野餐介紹兩名兒童。他說：「這位是麥坎多先生，貝兒。」「你好坎多先生，」她說，「新小人，胡蘿蔔茶紅色頭髮，有趣的臉，藍色領帶，皺巴巴西裝背心西裝長褲，褐色燈新戎做的？」

「是燈芯絨，親愛的，」貝斯特說，愉快地看著她笑，就像她對我笑一樣。

「燈芯絨，棉花織成的羅紋布料沒蠟燭先生。」

「是麥坎多，親愛的貝兒。」

「可是親愛的貝兒沒有蠟燭所以親愛的貝兒也是沒蠟燭，葛溫。請做貝兒的新蠟燭你這個新的小的做蠟燭的。」

「說得好極了，貝兒，」貝斯特說，「但妳仍必須學習大多數名字沒有理由。喔，丁威迪太太！帶貝兒和你孫子去廚房，給他們喝檸檬汁及灑糖的甜甜圈。麥坎多和我會待在書房。」

我們走上樓梯時，貝斯特熱切說著：「你對我們貝拉有什麼看法？」

「嚴重的腦損傷個案，貝斯特。只有白癡及嬰兒才會那樣說話，能夠那麼開心活潑，遇到新人這般直率興奮及友善。看到美麗的年輕女子發生這種事真叫人難過。她只有一度看起來若有所思，就在你的管家把她從我身邊帶走——我是說，從我們身邊。」

「你注意到了嗎？那是成熟的徵兆。你說腦損傷並不正確。她的心智力量正以巨大速度在成長。六個月前她還有著嬰兒的腦子。」

「她怎麼會衰退成那種狀態？」

「她不是衰退，而是成長到那種狀態。那是一顆完全健康的小腦袋。」

他的聲音必然具有催眠特質，因為我突然明白他的意思並且相信了他。我站住不動，扶著樓梯的扶手，覺得很不舒服。我聽到我的聲音結結巴巴地問說他從哪裡得到其他部位。

「這正是我想要告訴你的，麥坎多！」他大叫，把一隻手摟在我肩膀，輕鬆地舉起我一起上樓梯。「你是這世界上我唯一可以傾訴這件事的人。」

我的腳離開地毯時，我覺得被怪物抓住，於是開始踢腿。我也想喊叫，但他用手捂住我的嘴，把我帶進一間浴室，將我的頭按在冷水蓮蓬頭下，再帶我到他的書房，把我放在沙發上，遞給我一條毛巾。我擦毛巾時冷靜下來，但是當他遞給我一只裝著灰色黏液的杯子時，我又差點再度恐慌。他說這是水果蔬菜調製而成的，可以增強神經、肌肉與血液，而且不會造成過度刺激，他只喝這種飲料。我拒絕了，於是他在一大堆玻璃門書架下面的碗櫥翻找，找出一瓶他父親死後便沒有人喝過的葡萄酒。我啜飲著暗紅色漿液時，突然感覺貝斯特、他的家庭、貝兒小姐，還有我，以及格拉斯哥、加羅威鄉下和整個蘇格蘭，都同樣不像話和荒謬。我笑了出來。他誤以為我從歇斯底里恢復意識了，便鬆了一口氣，聽起來像是隔壁房間傳出的蒸汽哨聲。我畏縮了一下。他從抽屜裡拿出棉球。我塞進耳裡。他告訴我下述故事。

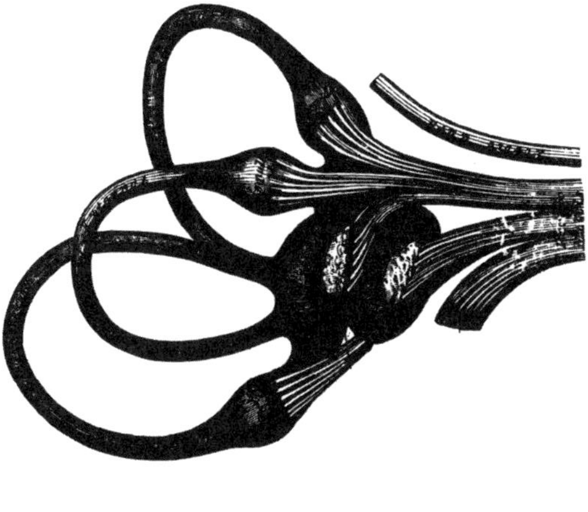

第五章　貝拉・貝斯特的出身

「喬治・葛德斯在格拉斯哥人道協會工作，協會給了他一間在格拉斯哥綠地的免租金房子。[8] 他的工作是把人類屍體由克萊德河撈起來，如果可能的話便拯救他們的性命。如果不可能，他把屍體放到住所旁邊的小停屍房，由法醫進行驗屍。假如這名法醫沒空，他們就來找我。當然，大多數屍體都是自殺，如果沒有人來認屍，他們便會被轉送至解剖室及實驗室。我安排這類轉送。

「一年前我們爭吵後不久，我被叫去給你所看到的貝拉屍體做檢驗。葛德斯看見一名年輕女性爬上他家附近的吊橋欄杆。她不是像大多數自殺者一樣由腳先躍下。她像泳者一般俐落跳水，但由肺裡排出空氣，而不是吸入，因為她不是活著浮上水面。撈獲屍體時，葛德斯發現她將一個裝著石頭的網袋綁在手腕上。那麼這是一起精心策劃的自殺，由希望被遺忘的人所進行。她樸素時尚衣裳的口袋是空的，富裕階級的女性在內衣與襯裡繡上名字或姓名縮寫之處被整齊剪掉。但是重點來了，我抵達前，她的屍首都還沒有涼掉。我發現她懷有身孕，因為壓力，手指戴著結婚與訂婚戒指的痕跡消失了。你怎麼認為呢，麥坎多？」

「她若不是懷著她所憎恨的丈夫的小孩，就是她在丈夫之外的愛人的小孩、拋棄了她的愛人。」

「我也是這麼想的。我清理她肺部的積水與懷胎的子宮，只要巧妙實施電擊便能將她喚回有意識的生活。但我不敢。如果你看到貝拉睡著時，便會明白為什麼。貝拉的臉孔在沒有特別表情時，就像太平間躺在我面前的那名堅定、有智慧卻充滿憂傷的女性。我對她放棄的人生一無所知，只除了她厭惡人生到選擇不想再活著的程度！被強行拖離她刻意選擇的空白永恆，關進圍牆林立、人手不足、設備不良的瘋人院、感化院或監獄，她會有什麼感受呢？因為在這個基督教國家，自殺被視為瘋狂或犯罪行為。於是我在純粹細胞層面維持她的生命，並且廣告尋人，但無人認領。我便把屍體帶到我父親的實驗室。我童年的希望，男孩時的夢想，我所受的教育與成年時的研究都為這個時刻做好準備。

「每年數百名年輕女性淹死她們自己，因為貧窮與我們可惡的不公平社會偏見。自然也很不仁慈。你知道我們稱為的非自然分娩有多麼頻繁嗎？因為胎兒在沒有人為協助之下活不了，或者根本活不了：無腦畸形、雙頭嬰、獨眼，以及一些奇特到科學都無法加以命名。好的醫生確保母親不會看見這些畸胎。一些畸胎雖然沒有那麼噁心，但同樣嚇人——沒有消化道的嬰兒，如果沒有仁慈的手先掐死它們，它們一旦剪掉臍帶便要活活餓死。沒有醫生敢做這種事，或許命令護士動手，但該做的還是做了，在現代格拉斯哥——英國第二大城及嬰兒夭折率最高的城市——很少父母能為每個夭折的嬰兒買得起棺材、葬禮和墳墓。天主教甚至把未受洗的人發放到地獄邊緣。而在世界工廠，地獄邊緣通常是醫學界。多年來我一直計畫要從社會垃圾堆收集廢棄的身體與腦部，把它們組成新生命。我現在做到了，就是貝拉。」

如同大多數人專心聽著一則以平靜態度訴說的故事，我也變得平靜下來，讓我可以再度合理思考。

「好極了，貝斯特！」我高聲說，舉起玻璃杯彷彿向他敬酒。「你如何解釋她的口音？她的血管流著約克郡的血，或者她腦子的父母來自英格蘭北部？」

「只可能有一種解釋，」貝斯特沉思道。「我們養成的最早習慣（語言便是其中之一）必定是經由全身神經與肌肉而成為本能。我們知道本能並不是全部位於腦部，因為無頭的雞可以跑上數碼才會倒地。貝拉喉嚨、舌頭和嘴唇的肌肉仍然像它們存在的前二十五年那樣活動，我認為那比較接近曼徹斯特而不是里茲。可是，她使用的字眼是跟我學習，或者管理我家的年邁蘇格蘭女性，或者在這裡陪她玩的孩童。」

「你如何跟他們解釋貝拉的存在，貝斯特？還是說你是家中暴君，你的下屬不敢要求解釋？」

貝斯特遲疑了一下，然後低聲說他的僕人都是以前柯林爵士訓練的護士，並不訝異於精密複雜手術復原過來的陌生人。

「你怎麼向社會解釋她呢，貝斯特？你的圓環鄰居——那些陪她玩的兒童們的父母——巡邏的警察——他們也被告知她是手術製品嗎？你在下次政府人口普查時要怎麼申報她？」

「他們被告知她是貝拉·貝斯特，我的遠房姪女，父母死於南美洲火車事故，那場災禍造成她腦震盪以致完全失憶。我穿著喪服以佐證這個故事。這個故事很不錯。柯林爵士有一個多年前爭吵的表哥，在馬鈴薯飢荒前去往阿根廷，從此音訊全無。他很可能在種族大雜燴的阿根廷娶了一個英格蘭流亡者的女兒。幸好貝拉的膚色現在跟我一樣蠟黃（雖然在我阻止她的細胞衰退之前並不一樣），這是可以遺傳的一種家族特徵。當貝拉知道大多數人都有父母，她也想要有父母的時候，我便會告訴她這個故事。已經亡故、值得尊敬的父母勝過沒有父母。知道自己是手術製品，將給她的人生造成陰影。唯有你與我知道真相，雖然我懷疑你是否相信。」

「老實說，貝斯特，鐵路車禍的故事比較令人信服。」

「你愛怎麼相信就怎麼相信，麥坎多，不過請慢慢飲酒。」

我拒絕慢慢喝酒。我刻意第二度斟滿酒杯，同樣刻意地說：「所以，你認為貝斯特小姐的腦子有朝一日會跟她身體一樣成熟。」

「沒錯，而且很快。由她的談話，你會說她是幾歲？」

「她喋喋不休像個五歲小孩。」

「我用可以陪她玩耍的孩童年齡來判斷她的心智年齡。羅比·梅鐸，我的管家孫子，還不到兩歲。直到五週前，他們還很開心地在地板上爬行，之後她便覺得他很無聊，而對我廚師的姪女產生熱情仰慕。這名姪女是個聰明的六歲孩子，但是等到新鮮感消褪，貝拉又覺得她很乏味。我猜貝拉的心智年齡接近四歲，如果我猜得沒錯，她的身體正以驚人速度刺激她的腦部發育。這將造成問題。你沒有注意到，麥坎多，可是你吸引了貝拉。除了我以外，你是她認識的第一個成年男性，我看到她透過指尖感受到了。她的反應顯示，她的身體回想起早先生活的性欲，而那種欲望刺激她的大腦產生新想法與用字形態。她叫你做她的蠟燭及她的蠟燭商。那些話有著淫蕩含意。」

「老天爺！」我大喊，震驚不已。「你怎麼敢用如此怪物般的方式說你可愛的姪女。若是你小時候曾與其他兒童玩過，你便明白這種話是常見的童言童語。猜一猜，猜一猜，圓滾滾，小小人坐著小小船，威利溫基穿著睡衣跑過桃花心木。我的小丈夫不比我的姆指大。小傑克把姆指插進李子。（譯注：以上皆為蘇格蘭童謠。）可是，如果貝斯特小姐脫離這種討人喜歡的狀態，你要如何教育她呢？」

「不會是送她去上學，」他堅定地說。「我不會讓別人把她當成怪人。我不久便會帶她展開一趟精心規劃的環遊世界之旅，在她喜歡的地方待得最久。如此一來，她就能跟認為她和大多數英國遊客相去不遠的人講話，藉此開闊眼界學習到許多事情，這些人會認為她比其他令人厭惡的同伴來得更自然迷人。也可以讓我迅速剷除她身邊正以不健康的方式形成的浪漫依戀。」

「當然啦，貝斯特，」我魯莽地跟他說，「她將完全在你的掌控之下，沒有公眾輿論可以保護她，即便是你家中僕人所擔任的脆弱代理人也不行。我們上次見面時，貝斯特，你在吵到不可開交時還誇口你正在設計一項祕密方法，讓一個女人只屬於你，現在我發現你的祕密了——就是綁架！你以為你即將擁有古往今來男人夢寐以求的：一個窈窕美麗女人的豐盈身軀裡有著純真、信任、依賴的兒童靈魂。這是行不通的，貝斯特。你是一個強大貴族的富裕繼承人，我是貧農的私生子，但在世上的不幸之間，有一種財富無法建立的強力紐帶。無論貝拉·貝斯特是你的孤兒姪女或者二度成為孤兒的製造品，我都跟她更為相似，遠超過你所能做到的，而且我會捍衛她的榮譽直到流光我的最後一滴血，就像有上帝存在一樣確定，貝斯特！——永恆憐憫及復仇的上帝，世上最強大的皇帝在祂面前比墜落的麻雀更為虛弱。」

貝斯特的回答是把酒瓶放回他剛才找到的碗櫥裡，並且鎖上櫃子門。

他這麼做的時候，我冷靜下來，想起我在讀過《物種起源》（*The Origin of Species*）之後早已不再相信上帝、上天、永恆憐憫之類的。在意外遇見我唯一的朋友、未來的妻子和生平第一瓶紅酒，語無倫次說著我認為是垃圾、但仍在睡前閱讀以放鬆大腦的小說台詞之後，才回想起這些實在詭異。

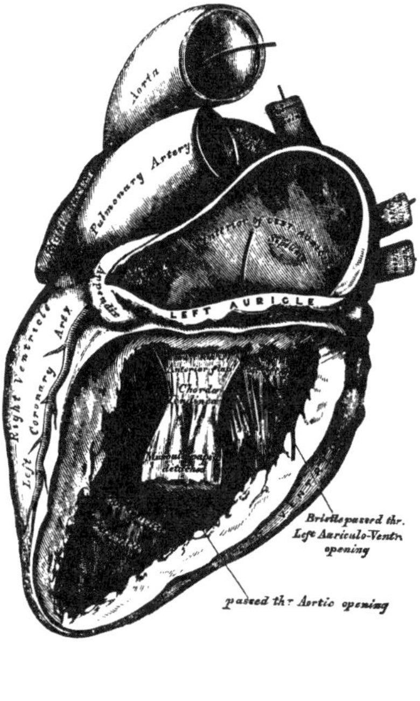
Aorta
Pulmonary Artery
LEFT AURICLE
Coronary
Arty
Bristle passed thr.
Left Auriculo-Ventr.
opening
passed thr. Aortic opening

第六章　貝斯特的夢想

貝斯特坐了回來看著我，嘴巴緊閉，眉毛挑高。或許我臉紅了。我的臉確實熱得發燙。他有耐性地說：「回想一下，麥坎多。我是個醜陋的人，可是你知道我做過什麼醜陋的事嗎？」

我想了一想，然後悶悶不樂地說：「小毛和小皮的事怎麼說？」

他一臉受傷的表情，但不是很受傷，過了一會，他彷彿自言自語開口說話。

「柯林爵士，他的護士與狗狗們給我的關注超過這個地球大多數新來者所給予的，但是我想要的不只如此。我夢想著一個迷人的陌生人——我尚未遇到的女性，所以只能想像——一個需要及仰慕我如同我需要及仰慕她的朋友。無疑大多數年輕生物都能由母親滿足這項需求，雖然富裕家庭往往聘雇僕人來取代母親的位子。我與養育我的人並未形成特殊依附，或許是因為他們人數太多了。我一直是個有力氣的大傢伙，似乎記得至少三名成熟護士給我餵食、洗澡與穿衣，直到我可以自己做這些事。或許人數更多，因為我想她們是輪班工作。我或許對我日後的生活強加嬰兒期的執著，但我不記得有哪一天我沒有感受到內心的女人形貌所造成的空虛，渴望被一個比我在家裡遇到的更為陌生、美麗的人填滿。想要讓比我在家裡遇到的更為陌生、美麗的人填滿。到了青春期，這種痛變得更為強烈，而且措手不及地發生。我的聲音，唉，沒有變聲，直到今日仍像是女中音，但一天早晨我醒來發現陽具勃起，睪丸腫脹，如大多數我們這個性別都有的。」

「那麼，你以前跟我說過，你父親解釋女性解剖結構與你的有何不同，並且提議提供你功能正常的健康樣本。你應該立即接受那個機會。」

「你沒有在聽我講話嗎，麥坎多？我什麼事都要講兩遍嗎？我必須仰慕一名需要及仰慕我的女性。難道我是指解剖學上嗎？只有在高等神經中樞長期刺激，進而壓迫無導管腺體（譯註：內分泌腺），改變我的血液化學，不是間歇幾分鐘而是許多刺激的日子，射精才能帶來我的體內平衡。我想像的女性會那樣地刺激我。我在蘭姆姊弟的《莎士比亞戲劇故事集》（*Tales from Shakespeare*）找到她的圖片——那本書必然是柯林爵士的一名患者留在這裡的——那是家裡唯一的小說。歐菲莉亞正聽著她的哥哥講話，他是個乾巴巴的小夥子，儘管蓄著勇猛的小鬍子。（譯註：莎士比亞《哈姆雷特》的角色。）她只是假裝認真聽他講話，因為她熱切的臉龐看向圖畫外有趣的事物，我希望她看的就是我。她的表情吸引著我，勝過她穿著飄逸紫羅蘭長裙的美妙胴體，因為我以為自己對肉體無所不知。她的表情吸引著我，勝過她美麗的臉龐，因為我早已在公園看過這種臉龐——等她們走向我，她們的面孔僵住，變得蒼白或羞紅，努力不要看我。歐菲莉亞可以帶著愛慕看著我，因為她看到我內在可以成為的男性——世上最仁善、最偉大的醫生，能夠拯救她的生命及數百萬生命。我讀到那齣戲的悲慘故事，她在裡頭是一個真正充滿愛的靈魂。它顯然描述腦炎疫情蔓延，比如傷寒，或許是由宮廷墓地滲水流入埃爾新諾水源所引起。疫情在城垛哨兵之間悄然展開，而後擴散到王子、國王、首相和朝臣，造成幻覺、多言癖和偏執狂，進而產生瘋狂猜疑和謀殺衝動。我想像自己在戲劇一開始便進入宮廷，帶著一名有效率公衛官員的執行力。這種病的主要帶菌者（克勞迪斯、波隆尼斯以及顯然無可救藥的哈姆雷特）應該被關在不同病房隔離檢疫。新鮮水源及有效率的現代管線應可很快讓丹麥王國重回正軌，而歐菲莉亞看到這名聲音粗啞的蘇格蘭醫生帶領她的人民走向乾淨、健康的未來，將再無力保留她的愛意。

「這樣的白日夢，麥坎多，讓我不忙於研究時，連續數小時心跳加速，血脈賁張。柯林爵士為我找來的妓女將會是他的計謀，被金錢驅動的發條娃娃，而不是彈簧娃娃。」

「但卻是一個溫暖活生生的軀體，貝斯特。」

「我必須看到那個表情。」

「在黑暗裡——」我開口說，但他示意我閉嘴。我坐著，感覺自己比他更像是怪物。

過了一會兒，他嘆口氣說：「我想要成為一名仁慈、受歡迎、被人愛戴醫生的白日夢，已是不可能。我是大學史上最優秀的醫學生——我怎麼不是呢？作為柯林爵士最信任的助手，我經由實習知曉許多講師教導的理論。但在柯林爵士的手術室，我只能碰觸到被麻醉的病患。看看這隻手，儘管讓你感到礙眼，這個由頂端冒出五個圓錐的立方體，而不是旁邊配著五條香腸的鯡魚乾。我僅被允許碰觸太窮或失去意識而無從選擇的病人。一些知名外科醫生在給名人動手術時喜歡找我當助手，因為病人死亡將有損醫生名聲，而我醜陋的手指以及（老實說）我醜陋的頭顱，在緊急狀況時比他們的更好。可是，病人從沒見過我，因此無從博得任何歐菲莉亞的仰慕笑容。不過，現在我沒什麼好抱怨的。貝拉的笑容比歐菲莉亞更加快樂，也讓我快樂。」

「所以，貝斯特小姐不害怕你的手？」

「不害怕。打從她在這裡睜開眼睛，這雙手便餵她食物、飲料、甜點，把花擺在她面前，給她玩具，示範怎麼玩，展示她圖畫書的鮮豔頁面。起初，我吩咐為她梳洗穿衣的傭人在她面前要戴上黑色羊毛手套，但不久便發現這沒有意義。別人的手不一樣，並不會阻止她認為我和我的手如同這棟房子、我們日常三餐和早晨陽光一般正常、有其必要。不過，你是陌生人，麥坎多，所以你的手刺激了她。我的則不會。」

「你一定希望這種情況會改變。」

「是的。當然。但我不是沒耐性的人。唯有差勁的監護人與父母才會期望年輕人的仰慕。我很高興貝拉把我當成腳底下的地板一樣理所當然：她在地板上享受自動鋼琴的音樂，渴望廚師姪孫女的做伴，很興奮碰觸你的手，麥坎多。」

「我可以很快再看到她嗎？」

「多快？」

「現在……或今晚……任何速度都可以，在你們出發環遊世界之前。」

「不行，麥坎多，你必須等到我們回來。我不擔心你對貝拉的影響。但在目前，我卻擔心她對你的影響。」

他堅決地送我到前門，如同我上次來訪時，但在關上門之前，他和藹地拍拍我肩膀。我沒有因為這次接觸而畏縮，卻脫口而出：「等一下，貝斯特！你提到那位跳河自盡的女士——她懷孕多久了？」

「至少九個月了。」

「你無法保住胎兒嗎？」

「當然我保住它了——它的思考部位。我沒有解釋嗎？為什麼我要去別的地方找一副相容的腦子，既然她的身體裡早已裝了一個？但是，如果這令你困擾，你就不必相信。」

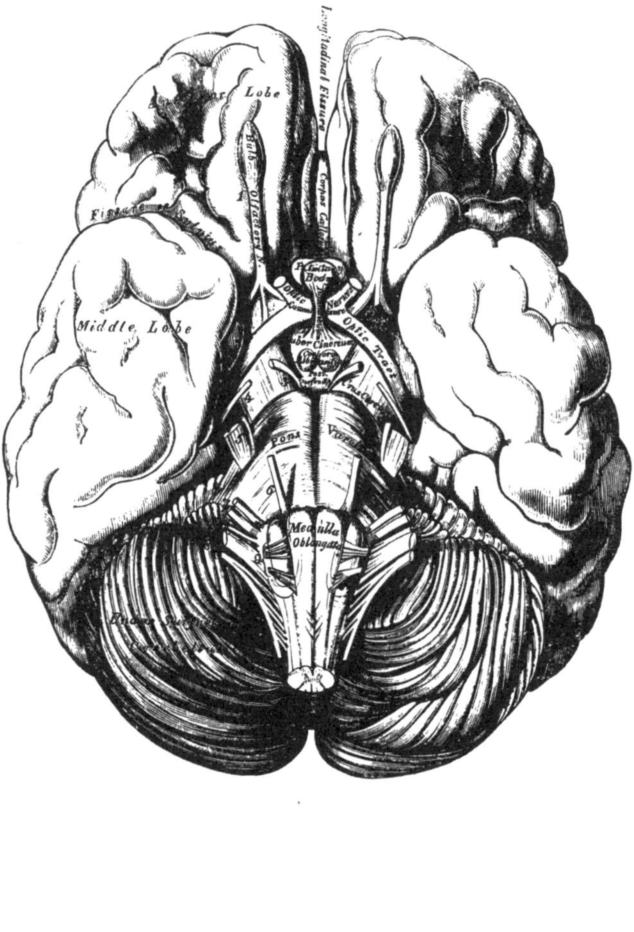
Longitudinal Fissure
Lobe
Bulb
Middle Lobe
Optic Tract
Pons
Medulla

第七章　噴水池邊

過了十五個月我才再度見到她，但這段時間出乎預料的快樂。老匍匐死了，令人震驚的是他留給我四分之一財產，他的遺孀及嫡子均分其餘的。我成為皇家醫院住院醫生，有滿滿一病房的患者似乎需要我，其中一些人並假裝仰慕我。我用平靜矜持的外表隱藏我有多麼需要他們，意外閃現的親切幽默才會打破這種表象。我用一般程度與手底下的護士打情罵俏——意思是說，對她們全體一視同仁。我被邀請去參加抽菸音樂會，每個人必須高歌一曲。我用加羅威方言演唱的歌在滑稽時人們歡笑，在悲傷時人們鼓掌。我總在不忙的時候想起貝拉，尤其是在上床睡前的半小時。我試著在那段時間閱讀布爾沃—李頓（Bulwer-Lytton）的小說，可是當我回想她的手臂在自動鋼琴前宛如烏鴉翅膀拍動，她總是歡愉的笑容，她走走停停的步行、搖擺的站姿、張開雙臂，彷彿要熱烈擁抱我，他小說裡的角色便像是傳統木偶。我沒有夢見她，因為我從不做夢，但是，我們再次相見時，有將近一分鐘我以為我在床上做夢，儘管我是在公立公園裡十分清醒。

半個月的炎熱無風無雲夏日，讓格拉斯哥變得可憎。沒有雨的沖刷或風的吹拂，工業煙霧形成霧霾，瀰漫整個山谷到鄰近山丘的高點，這種含砂的塵霾讓萬物覆蓋一層灰膜，連天空也是，在眼皮底下刺痛，在鼻孔裡結塊。室內空氣似乎比較乾淨，但是一天晚上，為了運動，我在凱爾文河畔一條無趣的步道走路。路上有一段要走過一道攔河堰，上游造紙廠排放的廢水在此處翻攪成一堆一堆的汙濁綠色泡沫，每一堆的體積與形狀有如女帽，因為裂隙而彼此分離，底部是不透明的浮渣。這種物質（外觀與惡臭像是化學曲頸蒸餾瓶的內容物）流經西區公園，完全隱藏了底下的河流。我想像它匯流到派屈克至加文之間的油膩克萊德河時的景象，猜想著人類是不是唯一排泄到水裡的陸地動物。希望想著較為愉快的想法，我漫步到卡特琳湖紀念噴水池（Loch Katrine Memorial Fountain）[9]，向上噴湧及落下的成串水珠讓空氣有了些許清新。盛裝打扮的人們和他們的子女繞著水池行走，我也加入他們，目光看向地面，如同我平常在人群之中所做的。我努力回想貝拉的眼睛，想起她的音節像珍珠一顆一顆掉落盤子上的時候，就聽見她說：「坎多，你的燈 新 戎哪裡去了？」

她像彩虹尾端似地在我面前閃閃動人，結實、高䠷、倚著貝斯特的手臂，渴望地笑著。她的眼睛是金褐色，她穿著一條深紅色絲綢長裙，搭配天藍色天鵝絨外套。戴著一頂紫色無邊女帽，雪白手套，左手手指捻著陽傘的琥珀傘頭，修長的傘柄斜倚在她肩頭，毛茛黃的絲質傘面與草綠色花邊在她腦後旋轉著。映襯著這些色彩，她的黑色頭髮與眉毛、淺色皮膚和亮金褐色眼睛，令人眩目的奇特卻又合適，但是如果她像是燦爛耀眼的美夢，杵在她旁邊的貝斯特則像是噩夢。跟貝斯特分開時，我的記憶總是將他怪物般的身形和男孩般蓬亂的腦袋縮減到可能比較真實的模樣，以至於即使才過了一

貝拉・貝斯特

週，意外看見他也會嚇一跳。而我與他已經七十週末見。他裹著無論什麼天氣到了戶外都會穿的厚披風、長大衣，因為他的身體比常人更快流失體溫，可是他的臉最讓我驚訝。他經常一臉不悅，但如今他驚愕的眼睛流露出他好像失去了理智或氧氣那樣重要的東西，會讓他慢慢死掉。這種幽暗氛圍沒有任何不友善——他對我陰鬱地點點頭——然而我卻感覺受到威脅，有一下子我害怕他所渴求與需要的都不是我，雖然貝拉現在熱切與期望地對我笑，像她小時候那樣。她已把右手從貝斯特手臂下抽出，筆直地伸向我。我再次踮起腳尖，握住她的手指親吻。

「哈哈！」她笑著，手在頭上揮舞，好像要捉蝴蝶似的。「他仍是我的小蠟燭，葛！你是繼小羅比．梅鐸之後，我第一個愛的男人，坎多，現在我貝兒、貝斯特小姐、格拉斯哥市民、蘇格蘭人、大英帝國子民，已經成為環遊世界的女人！法國、德國、義大利、西班牙、非洲、亞洲、美國男人，以及北方與南方的一些女人，都曾親吻這隻手與其他部位，但我仍夢到第一次，雖然相隔的大海天長地久波濤洶湧。坐到那張長椅上，葛溫。我要帶坎多去散步蹓躂閒逛遊蕩快跑慢跑疾馳繞行。可憐的老葛。貝拉不在，你會變得陰沉、更陰沉、最陰沉，直到正當你以為我永遠迷失墜毀撞擊猛擊，我就砰地從那叢冬青後頭冒出來。看好他，孩子們。」

她和貝斯特帶著五個男孩子，大靴子與粗糙衣裳顯示他們是僕役或工匠階級。如果小孩子做伴仍是貝拉大腦的線索，那麼她的心智年齡如今介於十二歲至十三歲。面無表情的貝斯特乖乖地塞進擁擠的長椅上。一邊的一名軍官匆促離去，另一邊的保姆帶著已開始尖叫的嬰兒逃跑了。兩名男孩坐到他們的位子上。其他人則在他面前站成一列，面朝外、兩腿分開、雙手抱胸。「很棒！」貝拉稱讚說。「如果有人瞪葛溫，就瞪回去，直到他們不再看。這可以讓你在我走開時保持清醒。」她從口袋的一個袋子裡，拿給每個孩子一顆大糖球，然後把我的手挽到她的臂下，催促我走過鴨子池塘。

貝拉堅定及多話的態度使得我原本預期連珠炮的話語，而不是所發生之事。她走向前，左瞧右瞧，直到看見灌木叢間有條窄路，便領我走上去。到了拐彎處，她停下來，啪地收起陽傘，像擲矛似地扔進一大叢杜鵑花，拉著我去找傘。我太驚慌了未能抗拒。等到葉子高過我們的頭，她放開我，解開右手手套鈕扣，笑著舔嘴低聲說：「現在來吧！」

脫下手套，她用手掌捂住我的嘴巴，左手摟住我的頸子。手掌邊緣擋到我的鼻孔，儘管訝異到沒有掙扎，我很快便喘著氣想要呼吸。她也是。她的眼睛閉著，頭左右擺動，發紅及噘起的嘴唇呻吟著：「一個坎多，喔坎多，這個坎多，有關坎多，對坎多，屬於坎多，由坎多，我坎多，你坎多，我們坎多……」

原本娃娃般無助的感覺，我突然希望一直這樣，她壓住我嘴巴和脖子的壓力變得甜美無比，我的掙扎不再是出於窒息，而是難以承受的愉悅。過一陣子，我被放開，一陣茫然，看著她拾起掛在樹枝上的手套，重新戴上。

「你知道嗎，坎多，」她非常滿足地嘆了幾口氣之後說：「自從兩週前我由美國回來下船以後，我就沒有機會那麼做了。貝斯特不讓我跟任何人單獨相處，除了他以外。你享受我們做的事嗎？」

我點點頭。她狡黠地說：「你沒有像我那麼享受。否則你不會那麼快就後退，而且會表現得更加愚蠢。但是，男人似乎在悲慘時更會表現愚蠢。」

她取回陽傘，開心地向上方山丘平台上一些看熱鬧的人揮舞著傘。[10] 我很不高興我們一直被人注視著，但又鬆了口氣，明白旁觀者一開始必然以為她想要勒死我，後來認定她是在幫我止住流鼻血。

等我們走回路上，她拂去我們衣服上的小樹枝、樹葉和花瓣，再把我的手放在她手臂下，邊走邊說：「我們要談些什麼呢？」

我很困惑而沒有回答，她於是又問了一遍。

「貝斯特小姐——貝拉——啊親愛的貝拉，妳與許多男人做過剛才的事？」

「是的，全世界，但大多在太平洋。在長崎出發的船上，我遇到兩位帥軍官——他們彼此相許——我有時跟他們每人一日做上六次。」

「妳有沒有……跟其他男人做更多的事情，貝拉，多過剛才和我一起在灌木裡所做的？」

「你這個無禮的小蠟燭！你聽起來和葛溫一樣可悲！」貝拉說，開心大笑。「我當然從來沒有跟男人做超過我們剛才做的事。跟男人做更多會有嬰兒。我只要玩樂，不要嬰兒。我只跟女人做得更多，如果我喜歡她們長相的話，可是許多女人很害羞。在舊金山時，麥塔維席小姐從我身邊跑開，因為超過親手與親臉把她嚇壞了。我很高興我們對這些事開誠布公，坎多。許多男人也很害羞。」

我告訴她我不害怕有話直說，因為我是一名合格醫生，又是在農場上長大。我亦詢問了麥塔維席小姐。

「她是我們離開格拉斯哥隊伍、隨從、隨行人員、行列、火車包廂的主要部分或傭人的主體。她是我的老師、陪同者、家庭女教師、同伴、指導者、年長女伴、教員、保姆、嚮導、哲學家和朋友，直到舊金山為止。她教我許多用字與詩句，直到最後決裂。你在農場長大！你的爸爸是個吝嗇鄉巴佬，在格蘭坪山照顧牲口，還是一名農夫拖著憊乏的步伐沉重緩慢地走回家？告訴告訴告訴你的貝拉貝拉貝拉。我是童年收藏者，因為那場車禍消除了我自己全部的記憶。」

我告訴她有關我父母的事。當她聽到我想不起母親的墓地在何處，她笑著點頭，雖然淚水已由她臉頰滑落。

「我也是！」她說。「在布宜諾斯艾利斯，我們想去給我父母掃墓，可是貝斯特發現，出錢安葬的鐵路公司將他們埋在一個無底峽谷邊緣的墓地，因此，當欽博拉索火山或科托帕希火山或波波卡特佩特火山爆發，整個地方土石流崩坍到谷底，將墓碑、棺材、白骨壓碎成無─窮─小原子的粉末。看到他們那個狀態將會像是探視一堆細砂糖，所以貝斯特帶我去他說我曾和父母一同住過的房子。那裡有一個灰塵揚起的庭院，一個角落有一口破裂的水缸，一些雞在啄食，一名年老看守人、清潔工、守門員、行李伕、禮賓司（不要再揿鈴了）、一名老人，他用西班牙語稱我貝拉小姐，所以我假設他記得我，但我不記得他。我瞪著、瞪著、瞪著、瞪著、瞪著那些瘦巴巴的雞，那個一邊長出爬藤的破裂水缸，我**奮力**要記起它們，但沒辦法。葛溫懂得每種語言，因此他用西班牙語問那名老人，我才知道我並沒有在那裡住很久，因為我爸我媽到處逐水岸荒地而居，麥塔維席小姐說得好，像是無處安歇的人子。我爸依納爵．貝斯特推銷橡膠、銅、咖啡、鋁礬土、牛肉、焦油、伊斯帕托草，各種價格隨市場波動的東西，所以他和媽媽也必須隨波逐流。可是我想知道的是，他們在隨波逐流時我在**做**什麼？我有眼睛，而我的臥室裡有一面鏡子，坎多，我**看見**我是一個二十幾歲的女人，比較接近三十歲，而不是二十歲，大多數女人到那個年紀都結婚了——」

「嫁給我，貝拉！」我大喊。

「不要改變話題，坎多，為什麼我父母還是把像貝兒．貝斯特這麼可愛的東西放在推車上帶著？那是我想知道的。」

我們無聲地走著，她顯然在沉思她的身世之謎，我則因為她無視我衝動但真誠的求婚而苦惱不已。最後我說：「貝兒——貝拉——貝斯特小姐，我接受妳和許多男人做過我們在灌木叢所做之事的事實。妳有沒有跟葛溫做過？」

「沒有。我無法跟葛溫做，那讓他很可憐。他太平凡，無法用那種方式玩樂。他和我一樣平凡。」

「胡說，貝斯特小姐！妳和妳的監護人是最不平凡的兩個人，是我所——」

「閉嘴，坎多，你太被外貌影響了。我沒有讀過《美女與野獸》或拉斯金的《威尼斯的石頭》（*Stones of Venice*）或大仲馬還是雨果的《鐘樓怪人》，那個陶赫尼茲出版的軟裝書，英文翻譯版整本書只要兩先令六便士，但我已聽過太多這些我們族類的偉大史詩，足以明白大多數人認為葛溫與我是非常哥德風格的兩個人。他們錯了。在內心裡，我們像是勃朗特《咆哮山莊》裡的凱西和希斯克里夫那麼普通的農民。」

「我沒讀過那本書。」

「你一定要去讀，因為那是我們的故事。希斯克里夫和凱西出身農人家庭，他愛她，因為他們自小一起長大玩耍，她很喜歡他，卻覺得愛德加更英俊，便嫁給了他，因為他不是家裡的人。這時，希斯克里夫開始瘋狂。我希望貝斯特不會。他在那裡，獨自一人，多麼便利好用啊。我很高興他把孩子們打發回家了。」

等我們走到噴水池時，公園管理員正在吹哨子，準備關上大門了，緋紅的太陽下沉到紫色及金色雲堆後面。可憐的貝斯特的孤單身影一如我們離開時的頹然，雙手交疊在一根結實手杖的旋鈕，手杖筆直立在他的兩腿之間，下巴擱在手上，驚呆的雙眼似乎失去焦點。當我們手挽著手站在他面前，我們的頭和他的齊高，但他依然好像沒看見我們。

「咘！」貝拉說。「你現在覺得好點了嗎？」

「好一點了，」他低語，努力想要擠出一絲笑容。

「好的，」貝拉說，「因為坎多和我要結婚了，你一定會為此感到高興。」

接下來發生我人生中最恐怖的經驗。貝斯特唯一有動作的部位是他的嘴。它緩慢而無聲地張開成一個圓洞，比他原本的頭顱還要大，然後越張越大，直到他的頭消失在嘴巴後面。他的身體似乎支撐著他身後赤紅夕陽裡一個漆黑、擴張、牙齒環列的洞穴。當吶喊聲發出來時，整個天空似乎也在吶喊。[11]我已經先用手捂住耳朵，所以沒有像貝拉那樣暈倒，可是這個尖高的單一音符響徹雲霄，像齒科鑽頭在沒有麻醉之下刺穿牙齒一樣穿入大腦。在那聲尖叫之際，我失去大多意識。我極為緩慢才恢復過來，根本沒看到貝斯特是如何跪在貝拉身體旁邊，用拳頭敲打兩側鬢邊，顫抖著用人類的聲音啜泣，他用沙啞的男中音聲音嗚咽著說：「原諒我，貝拉，原諒我把妳弄成這樣。」

她睜開眼睛，虛弱地問：「那是什麼意思？你不是我們天上的父，葛溫。為什麼要大驚小怪。不過，你的聲音破掉了，那值得感謝。你們兩人扶我起來吧。」

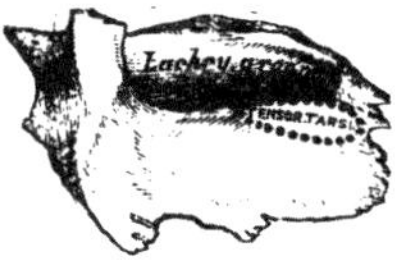

第八章　訂婚

她輕快地走在我們之間離開公園，一手挽著一人，我知道她立即恢復健康與高昂情緒必然讓貝斯特覺得冷酷無情；不過雖然他是我所認識最真誠的人，他普通的新聲音讓我認為他有點在作戲，因為他說：「發現妳把我當成是一艘觸礁的船，而把麥坎多當成救生艇，這令人極度痛苦，貝兒。我可以忍受妳環遊世界時的羅曼史，因為我知道他們只是過客。將近三年時間我和妳一起生活，只為妳活著，並且希望這種生活永不會結束。」

「我沒有遺棄你，葛溫，」她安慰地告訴他，「至少不是立刻。坎多很窮，所以我們兩人都會覺得和你長住一段時間很便利。把你父親的舊開刀房改裝成我們的會客室，無論你何時來，都會是受歡迎的客人。當然，我們會跟你一起吃飯。不過，我是很浪漫的女人，需要大量的性愛，但不是跟你，因為你不自主地把我當成小孩，而我不能、**無法**把你也當成小孩。我要嫁給坎多，因為我可以隨意對待他。」

貝斯特好奇地看著我。用略為羞赧的聲音，我告訴他，雖然我一直試圖成為不苟言笑、獨立型的男人，但貝拉是對的：自從他介紹我們認識的那一刻起，我便崇拜、渴望著她——她的一切在我看來是女性完美的極致——我會樂意忍受最可怕的痛苦，只要可以不讓她遭受一絲絲的不方便。我又說，貝拉永遠都可以對我做她想做的任何事。

貝拉說：「坎多的吻幾乎跟你的吶喊同等強烈，也會讓我暈倒，如果我不是一個成熟女人的話。」

貝斯特不停點頭了幾秒鐘，然後說：「我會幫助你們兩人做你們想做的任何事，但首先賞賜我一個恩惠，一個可以挽救我生命的恩惠。你們兩個星期不要見面。給我十四天做好失去妳的準備，貝兒。我知道妳打算把我繼續當作友善的便利，但妳無法預見婚姻將如何改變妳，貝兒——沒有人可以。請答應我這件事。拜託！」

他的嘴唇顫抖，口型似乎又要發出另一次吶喊，所以我們便趕緊同意了。我懷疑他能否用第一次的音量發出第二次吼叫，但我害怕他的口腔再度突然擴張將導致他的脊椎與顱骨脫節。

我們在一盞街燈下道別時，貝斯特背對著我們。貝兒低語著說：「十四天對我來說是好多年好多年好多年。」

我告訴她我會每天寫信給她，並從我領帶夾拔下一小顆珍珠，我跟她說這是我擁有的唯一漂亮的東西，也是最貴重的東西，問她是否願意永久收藏，每當看見或撫摸它的時候就會想起我。她猛烈地點頭了七、八遍，於是我把珍珠別在她的外套翻領，告訴她這代表我們訂婚了、將來要結婚。我並懇求她給我她的手套或圍巾或手帕，任何貼近她身上或有她氣味的紀念品，作為我們之間盟約的信物。她皺眉想了一會，然後給我裝有大糖球的袋子，說：「這個給你。」

我明白在她發育中的腦裡，這是一項高貴的犧牲，所以我眼泛淚光，用嘴親吻她戴著小山羊皮手套的指尖。我差點吻上她的唇，忽然記起如果我的唇吻上她沒戴手套的手指便險些令她暈倒，最好等到完全獨處時，我才能更加熾熱。我匆忙離開，因這段生活的美妙冒險而欣喜若狂。如果貝斯特的吶喊是我最為驚恐的體驗，這個時刻便是我最甜蜜的時刻。等我回到住處，我已開始構思我要寫的情書句子。我明白貝斯特希望與我分離十四天會改變她的心意，但我不害怕失去她，因為我知道他不會讓她承受任何殘酷壓力，他不會做偷偷摸摸或不誠實的事情。我亦相信他會保護她，不讓別的男人接近她。

我將近一週心不在焉地執行醫院職責。我的想像力甦醒過來。和盲腸一樣，想像力遺傳自原始時代，幫助人類生存，但在現代科學工業國家，它主要是疾病來源。我很自豪我沒有想像力，但它只是休眠而已。如今我做著人們期望我做的事，但沒有精確或熱忱，因為我不是在腦中寫著情書，就是在振筆疾書、跑出去寄信。我發現我詩興大發。我對貝拉的思念與希望信手拈來全都化為押韻的句子，我時常覺得我不是在寫，而是在背誦既有的詩句。以下是一則實例：

喔，美麗，無與倫比的貝拉，
我的記憶甜蜜地徘徊在
凱爾文河畔（我未來的新娘！）
我在那兒第一次親吻妳的手指。
我快樂地與同事相處，
我歡樂地飲酒，
我愉快地準備器具，
我快樂地思考，
我在池塘與海洋感受歡欣，
還有劈開山嶺的洪水，
但沒有任何快樂（我未來的新娘！）
沒有任何喜悅（我未來的配偶！）
比得上在紀念噴水池邊

我寄給她的其他許多詩同樣即興，同樣美好，結尾時強烈要求她回信給我。我終於收到的唯一回信，我必須逐字翻譯。收到信的時候，我對厚厚一包信欣喜不已，裡頭足足有將近十二張筆記本紙張。然而，她的字體太大了，每張紙只容得下幾個字，為了節省空間，她省略了母音，看起來像古代希伯萊文及巴比倫文：

親愛的坎多，

你這樣對我要求許多。文字對我不夠真實，聽不到說話的時候。你的信很像其他男人的情書，尤其是鄧肯．魏德本。

你忠實的
貝拉．貝斯特

大聲讀出這些子音字母之後，我逐漸讀懂每一句，除了尤其是鄧肯．魏德本，我的理解令我警戒及煩惱，因為唯一讓我保持希望的字眼是最後那個你忠實的。這是一個傳統商業用語，但貝拉既不傳統也不從事商業。即便如此，我決定不遵守對貝斯特的承諾，儘快去拜訪她。那個晚上在離開皇家醫院準備這麼做的時候，貝斯特的管家丁威迪太太把我叫住，她在馬車車門旁等著我。她交給我一張紙條，要我立刻看：

親愛的麥坎多：

我瘋了才拆散你與貝拉。馬上過來。我無意間以可怕方式傷害了我們三人。或許只有你可以拯救我們，如果你趕緊過來，今晚，日落之前，儘快。

你可悲的——相信我——

真心後悔的朋友；

葛溫．畢西．貝斯特

我跳上馬車，被載到公園圓環，衝進樓下的會客室，大喊著「出了什麼事？她在哪裡？」

「在樓上，她的臥室裡，」貝斯特說，「沒有生病，開心得不得了。鎮定下來，麥坎多。聽我說完可怕的故事，再試圖去改變她的心意。如果你需要喝點什麼，我可以給你喝一杯蔬菜汁。葡萄酒則免談。」

我坐下來看著他。他說：「她等著要跟鄧肯．魏德本私奔。」

「誰？」

「最差勁的男人——圓滑，英俊，衣冠楚楚，花言巧語，不擇手段，好色的律師——直到上週為止——專門勾引僕役階級的女性。他懶到不肯誠實勤勉地生活。況且，一名溺愛的老孀孀的遺產也讓他不必勤勉工作。他靠著游走法律邊緣做些略為不恰當的工作，收取不當的高昂費用來支付他賭輸的錢和齷齪的偷情。貝拉現在愛的是他，不是你，麥坎多。」

「他們是怎麼認識的？」

「她與你訂婚的翌日早晨，我決定立下遺囑把我的一切財產留給她。我拜訪了一位非常可敬的年邁律師，他是我父親的老友。他問起貝兒究竟和我是什麼關係時，我支支吾吾地回答，因為我突然懷疑，但不是絕對確定，他太了解貝斯特家族，不會相信我跟僕人們說的故事。我尷尬臉紅、結結巴巴，只好假裝生氣說我不想公開這件事，因為我付給他律師費，沒有理由回答質疑我的誠信的無禮問題。我真希望我沒那麼說！但我慌張了。他十分冷靜地回答他之所以問我，是想確定不會有柯林爵士的其他親戚出來爭奪；他已為將近三代的貝斯特家族服務，如果我不信任他的斟酌，就另請高明吧。我很想把所有真相告訴那個老好人，麥坎多，可是他會覺得我是個瘋子。我道歉後便離開了。

「我看到送我出門的那個祕書一直透過鑰匙孔偷聽，因為他不像迎我進門時那般諂媚了。我在通往前門的走廊攔住他，掏出一鎊金幣，若無其事地把玩著。我說他的主人太忙了，沒空接我的案子──他可以推薦別人嗎？他低聲說了一名在南區一家私人律所工作的律師姓名與地址。我打賞給那個惡棍，搭上馬車去到那個地方。可悲的是，魏德本在裡頭。我說明來意，並表示願意付更多酬勞好儘快辦妥這件事。他不過問其他資訊，除了我告訴他的。我很感謝。我欣賞他的美貌與文雅的態度，當時對他靈魂的黑色邪惡一無所知。

「他翌日便來造訪，帶著遺囑的文件來給我簽署。貝拉和我在這個房間，用她一慣的過度熱情歡迎他。他的反應極為冷漠、疏遠、高傲，顯然傷了她的心。那惹惱了我，雖然我沒有表露出來。我叫來丁威迪太太作為見證人，文件簽署及封緘時，貝兒都在角落裡生悶氣。魏德本把帳單遞給我。我離開房間去保險箱取金幣，我向你保證，麥坎多，我不到四分鐘就回來了。我很高興看到，雖然丁威迪太太此時已離開房間，魏德本似乎同樣冷漠，貝拉已恢復平常開朗地喋喋不休。我以為那是我最後見到魏德本。今天早晨就在早餐桌上，她愉快地告訴我，過去三個夜晚他等到僕人休息後去到她的臥室。學貓頭鷹叫是他的午夜暗號，她則是在窗口放上點燃的蠟燭，然後爬著梯子上來了！今晚，兩個小時後，她將與他私奔，除非你改變她的心意。鎮靜下來，麥坎多。」

我一直用兩手抓著我的頭髮，現在我猛拽頭髮大叫著：「喔，他們在一起做了什麼？」

「沒有什麼你需要擔憂的後果，麥坎多。我在環遊世界旅行一開始便注意到她的浪漫天性，在維也納聘請一位十分合格的女士教導她避孕的方法。貝兒告訴我魏德本也很嫻熟。」

「難道你沒有告訴她，他有多麼邪惡及奸詐？」

「沒有，麥坎多。直到今天早上我才知道，而且還是她告訴我他有多麼邪惡及奸詐。那個狡猾的魔鬼用他欺騙與背叛所有女人的放蕩故事來勾引她，而且還不只女人，麥坎多！他一古腦兒全說了出來——她說簡直和書本一樣——當然，他宣稱對她的愛淨化了他的人生，讓他變成全新的男人，他永遠不會拋棄她。我問說她相信這種話嗎？她沒說什麼，但是之前沒有人拋棄過她，這種改變或許對她有好處。她也說壞人跟好人同樣需要愛，並且更擅長。去找她，麥坎多，證明她是錯的。」

「我這就去，」我起身說著，「等魏德本來了，貝斯特，放狗咬他。他是違法入侵的盜賊。」

貝斯特瞪著我，帶著不屑與詫異，彷彿我叫他把魏德本釘死在格拉斯哥大教堂尖頂。他用責備語氣說：「我不能阻止貝兒，麥坎多。」

「但是，貝斯特，她的心智年齡只有十歲！她還是個孩子！」

「正因如此，我不能使用暴力。如果我傷害她愛的人，她對我的喜愛將轉為恐懼與不信任，我的人生便沒有目的了。假如，我為她守住這個屋子，等她厭倦魏德本或者魏德本厭倦她之時可以回來，我的人生便仍有目的。但是，或許你可以阻止這兩種情況發生。去找她。告訴她，我祝福她。」

第九章　窗前

我盛怒地上樓，一看到貝拉便化為悲傷，因為她的心思已不在我的身上。透過第一段樓梯平台一扇打開的門，我看見她坐在一扇打開的窗前，手肘支在窗台上，手托著臉頰。她穿著旅行服；腳邊放著已束起來的皮箱，上頭擺著一頂寬緣帽子與面紗。她看向花園，我只看到她的側面，由她的表情與姿勢，我看見從未看過的：滿足與寧靜，想著過去或未來的淡淡憂鬱。她不再是處於現在的生動活潑。我像是一個偷窺成熟女性的小男孩，輕咳著以吸引她的注意。她轉過頭來給我一個甜美的歡迎笑容。她說：「你能過來真好，坎多，陪我度過在這個老家的最後幾分鐘。我希望葛溫能在這兒，但他太傷心了，我現在無法忍受他。」

「我也很傷心，貝拉。我以為妳和我要結婚了。」

「我知道。我們幾年前講好了。」

「是六天——不到一星期。」

「超過一天在我感覺就像永恆。鄧肯．魏德本突然撫摸我身上你從未摸過的地方，現在我為他癡狂。等到黃昏降臨，他就會來，悄然地由巷子走過遙遠圍牆的那扇門[12]，用一塊布墊著門閂以免發出響聲。然後躡手躡腳走上通道，偷偷地舉起藏在羽衣甘藍菜圃的梯子——沒有藏得很好，你很容易便會看到它——喔，他極為輕柔極為熟練地豎起梯子，慢慢地將梯子頂端倚向我直到我能抓住，再用我的手把它放在窗台上。你從來沒有跟我做過那種事。然後他會帶著我們奔向人生、愛情及義大利，非洲閃爍泉水流過金砂的科羅曼德海岸。我不知道我們會在何處終結？可憐的親愛的鄧肯如此喜歡邪惡。假如他知道葛溫會讓我們在光天化日之下一起走出前門，他或許不會要我。坎多，除了訂婚，我會永遠記得以前你時常來探望我，聽著我為你在自動鋼琴彈奏，你總會在之後親吻我的手指，令我感覺自己是個美好的女人。」

「貝拉，我這輩子只跟妳見過三次，這次是第三次。」

「沒錯！」貝拉以驚人的氣勢突然發火大喊著。「我只是半個女人，坎多，而且還不及一半，沒有童年，沒有麥塔維席小姐所說的我們帶著榮耀雲彩走過的生活點滴，沒有糖與香料和各種美好事物的小女孩時期，沒有初戀與年輕夢想的女性。我人生的整整四分之一轟然崩塌消失。所以，這個空洞貝兒的僅存少許記憶叮叮噹噹哐啷噹啷嘩啦嘩啦嘎吱嘎吱啌噠叮鈴叮鈴，在這個可憐的空洞顱骨回響迴盪引爆振動共鳴回聲，用言詞 言詞 言詞 言詞言詞言詞言詞言詞言詞言詞言詞言詞言詞，試著無中生有卻沒辦法。我需要更多過去。我們在尼羅河上乘船時，一位美麗女士獨自旅行，有人告訴我她是個有過去的女人，喔，我多麼嫉妒她。可是，鄧肯將很快給我許多過去。鄧肯動作很快。」

「貝兒，」我祈求著，「妳**不要**離開去嫁給這個男人！你**不要**生他的小孩！」

「我知道！」貝拉說，驚訝地看著我。「我跟你訂婚了。」她指向旅行外套的翻領，我看見我的領帶夾的小珍珠。她狡黠地說：「我敢說你吃光了我的大糖球。」

我告訴她我把大糖球放進一個玻璃罐，蓋上蓋子，現在放在我住處的櫥櫃，因為如果我把它們放在口袋裡，我的體溫會把它們逐漸融化為不成形的一坨。我還說既然貝斯特拒絕保護她遠離這個沒用的壞男人，而且既然她拒絕保護自己，我會下樓去巷子裡堵他；如果我沒辦法叫他離開，我會把他揍倒。她怒視著我——我從未見過她怒視——她的下唇腫脹噘起。像個鬧脾氣的寶寶，有一下子我害怕她會像寶寶嚎啕大哭。

結果發生美好的事了。她的臉放鬆，露出我們初次見面時的開心笑容，她站著直直對我伸出雙臂，就像當時，但現在我走進她的雙臂，我們擁抱著。我記不得以前曾跟別人那麼親近過，她把我的臉用力埋進她的胸部，我呼吸不到空氣，比她在公園裡抱我的時候更緊。我不敢保持不動，以免昏倒，於是又掙扎著逃開。她站著握著我的手，親切地說著：「我親愛的小蠟燭，當我試圖給你歡愉，你無法承受並逃開。那麼你如何給我許多歡愉？」

「妳是我唯一愛過的女人，貝拉，我不像鄧肯．魏德本那樣一輩子都跟女僕性交，如果妳還算上雇來給他吃奶的奶媽。我的母親在農場上工作，她的老闆跟她性交，有了我，我很幸運他沒有在之後拋棄我們母子。我們的人生沒有時間去愛——報酬太低，工作卻太繁重。我學會靠著少量的愛活著，貝兒。我無法突然開始享受抱個滿懷。」

「可是我可以且願意，坎多，喔，是的！」貝拉表示，仍然笑著，卻十分肯定地點頭。「而且你曾說過我可以對你做任何我喜歡的事。」

我笑一笑並點頭，以為我把她搶回來了，說她仍然可以對我做任何她喜歡的事，但不是她喜歡跟其他男人做的。她皺起眉頭，煩躁地嘆氣，然後大聲笑著及喊叫：「不過，鄧肯還要好幾個小時、好幾個小時、好幾個小時才會來，所以上樓來，讓我給你驚喜！」

她把我右手挾在她手臂下，領著我走向門口。我無比快樂地詢問什麼驚喜；她跟我說驚喜發生前不可以問。

我們走上最高的樓梯平台時，她若有所思地說：「鄧肯是一名業餘拳擊冠軍。」

我告訴她，我也是一名鬥士；華菲爾學校的操場上不只一個大男孩以為我安靜又瘦小，是個好欺負的對象，雖然不總是贏，我一直證明他們是錯的。她捏捏我的手。此刻我注意到一種奇特的熟悉感：醫院裡苯酚與藥用酒精混雜著的氣味。我知道老柯林爵士的手術室，如同所有的手術室，都會設在頂樓，但沒想過仍然在使用。我們爬上樓以後，看到一片天光。還有一小時才會日落。風兒將天空掃得乾乾淨淨，接近夏至時節，蘇格蘭的天空總有亮光，無論街道與田野多麼黑暗。最高的樓梯平台直接位在照亮樓梯間的巨大穹頂之下。貝拉把手放在門把上說：「你必須要等在外頭，不可以偷看，直到我叫你，坎多，那時你會嚇一跳。」她側身走進門，迅速關上身後的門，我看不見裡面。

等候時，我腦中浮現出一些很詭異的想法。魏德本會不會帶壞了她，等我被叫進去時會看到她裸體？那個想法令我因矛盾感的焦慮而顫抖，等那一刻消失，我又被另一個更加糟糕的猜疑折磨。大部分的大房子設有供僕人使用的狹窄樓梯，貝拉會不會偷偷走下那些樓梯，她會不會正輕快地走向查林十字路，搭上馬車去到魏德本的房間？她的這個影像鮮明地浮現在我腦海中，我正想要開門，門便由內拉開了，我知道她必定站在門後，我眼前的房間空無一人。我聽到她說：「走進來，閉上眼睛。」

我跨進門但沒有立即閉上眼睛。這確實是老柯林爵士的手術室，在水晶宮時期圓環興建時按照他的規格蓋的。沒什麼裝潢且荒涼，但沐浴在溫暖的暮光之中。這是由高聳的窗戶傾瀉而下，以及四道天光向上斜射到天花板中央的反射鏡，將底下的手術台籠罩在一片亮光當中。我看到長椅上放著像是柵欄籠舍與狗窩，並在醫院味道當中嗅到了動物氣味。我聽到身後的門咔地上鎖，感覺貝拉呼氣在我頸背上。突然確定她是裸體的，我半閉上眼睛，開始顫抖。在我身後她伸出一條手臂放到我胸前，看見手臂上穿著旅行服的袖子我便鬆了一口氣。她把我往後壓向她的身體，我放鬆了下來，短暫注意到這裡的化學氣味異常濃重。我感覺並聽到她在我耳邊呢喃：「貝兒不會讓任何人傷害她的小蠟燭。」

她把手捂住我的口鼻，當我想要呼吸便失去了意識。

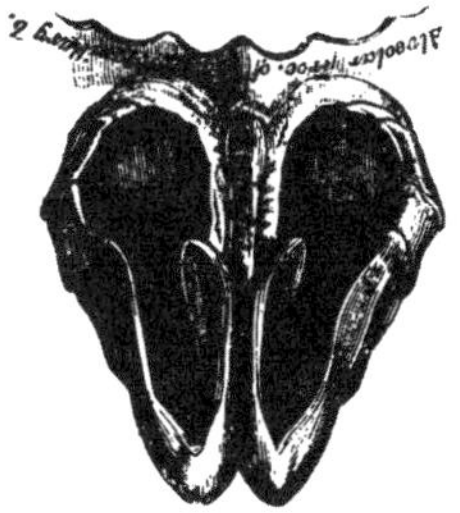

第十章　沒有貝拉

我聽見煤氣吊燈微弱穩定的嘶嘶聲。我頭痛，但沒有睜開眼睛，因為燈光會刺痛眼睛。我知道可怕的事情發生了，我重要的東西被奪走了，但我不願去想。附近有人嘆口氣，低聲說著：「邪惡。我真邪惡。」

我想到了貝拉，便坐起身，一條毯子由我身上滑落。

我坐在（先前躺著的）貝斯特書房的沙發上。我沒穿外套，背心被解開鈕扣，衣領與鞋子已脫下。沙發是一座巨大的桃花心木物件，椅面裝飾著黑色馬毛。貝斯特坐在另一端沮喪地看著我。透過窗戶（窗簾並未拉上）我看見皎潔夜空中一輪巨大的半月，天空滿布湛藍光芒，看不見星星。我說：

「什麼時間了？」

「已過午夜兩點。」

「貝拉呢？」

「私奔了。」

過一會兒，我問他是怎麼發現我的。他遞給我一疊紙，寫著貝拉的巨大潦草速記。我交還紙張，說我的頭太痛了，無法解讀任何密碼。他大聲讀了出來。

「親愛的葛溫，我把坎多在手術室用氯仿麻醉。等他清醒後，要求他和你一起住，那麼你們兩人可以經常談論我，你的忠實的親愛的摯愛的貝兒．貝斯特。附註：我會發電報等我抵達後告知我的下落。」

我哭泣著。貝斯特說：「下去廚房吃點東西吧。」

到了樓下，我坐著把手肘放在餐桌上，貝斯特搜尋食物櫥櫃，然後在我面前放了一大瓶牛奶、杯子、盤子、刀子、麵包、起司、醃黃瓜和剩下的冷烤雞。他遞出最後那一盤時帶著難以掩藏的厭惡，因為他是素食者，肉品僅供僕人食用。我勉強吃著食物時，他慢慢地把將近一加侖的灰色漿液，那是他的主食，由運輸工業用酸類的玻璃器皿舀進一個大杯子。等他離開房間去上廁所，我出於好奇偷偷啜飲一小口，發現它和海水一樣鹹。

我們在哀傷的沉默之中一直坐到天亮，偶爾迸出幾句交談。我問他貝拉從哪裡學會使用氯仿。他說：「我們從國外回來以後，我明白她需要玩具以外的事物讓她忙碌，於是我成立一間小動物診所。我發布消息說，送到我們後門的生病動物將得到免費救治。貝拉是我的接待員兼助手，在這兩方面都是優秀的臨床醫師。她喜歡和陌生人碰面及醫治動物。我教導她縫合傷口，她用勞工階級婦女縫製襯衫的靈巧熱情穩定，以及中產階級婦女的無聊刺繡去做這件事。許多性命與四肢無法挽救，麥坎多，因為女性被排除在更為複雜的醫學技藝之外。」

我又累又病，已不想爭論這點了。

過了一會，我問為什麼他突然在貝拉和我訂婚的翌日立下遺囑。他說：「為了在我死後供養她。無論你多麼努力工作，麥坎多，你很多年都不會有錢。」

我指責他計畫等我們結婚便自殺。他聳聳肩說，他以後沒有活下去的理由了。

「你這個自私的傻子，貝斯特！」我憤怒地大叫。「如果是你自殺，貝兒和我怎麼能夠享用你的錢財？我們當然會收下，但會讓我們傷心。如果可以拯救我們三人免於那種情況，私奔也不全然是壞事。」

貝斯特倚身靠向我，低聲說道他的死亡不會看上去像自殺。我感謝他的警告，說我將來會看緊他，又說如果他死於不愉快的環境，我會採取適當措施。他眼睛瞪大看著我，吃驚地說：「什麼措施？你會把我埋在不聖潔的墓地？」

我惱怒地告訴他，我會把他冰凍起來，直到我找出方法來復活他。有一瞬間他看起來想笑，隨即端正臉色。我說：「你現在不能死。如果你死了，全部財產都會落到鄧肯・魏德本手中。」

他指出，眾議院正在審議一項法案，讓已婚婦女保留她們自己的財產。我告訴他那項法案永遠不會通過立法。它會破壞婚姻制度，而且大多數議員都是丈夫。他嘆口氣說：「我跟所有殺人犯一樣該死。」

「胡說！為什麼這樣說你自己？」

「不要假裝你已經忘記了。我讓你見貝拉的第一天，你一個直接的問題便揭發我的罪過。記得嗎？」

此時他離開去上大號或小號。不論何者都花了將近一小時，等他回來，我說：「抱歉，貝斯特，我對於你為何稱自己是殺人犯毫無頭緒。」

「那個我從溺斃女人身上取下的將近九個月的小胎兒，應該被當成我的養子來寵愛。把它的大腦重新安裝到母親的身體，我等於刻意縮短了她的生命，彷彿我在她四十歲或五十歲便刺死她，但是我縮減的是初始的那些年，而不是她生命終結的那些年——這是更加邪惡的事。我那麼做的理由跟年老色鬼從老鴇那買來孩童一樣。自私貪婪與沒耐性驅使著我，而**那**！」他大叫著，非常用力地用拳頭重擊桌子，連桌上最重的東西都跳起來至少一英寸，「而**那**正是何以我們的藝術與科學無法改善世界，儘管開明慈善家那麼說。我們廣大的新科學技能首先被運用在我們天性與國家當中該死的貪婪自私不耐煩的部分，謹慎仁慈社會的部分總是居次。沒有柯林爵士的技術，貝兒現在會是個正常的兩歲半幼兒。我可以享受她的相伴十六年或十八年，她才會獨立，不需要我。可是我該死的性慾支配我的科學技能，把她躍進成為鄧肯．魏德本的珍饈！鄧肯．魏德本！」

他哭泣，我則憂傷地沉思。

我沉思了很長一段時間，然後說：「你剛才說的大多沒錯，除了你說不可能藉由科學改進事情。身為自由黨黨員，我一定要提出異議。至於你縮短了貝兒生命，要記住，我們對於衰老唯一確知的是，悲慘與痛苦造成人們更快衰老，甚於快樂，所以貝拉極為快樂的年輕大腦或許延長她的身體超過一般壽命。如果你把貝兒弄成這個樣子是犯罪，我很感激你的罪行，因為我愛她的樣子，無論她有沒有嫁給魏德本。我也懷疑這個用氯仿麻醉我的女人會成為任何人的玩物。或許我們應該同情魏德本。」

貝斯特瞪著我，然後把手伸過桌子。他緊握住我的右手，直到指關節咔啦作響，我痛到大叫，持續的瘀血過了一個月才好。他抱歉地說，他是在表達衷心感激。我懇求他以後把感激放在他心裡就好了。

在這之後，我們稍微愉快了一些。貝斯特開始在廚房裡踱步，露出只有在他想到貝兒、忘掉他自己的時候才有的笑容。

「是的，」他說，「沒有多少兩歲半的人如此踏實、果斷、機智。她記得發生在她身上的每件事、聽到的每個字，所以即便無法理解，她之後也會懂得意思。我讓她免於一項我從來沒有的壓倒性劣勢：她從來沒有小個子過，所以不知道什麼是害怕。你還記得經歷多少尺寸的矮個子才長到現在的身高嗎，麥坎多？二十四英寸高的地精？一碼高的小妖精？四英尺的侏儒？當你還小的時候，統治世界的巨人是否讓你感覺他們很重要？」

我聳聳肩說，並不是所有人的童年都和我的一樣。「或許不一樣，但我聽說，即使在富裕家庭，哭叫嬰兒、嚇壞的幼兒、抑鬱的青少年也是很常見的。大自然給予兒童很大的情緒韌性以幫助他們撐過個子小的壓迫，但這些壓迫仍然把他們變成稍微瘋狂的成人，若不是瘋狂地爭奪他們以前欠缺的、便是（更為常見的）瘋狂地避開的力量。現在貝拉（這是你或許應該同情魏德本的原因）擁有嬰兒的韌性以及美麗女性的體態與力量。從睜開眼的那一天起，她的月經週期便已完全活躍，所以她從來沒被教訓過觸摸自己身體是可恥的或者懼怕自己的慾望。沒學會個子小被欺負的怯懦，她說的話只用來表達她的想法與感受，而不是加以掩飾，因此她不會做虛偽及撒謊的一切壞事——幾乎是各種壞事。她唯獨缺乏經驗，尤其是決策的經驗。魏德本是她的第一個重大決策，但是她對他的性格不抱幻想。丁威迪太太已在她的外套內裡縫上足夠的錢，確保萬一她和魏德本突然分開，她不會缺少旅費。我的主要恐懼是，她更感興趣的某個人會吸引她進入我們無法想像的冒險。不過，她知道如何發送電報。」

「她最大的錯，」我說（貝斯特立即面露不悅），「是她嬰兒般的時間感與空間感。她覺得很短的期間很長，卻認為她可以馬上得到她想要的所有東西，不管它們距離她多遠以及這些東西彼此距離多遠。她說的好似她與我訂婚以及她跟魏德本私奔是同時的。我不忍心告訴她就時間與空間而言是不可能的。」

貝斯特講解我們對時間、空間與道德的觀念是方便的習慣，而不是自然法則，正講到一半，我當著他的面打了哈欠。

窗外有了天光與鳥鳴。悲傷的汽笛正在召喚工人走進船塢與工廠。貝斯特說已在客房幫我準備好了床。我回答我再兩個小時就要值班，只想跟他借用洗臉盆、刮鬍刀和梳子。他帶我上樓時說：「我們談論貝拉，正如她在信中所預言，所以你最好也住在這裡。我請你幫這個忙，麥坎多。年老女人的陪伴現在對我已不夠了。」

「相比於我在特隆門的住所，公園圓環距離皇家醫院很遠。你的條件是什麼？」

「免租金的房間，免費的煤氣燈，免費的炭火與免費床單。免費清洗你的小衣服與襯衫，免費漿你的衣領，擦亮你的靴子。免費熱水澡。選擇和我一起吃的話，還免費用餐。」

「你的食物會讓我生病，貝斯特。」

「你會吃丁威迪太太、廚師與女僕他們給自己做的相同餐點——美味的真正食物。你可以免費使用自柯林爵士時期以來已大幅擴增的圖書室。」

「我要回報你什麼？」

「等你有空時，你可以來診所幫我。從狗、貓、兔子和鸚鵡，你可以學到很多來幫你治療沒羽毛的雙足病人。」

「嗯！我會考慮。」

他笑了，彷彿他認為我的話是無謂地顯示男人的獨立。他是對的。

那一晚我借了一口大行李箱，裝滿它，付給我特隆門房東十四天的房租以免除合約，帶著我全部的東西、器材和動產，搭上馬車來到公園圓環。貝斯特沒說什麼便讓我進門，帶我去我的新房間，遞給我一封幾個小時前由倫敦發來的電報。上頭寫著「在這裡」，但沒有署名。

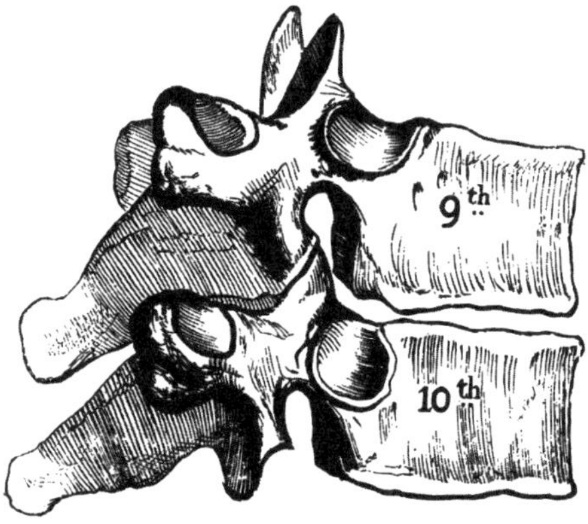

第十一章 公園圓環十八號

如果說辛勤、有成就感的工作，有趣、不苛求的友誼，以及一個舒適的家，是幸福的最佳場地，那麼接下來的幾個月或許是我所知最愉快的。貝斯特的所有僕人都是我母親階級出身的鄉村女孩，雖然沒有人遠低於五十歲，我相信她們喜歡有一個相對年輕的男人在屋子裡享用她們烹煮的食物。她們從沒看到我吃，因為我的餐點都是用送菜升降機送到樓上的用餐室，但我時常放一束便宜的花或感謝紙條，跟髒盤子一起送下去廚房。

我和貝斯特在一張巨大餐桌吃飯，儘量離他遠遠的。因為沒有胰臟，他手工調配他的消化液，把它們淋到食物上再咀嚼吞嚥。我詢問它們的成分，他迴避了問題，面露羞愧，顯示其中有些萃取自他的排泄物。他坐的餐桌那端傳來的臭味證實了這點。他的椅子後面是一個餐具櫃，擺滿玻璃器皿、塞上瓶塞的玻璃瓶、玻璃杯、量筒、吸量管、注射器、石蕊試紙、溫度計和氣壓計；還有本生燈、曲頸瓶和蒸餾器管路。蒸餾器整天用小火煮著。每次用餐的某個意想不到時刻，他會停止咀嚼，動也不動，彷彿聆聽遙遠、但來自他體內的什麼東西。過了幾秒鐘，他會慢慢站起，小心翼翼地端著餐盤到櫥櫃，花數分鐘調配一番再加到盤子裡。櫥櫃上有一份表格，每四小時他記錄自己的脈搏、呼吸和體溫，以及他的血液與淋巴系統的化學變化。有一天早上在早餐前，我研究了表格後便心緒不寧，以後我再也沒去看。它顯示的每日波動極度不規律、突然且急遽，即使是最強壯與健康的身體也撐不下去。時間及日期（用貝斯特清楚、細小、童稚但堅定的筆跡記載）顯示，前一日與我談話時，他的神經網絡經歷了一次相當於癲癇發作，然而我卻沒有注意到他的態度變化。這些器材與表格想必是偽裝，是一個醜陋疑病症患者的計謀，用誇大自己疾病以感覺超乎常人吧？

除了用餐室之外，公園圓環十八號的生活其實很平凡。晚餐後我們照顧手術室裡生病的動物，然後回到書房讀書或下西洋棋（貝斯特總是贏）或跳棋（我幾乎總是贏）或克里比奇紙牌遊戲（勝利不可預測）。我們恢復週末的長途步行，一路上都在談論貝拉。她沒有讓我們忘記她。每隔三天或四天就有一封寫著「在這裡」的電報寄自阿姆斯特丹、美茵河畔法蘭克福、馬倫巴、日內瓦、米蘭、的里雅斯德、雅典、君士坦丁堡、奧德賽、亞歷山大港、馬爾他、摩洛哥、直布羅陀和馬賽。

一個起霧的十一月午後，一封寄自巴黎的電報寫著「別擔心」。貝斯特抓狂了。他大喊：「如果她叫我不要擔心，一定是有什麼可怕的事情要擔心。我要去巴黎。我要雇用偵探。我要找到她。」我說：「等她叫你去，貝斯特。相信她的誠實。那個訊息表示她沒有為了你或我會煩惱的事情而操心。你沒有阻止她，而把她交給了鄧肯．魏德本。現在，最好相信她會照顧自己。」

這說服了他，但並未讓他鎮靜下來。整整一週後又從巴黎寄來相同的訊息後，他的決心崩潰了。

一天早上我出門上班，心中確信等我回來他必定已出發前往法國，但是當我踏進前門，他從書房通道活力充沛地跟我打招呼，大喊著：「貝拉的消息，麥坎多！兩封信！一封來自格拉斯哥的瘋人院，一封寄自她的巴黎寓所！」

「什麼消息？」我大叫著，脫掉外套跑上樓。「好的？壞的？她怎麼了？誰寫的那些信？」「消息不完全是壞的，」他謹慎地說。「事實上，我認為她過得很好，雖然傳統道德家不會同意。到書房來，我把信唸給你聽，把最好的留到最後。另一封信有著格拉斯哥南區的郵戳，是個瘋子寫的。」

我們在沙發上平靜心情。

他大聲讀出下述的信件。

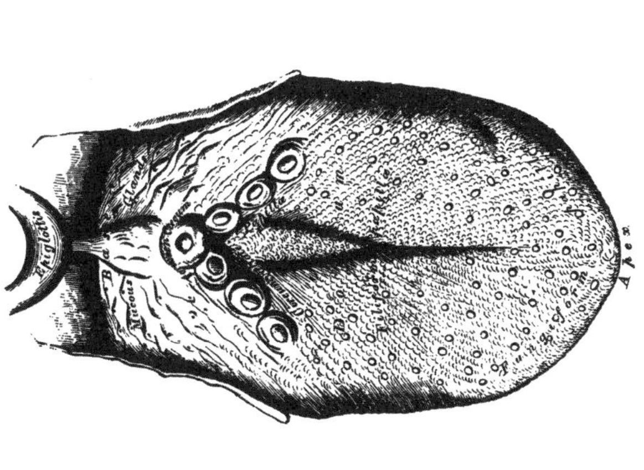

第十二章 造就一個瘋子

魏德本的信

艾頓街41號
波洛克席爾茲
11月14日

貝斯特先生：

直到一週前我都羞於寫信給您，先生。我當時想著我在信上的署名將使您厭惡到抽搐，不讀信便把它燒掉。您邀我到府上洽公。我看見您的「姪女」，愛上了她，與她密謀，與她私奔。雖然沒有結婚，我們環遊歐洲，行遍地中海，以夫妻的角色。一週前，我在巴黎離開了她，獨自返回格拉斯哥我母親的住處。如果這些事實被公開，大眾會把我當成最差勁的惡棍，而直到一週前，我也是如此看待自己：一個有罪的輕率浪蕩子，將一名美麗年輕女子從她的豪宅與慈愛的監護人手中強行奪走。如今我對鄧肯·魏德本的觀感好了許多，對先生您的觀感卻變得很差。您看過傑出的亨利·歐文（Henry

魏德本的信：
造就一個瘋子

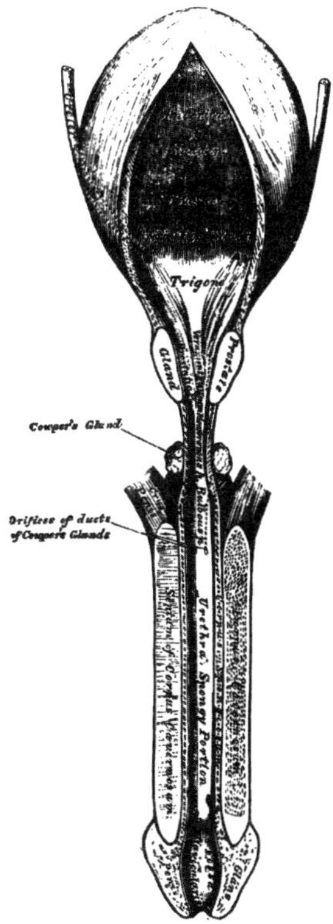

鄧肯・魏德本

Irving）在格拉斯哥皇家劇院演出歌德的舞台劇《浮士德》嗎？我看了。我深為感動。我自認是那名飽受折磨的主角，那名專業中產階級的可敬成員召喚地獄之王來幫他勾引一名僕役階級的女人。沒錯，歌德與歐文明瞭現代男人—鄧肯．魏德本—其實是雙重人格：既是受到充分教誨什麼是明智與守法的高貴靈魂，然而也是愛上美人只是為了把她貶低、玷汙的魔鬼。直到一週前，我便是如此看待自己。我真是傻子，貝斯特先生！被盲目誤導的傻子！我與貝拉的情愛一開始是浮士德式，打從您強行把我介紹給您的「姪女」的那一刻起，我的鼻孔便嗅到令人迷醉的邪惡香氣。我卻不知道在**這齣**通俗劇，我將扮演純真、值得信賴的格蕾琴的角色，您強大的姪女扮演浮士德，**而您！是的，您，葛溫．畢西．貝斯特，則扮演撒旦本人！**

「注意到了嗎，麥坎多，」貝斯特此時說，「這傢伙寫信像你喝醉時講話一樣。」

我必須設法平靜地寫信。正好一週前，我蜷縮在一輛四輪馬車的一角，貝拉在外頭月台上透過窗口跟我聊天。她一如往常地明豔動人，帶著一股清新、期盼的年輕，看似嶄新卻又可怕地熟悉。**為什麼**熟悉？此時我記起貝拉看起來和我們初次成為愛人時一模一樣。現在，裝著仁慈的外貌（因為是我說我們必須分開），她拋棄了我，像是破鞋或壞掉的玩具，被我從未見過的某個人**更新**了，某個她必然在當天早上瞥見的人，因為我們六個小時前才由馬賽抵達巴黎。在那六個小時，她沒有遇見別人，沒有跟別人說話，除了我和我們飯店的女經理以外——我一直待在她身邊，除了我去看看附近的大教堂，而那只花了不到三十分鐘——然而就在那段時間，她竟然重新墜入愛河！女巫什麼事都幹得出來。突然間她說：「答應我，等你回到格拉斯哥，你要跟葛溫說，我很快會要蠟燭。」我答應了，雖然我覺得這訊息莫名其妙——或者是更多巫術。這封信便是履行那項承諾。

為何在履行承諾之後，我仍有一股衝動想要告訴您更多，告訴您全部？這股想要向您，梅菲斯特・貝斯特（譯註：**Mephisto**，《浮士德》中的魔鬼），傾訴我愧疚與煎熬內心最深處祕密的渴望是從何而來？是因為我認為您早已洞悉那些祕密了嗎？

「天主教教義或許可以恢復他的神智，」貝斯特低聲說。「沒有告解儀式，他會找任何藉口將他的二手、二流情緒嘮叨給任何人聽。」

您兩年前在皇家劇院看過比爾博姆・特里（**Beerbohm-Tree**）演出偉大的愛爾蘭詩人奧利佛・高德史密斯（**Oliver Goldsmith**）所寫的《屈身求愛》（***She Stoops to Conquer***）嗎？主角是一名快樂聰明英俊的紳士，受到同輩喜愛，長輩寵愛，吸引女性。他只有一個缺點。他只有跟僕人階級的女性在一起才感覺舒適。與他自己所得水準相同的群體的可敬女性令他覺得呆板拘謹，她們越是美麗愉悅，他越覺得尷尬、無法愛她們。完全就是在講我！還是孩童時，我便認為唯有雙手勞動的婦女才不會發現天生的鄧肯·魏德本是個噁心生物，其結果是勞動婦女成了唯一吸引我的女性階級。青少年時，我以為這證明我是一種怪物。當我說一進入大學，我便發現**三分之二**的學生有跟我一模一樣的感受，你會相信我嗎？他們大多克服了這種本能，可以跟可敬的女性結婚生子，但我懷疑他們是否真正快樂。我的本能太過強烈無法做到，抑或我太誠實無法生活在謊言之中。高德史密斯的主角最後被一名和他相同階級的美麗女生拯救，她裝扮成女僕的樣子，學著女僕講話，才擄獲了他。可悲啊，一名十九世紀的格拉斯哥律師不可能有這種快樂結局。我的愛情生活是在我的專業生活的樓梯下及幕後，在這些狹窄空間我享受狂喜，遵守蘇格蘭國家詩人羅伯·伯恩斯（Rabbie Burns）喜歡、教誨與實行的道德規範。當我告訴每個氣喘吁吁的美女我會永遠愛她，我是完全真誠的，確實，我會迎娶她們每個人，假如我們之間的社會鴻溝沒有禁止這種事的話。我的幾個可憐私生幼仔（原諒我使用蘇格蘭語，但在我聽來幼仔這個用語比嬰兒或子女更有人類溫度），我的幾個可憐私生幼仔（少於你的手指數目，貝斯特先生，因為我很謹慎地預防生太多），我的幾個可憐私生幼仔從沒有被放置不管。每個人都進入我朋友奎里爾的慈善機構。你知道（如果你有看《格拉斯哥先驅報》的話）那位偉大的慈善家贊助照顧不幸的人，然後送他們去加拿大，投入良好的國內農業勞動以擴展我們北方帝國的疆域。他們的母親也沒有受苦。沒有任何一個甜美的廚工、迷人的衣物軋乾工、成熟性感的洗廁工，因為與鄧肯・魏德本廝混而損失一天的工作，雖然她們短暫與不規律的空閒時間意味著我必須一次勾搭好幾人。儘管我的方式邪惡，我本質上純真——在膚淺虛偽底下，我基本上是誠實的——這便是您介紹給您所謂姪女的男人，貝斯特先生。

第一眼，我就知道這是個階級尊貴與否對她而言沒有意義的女人。雖然穿著流行時尚的華麗服裝，她像個站在女主人身後、剛拿到半克朗小費、輕撫著臉頰的女僕愉悅直率地看著我。我知道她看見及歡迎律師體內原始的魏德本。我將我的困惑隱藏在冷漠面具底下，或許您覺得是態度惡劣，但我的心在狂跳，我擔心您會聽見我砰砰的心跳聲。就內心而言，直接是最好的方法。在和她單獨相處時，我說：「我可以再見到妳，很快，而且沒有其他人知道嗎？」

她看起來吃驚，但點點頭。我說：「妳的臥室在房子後面嗎？」

她笑著頭點。我說：「今晚當屋子裡的其他人都上床後，請妳在窗台放上點燃的蠟燭。我會帶梯子來。」

她笑著頭點。我說：「我愛妳。」

她說：「另一個男子也那麼說了，」當您回來時，貝斯特先生，她一直聊著她的未婚夫。她的狡猾震驚及刺激了我。直到今日，我仍無法相信。

雖然我愚蠢地以為我欺騙了您，我從不曾想要欺騙她。我坦白且完全地揭露我過去所有的惡劣行為，多過我現在寫這封信時所有的勇氣與空間

（「感謝老天爺！」葛溫強烈地低聲說著。）

因為（像我這般的盲目傻瓜）我以為我們很快便會成為夫妻！我以前從未聽說愛上男人的中產階級二十幾歲女子**不想**結婚，尤其是跟她私奔的男人。我如此確信貝拉很快便會成為我的新娘，藉由無害的狡辯，我取得一本護照，上頭記載我們是夫妻。這是為了方便我們在歐洲大陸蜜月，我打算在簽署民事契約後立刻展開。我敢把手按在心上發誓，我決意把貝拉．貝斯特變成貝拉．魏德本跟金錢利益一點關係都沒有。我承認您在要求立遺囑時的態度讓我感覺您或許不久於人世，但我確定您至少會活著看到我們蜜月回來。我對先生您最大的期待，在金錢方面，是一小筆穩定零用錢，幫我維持貝拉跟您一起生活時的水準。每年幾千元便已足夠，貝拉講話的方式顯示您對她的慷慨無極限——對這個您假裝是姪女的女人。你們兩人必定開懷大笑你們多麼聰明地騙我上當！因為當我們在輕柔的夏日夜晚搭上倫敦列車時，我已安排我們在基爾馬諾克（Kilmarnock）[13] 臨停，並說服一名當地的户籍登記員在那裡等候我們，把我們接到他家，為我們證婚。想像我有多麼驚愕，當我們在抵達格拉斯哥克羅

斯邁洛夫站（Crossmyloof）之前，她宣告她**不能嫁給我因為她已和別人訂婚了！！！！**我說：「那不是過去的事了嗎？」

她說：「不是，是未來的事。」

我說：「那要把我擺在哪兒呢？」

她說：「這裡與現在，魏德，」然後擁抱我。她是天堂女神，穆罕默德的天堂。我賄賂警衛給我們獨享一節完整的頭等車廂。那班火車不是快車，所以它必定停靠基爾馬諾克、鄧佛里斯、卡萊爾、里茲和瓦特福車站以北的所有車站，但是在我們熱情的朝聖之旅中，我只感受到行進與短暫停車。我是可以滿足她的男人，但速度太驚人了。

「這讓你痛苦嗎，麥坎多？」貝斯特問。

「繼續！」我告訴他，把臉埋在手掌裡，「繼續！」

「好吧，但記住，他是在誇口。」

最後，喀嚓喀嚓行進、笛聲鳴叫與輪子律動減速顯示，我們燒煤炭的鐵馬將停在密德蘭線的南方終點站。我們在整理衣衫時，她說：「我等不及在舒適的床上全部再來一遍。」

確信我們的結合行為已消除對另一個男人的所有情感，我又再跟她求婚。她訝異地說：「你不記得我對那個問題的回答嗎？我們去車站飯店，點一份大大的早餐。我要麥片粥、培根、蛋、香腸、燻鮭魚、成堆奶油吐司和一大瓶又甜又熱的奶茶。你一定也要吃很多！」

我需要飯店。前一天是激烈的一天，我已經二十四小時沒有睡覺了。貝拉看起來和我們離開格拉斯哥時一樣清新。我們走近接待櫃台時，我踉蹌了一下，扶住她的手臂，聽到她說：「我可憐的男人累壞了。我們需要在房間裡吃早餐。」

因此，當貝拉享用她的大份早餐，我脫掉外套、鞋子、衣領，躺在床上小憩一會。我做了許多夢，唯一記得的是走進一家理髮店，蘇格蘭瑪麗皇后為我剃鬍。她在我的臉及喉嚨塗上溫暖的肥皂泡沫，開始刮了起來，此時我醒來赫然發現替我刮鬍子的其實是貝拉。我裸體躺在床裡頭，肩膀和頭枕在鋪了毛巾的枕頭上。貝拉穿著絲質家常服，正用刮鬍刀的利刃敲擊我的臉頰。看到我眼睛瞪得圓圓的，她大聲笑著。

她說：「我在剃掉你的鬍渣，好讓你變得跟昨晚一樣光滑、甜美及英俊，魏德，因為又快到晚上了。不要看起來那麼驚嚇，我不會割到你！我給狗、貓和一隻老貓鼬身上的傷口與化膿處剃掉許多毛。你睡得好熟喔！今天早上我給你脱衣服，把你塞進床裡時，你一直沒有睜開眼。你猜我今天去了哪裡！西敏寺和杜莎夫人蠟像館和《哈姆雷特》日場表演。聽到普通士兵和王子與掘墓者講著詩句真的很美妙！我希望我隨時都說著詩句。我也看到許多衣衫襤褸的孩童，我給他們一些我出門時從你口袋拿走的錢。現在我要用這些柔軟溫暖的毛巾擦你的臉，幫你穿上高級鋪棉晨袍，你可以在睡覺前坐起來半小時，吃我已經點好的可口晚飯，因為我們必須維持你的體力，魏德。」

我在恍惚狀態坐起來，就是那種因為精疲力盡睡過頭、卻在睡著時被叫醒的感覺。晚飯是冷肉、醃漬物和沙拉，一塊蘋果塔和兩瓶印度出口麥酒。一壺咖啡用三腳架放在火邊保溫。恢復精力及警醒後，我看著我的命運女神在桌子對面的舒適椅子裡宛如蛇般蜷曲。她帶著意味深長的笑容注視著我，我因為敬畏、害怕及強烈慾望而戰慄。她裸露的肩膀雪白，映襯著凌亂的如雲黑髮，她柔軟鼓起的……

「這裡我要省略幾個句子，麥坎多，」貝斯特說，「因為它們令人厭惡地過度描寫，即便是以魏德本的水準。它們只是描述他和我們的貝拉那晚和他們在火車上度過的那晚一樣，只除了在早上七點以前，他懇求她讓他睡覺。我從那裡接著讀下去。」

「為什麼？」她問。「吃完早餐你愛怎麼睡就怎麼睡。我已經跟這裡的主管說你是個病人，他們很同情。」

「我不想要整個蜜月都在密德蘭鐵路終站飯店度過，」我嗚咽著說，在痛苦之中忘記我們並沒有結婚。「我原本打算我們要出國的。」

「耶！」她說，「我喜歡出國。首先去哪裡？」

在格拉斯哥的時候（如今感覺彷彿多年以前）我原本計畫帶她到一個孤寂的布列塔尼漁村的安靜小旅店，現在一想到跟貝拉待在一個孤獨的地方便令我不寒而慄。我咕噥說出：「阿姆斯特丹，」便睡著了。

她在上午十點把我叫醒，在這之前她已拿著我的錢包去過湯瑪斯庫克旅行社（Thomas Cook），安排我們搭乘下午的船去海牙，付完我們的飯店帳單，打包行李放到玄關。只剩下我的衣箱和一套乾淨衣服。

「我又餓又睏！我要在床上吃早餐！」我喊叫著。「不要擔心，可憐的傢伙，」她安撫地說。「早餐再十分鐘就會在樓下等我們了，然後你愛怎麼睡都可以，在馬車上、火車上、船上、另一列火車上及另一輛馬車上。」

現在您明白我們輾轉歐洲及環遊地中海時我的生存模式了吧。我勞累的清醒時間都是夜晚在床上與一名從不睡覺的女人度過，所以在白天我不是打瞌睡就是茫然之中被帶來帶去。我在離開倫敦前便預見這種可能性，在前往海牙的船上決定避免這種情況，方法是讓貝拉**累到沒力氣**！我幾乎可以聽見您可怕的喉頭迸發出惡魔般笑聲在嘲弄這個想法的愚蠢。藉著發揮鋼鐵般意志力與不斷喝著又濃又苦的咖啡，我白天帶著她搭火車、河輪與馬車前往、進入及離開歐陸最喧鬧的飯店、劇院、博物館、賽馬場，以及，唉，賭場，一週內橫越四國。她每一分鐘都很享受，並且用明媚的眼神及輕輕的愛撫表達，她很快便想要私密的性愛。我的一個希望是：雖然公共運輸與暈眩的白天活動沒有讓她在上床時昏睡，但是我會。我的希望落空了！貝拉與自然的魏德本之間——最低等部分的魏德本——有一個可悲的連結，我可憐的被折磨的大腦**無法**漠視或抗拒。一次又一次，我趴到床上像睡死一般，沒多久便醒來，發現我正在愉悅她。就像眩暈的患者**向前**跳下懸崖，而不是向後遠離，我**有意識地**接受做愛，發出狂喜及絕望的呻吟，直到穿過百葉窗的天光表示，我又進入另一天的煉獄。在威尼斯我暈倒了，滾下聖喬治馬焦雷的階梯，跌入潟湖之中，心想我要溺死了，為此還感謝老天爺。我在床上醒來，貝拉在身邊。我暈船了。我們正在搭乘周遊地中海的郵輪頭等艙。

「可憐的魏德，你太勉強了！」她說。「你不能再去賭場和茶舞了！我現在是你的醫生，我囑咐完全的休息，除了我們舒服地在一起，比如現在。」

從那時直到我逃跑的那天，我成了稻草人及她的無助玩物。但是，白天儘可能保持躺著，我終於開始慢慢恢復一些體力。

然而，我仍然認為她是仁慈的！**哈哈大笑！哈哈大笑！！哈哈大笑！！！**沒錯，你這個該死的貝斯特，用力大笑到您肋骨裂開好了！我仍然認為我天使般的惡魔是仁慈的！當她用手扶起我的頭，用叉子把食物餵進我嘴巴，感激的淚水由我臉頰滴落。當她領著我進入我們停靠港口的英國銀行，告訴銀行行員她可憐的男人很不舒服，握著我的手簽下支票或匯票，感激的淚水由我臉頰滴落。一個天空湛藍的日子，我們兩人肩併肩、手牽手躺在甲板椅子上，眺望伊斯坦堡海峽，整個亞洲在我們左舷，歐洲在右舷，或者反過來。

「你只有一件事做得好，魏德，」她若有所思地說，「不過那件事你確實很拿手，真正的大公君主輝煌卓越皇帝至高無上總統校長副校長頂呱呱及老大。」

感激的淚水由我臉頰滴落。我是如此地依賴及孱弱，於是不斷無望地乞求她嫁給我。直布羅陀的事件甚至沒讓我清醒過來。

我們下船，在那裡待了一段時間，我安排賣掉蘇格蘭遺孀及孤兒基金（**Scottish Widows and Orphans**）的持分[14]，這項交易急不得。我記得一名銀行經理用令我頭疼的堅持方式說：「你確定你知道自己在做什麼嗎，魏德本先生？」於是我看著貝拉，她只是說：「我們需要錢，魏德，而我們不是唯一缺錢的人。」我簽署了文件。她領著我走出銀行，穿越阿拉米達花園，走向我們落腳的南堡。突然間貝拉正面遇到一名壯碩、威嚴、衣著得體的女士，後者說：「見到妳布雷斯頓夫人真令人訝異啊，妳何時抵達的？妳怎麼沒有立刻來拜訪我們？妳不記得我了嗎？我們不是四年前認識，在科威斯，在威爾斯親王的遊艇上？」

「真是太好了！」貝拉喊著。「不過，大多數人稱我為貝拉・貝斯特，當我沒有跟我的魏德本在一起的時候。」

「可是妳一定——妳一定是我在科威斯認識的布雷斯頓將軍夫人吧？」

「喔，我希望是！雖然葛溫說我四年前在南美洲。我的丈夫是怎樣的人？比這裡疲乏的老魏德還要英俊嗎？個子更高？更強壯？更富裕？」

「我顯然搞錯了，」那名女士冷冷地說，「雖然妳的長相與聲音極為相似。」她點頭致意便走開了。

「我看到那個女人昨天搭乘敞篷馬車疾行，」貝拉沉思說道，「有人說她是掌管這塊巨岩的一名老海軍上將的妻子。她沒有回答我的任何問題。我可以追上她再問一遍嗎？為什麼我不能在某處有個備用的軍人丈夫，有更多名字，並且搭乘皇家遊艇出海？」

我因此才明白我的可怕情人對於造成她頭髮下顱骨一整圈怪異地平整裂痕的事件之前的人生毫無記憶——**假如是裂痕的話**，貝斯特先生！但是**您**知道，而**我現在也知道**那**究竟**是什麼了——

「貝斯特，」我呻吟地說，「魏德本推論出一切了嗎？」

「魏德本沒有推論出任何合理的事情，麥坎多。他脆弱的腦子從未自威尼斯的暈厥之中恢復過來。聽著。」

您知道，而**我現在也知道**那**究竟**是什麼了——女巫記號。沒錯！女性的該隱記號，標示著記號主人是鬼魂、吸血鬼、魅魔及不潔之物。

「我現在會省略六頁的迷信胡說八道，讀倒數第二頁他敘述貝拉帶他乘坐過夜火車去到巴黎。他們又缺錢了，所以不想花錢搭馬車。他們穿梭在人還不多的街道，收夜香的人回程的巨大馬車是唯一的車輛。天空乳灰色，空氣清新，麻雀聲聲可聞。貝拉急切地愉快看著眼前的一切，雖然扛著兩只笨重的行李箱，一肩擔著一只。魏德本什麼都沒拿。他已恢復大部分體力，但不敢向貝拉招認，以免（我引用他的話）她再一次榨乾我所有精力。聽著。」

雨謝街（Rue Huchette）是河畔一條很狹窄的街道。在這兒我們找到一間又小又吵的旅店，以這個時間而言。鄰近咖啡館的侍者正拿出桌椅擺放在鵝卵石道上，所以我坐下來，貝拉則去探索。

不久她便回來了，沒有行李，且情緒高昂。我們的房間一個小時內便會準備好了；女經理，一個法國人的遺孀，出生在倫敦，操著流利東區口音。她邀請貝拉在她的辦公室等候，由於房間很小，我可以坐在原本的地方嗎？如果想要的話，我也可以在玄關等候，但玄關也很小，許多過夜的房客正要離開，可能絆倒在我身上。我用悲傷的聲音說，我在外面等就好了，隱藏自從我們私奔以來第一次有機會不跟貝拉待在戶外的愉快心情。她笑得好燦爛，快步走回旅館，我差點以為她也很高興擺脫我。

我向侍者點了一杯咖啡，一份可頌和一杯干邑白蘭地。它們給了我勇氣。我終於有了足夠勇氣打開及閱讀我在直布羅陀的信以及克萊茲戴爾銀行與北蘇格蘭銀行寄來的匯票。我知道那封母親寫給我的信將充滿憤怒與責備：若沒有灌下白蘭地，而且**貝拉不在**身邊，我絕對不敢面對，因為貝拉絕對不會放任我沉溺在我罪有應得的悔恨與悲慘之中。我豪爽地撕開信封，因為內文而皺眉蹙額。

消息比我害怕的更加糟糕。母親幾近貧窮。她現在只負擔得起兩個僕人，老潔西與廚娘。我在這兩人身上初嘗性愛的歡愉，但她們如今已人老珠黃。老潔西已步履蹣跚，我們原本打算在耶誕節過後把她送去濟貧院。廚娘現在是個嗜酒症患者。她們無薪伺候母親，因為沒有人會給她們房間住。沒那麼悲慘但更辛酸的是，我脆弱的親愛母親，守寡四十六年的孤單寡婦，無法再從倫敦及愛丁堡訂購衣服，而必須自己去格拉斯哥採買。愧疚與憤怒讓我渾身顫抖——主要是對貝拉的憤怒，她到底把我所有的錢都花去哪兒了？我想也沒想便走下一條像走廊的巷子，咬牙切齒地想到我在那個美麗怪物手中遭受的苦難。

是上天的旨意引領我走過那道繁忙的橋，令我停在大教堂開啓的大門前嗎？我想是的。我以前從未進入任何羅馬天主教堂。是什麼令人顫抖的希望吸引我走進這一座？

我看見成排後退的龐大柱子，宛如支撐一片昏暗的巨大石樹街道；我聽見一個榮耀的響聲，「老實說，麥坎多，他的風格是如此令人噁心的累贅，我將總結接下來的信。那個姓魏的以前從沒跟上帝祈禱過，但決定要嘗試一次，因為那裡的別人正在祈禱。他把一生丁（譯註：一法郎的百分之一）投進箱蓋的開口；點燃一支蠟燭；插在聖壇前的釘子上，雙膝跪下眼睛緊閉，告訴造物者他這個姓魏的是邪惡腐爛錯誤的，都要怪貝拉．貝斯特不好，所以請幫幫忙。剎那間，世界一片光明。魏德本睜開眼睛，看見陽光透過聖壇後方的彩繪玻璃窗投射在他身上；一片心型緋紅玻璃將明亮粉紅光影映照在姓魏的白色絲質時髦背心的前胸。造物者發給姓魏的私人電報？姓魏的最初反應是清教徒式的。他想要去個隱密的場所仔細思考，有個座椅、門可以鎖上的小小私密地方，讓他可以不被打擾。他看到一排小房間，一般人進進出出，每扇門有指示寫著空的或有人。他衝進一間空房，那當然就是告解室。如果我告訴你格柵後面的神父會說英語，你猜得到發生的事嗎，麥坎多？」

「猜不到。」

「魏德本想要告解他一切的罪，從五歲起（老潔西教他自慰）到半個小時前貝拉讓他住進聽起來像是妓院的地方。他亦想要就他剛從上帝那得到的聖心電報獲得專業建議。神父說，教堂太陽由一個特定方向照進來，在那個聖殿前祈禱的人都會收到那種電報，如果適當解讀，其訊息總是好的。神父說他無法豁免姓魏的罪，因為他是個異教徒或異端，但若姓魏的講述五分鐘現在令他痛苦的罪，神父會給他直接的意見。他一口氣講出故事。神父告訴姓魏的娶貝拉、回母親家，或者在地獄裡腐爛。神父勸告姓魏的回到格拉斯哥時接受天主教信仰的指導，現在，再會啦，我會為你的靈魂祈禱。魏德本走到街道上，陽光像祝福般照在我身上，因為我感受到可怕的負擔從我肩上落下，諸如此類的。換句話說，他終於發現他受夠及厭煩了貝拉。然後回旅館去！貝拉正在臥室裡打開行李。『住手！』魏德本喊著，告訴她他必須回格拉斯哥去**工作**，但他不能帶她回去，除非她嫁給他。她開心地說：『沒關係，魏德，我想再多看看巴黎，』把他的東西放進一只皮箱，給他錢當回家旅費。他說：『就這些？』她說：『這些是你剩下的所有錢了，但是如果你需要更多，我可以給你葛溫給我的錢。』她拿起縫紉剪刀，拆開旅行外套的內裡，取出五百英鎊的英格蘭銀行紙鈔，拿給他說：『這用來支付你帶給我的所有樂趣。你值得更多，但這是我僅有的。不過，這是很大一筆錢，葛溫把錢給我，因為他說這種事會發生在你身上。』

「我現在回來讀信，麥坎多。魏德本訴說他聽到我預先便已知曉私奔之事的反應，極具醫學價值。」

當我的腦子同時想要理解及抗拒她的話的可怕意義，我這才明白什麼叫做瘋狂。我的頭痛苦地左右扭動，嘴巴張開好像咬著空氣又好像沉默地吶喊，我退到角落，慢慢躺到地板上，瘋狂地捶著我頭部四周的空間，彷彿跟令人討厭、成群結隊的敵手在拳擊，比如大隊蜂群或食肉蝙蝠；然而我知道這些害蟲其實不是在外頭，而是在我的腦裡啃咬，啃咬。牠們還在那裡啃咬。貝拉必定找來她的新朋友，女經理，但我的瘋狂將她們兩人變成一大群吱吱喳喳各種年紀與體型、衣不蔽體衣衫不整的女人，當她們復仇似地撲到我身上，像我勾引過的所有僕役女性，裸露的衣物將她們的性魅力展露無遺。而且貝拉似乎在她們當中！用她們強壯的柔軟手腳，她們把我的四肢和身體緊緊綑綁，像襁褓中的嬰兒。她們把白蘭地灌進我的喉嚨。我變笨變被動。貝拉用馬車載我到巴黎北站，買了一張車票，放進我的背心口袋，告訴我其他口袋放了錢和護照，把我和行李放進火車，一路上她滔滔不絕說著令人瘋狂的安撫話語：「——可憐的魏德，可憐的老傢伙，我對你不好，我太操勞你了，我打賭你很高興要回去你媽媽家，好好地長時間休息，想想你將省下的錢，但我們在一起度過一些美好時光，我一刻都沒有後悔，我確信整個世界沒有比鄧肯．魏德本更好的運動員及運動選手，但請跟葛溫說，我很快會要蠟燭。你還記得我們第一晚在火車上嗎？」諸如此類的，等火車由車站開出，她在月台上追著火車，透過窗口大喊著：「**為我祝福美麗的蘇格蘭！**」

所以我現在知道您的姪女是誰了，貝斯特先生。猶太人稱她為夏娃及狄萊拉；希臘人叫她特洛伊的海倫；羅馬人稱克莉奧帕特拉；基督徒稱莎樂美。她是白魔鬼，摧毀各個年紀最高尚及最陽剛的榮譽與氣概。她假扮成貝拉．貝斯特來找我。對路易國王，她是曼特儂夫人，對查理親王，她是克萊門蒂娜．沃金肖，對羅伯．伯恩斯，她是珍．阿爾默等等的，對布雷斯頓將軍，她是維多利亞．哈特斯利。那個名字讓您發抖了嗎，路西法．貝斯特？將軍的婚姻不幸並未被報紙大肆宣揚，但我們當律師的有其他消息來源，經由這些消息，我看穿了您的祕密。**因為每個年紀及國家的白魔鬼是更龐大、更黑暗的魔鬼的傀儡及工具！！！！！**夏娃被蛇支配，狄萊拉受制於非利士長老，曼特儂夫人被某位紅衣主教支配，貝拉．貝斯特則受制於您，葛溫．畢西．貝斯特，大惡魔及這個材料科學時代的操弄者！唯有在現代格拉斯哥——材料科學的巴比倫——您才得以藉由切開人腦、潛行於停屍房及徘徊在窮人的臨終病榻而積累財富、權力和尊敬。在蘇格蘭仍是靈性國家的時候，您將因此被當成術士燒死，葛溫豬．鬼扯．後樓梯，無底坑的野獸！！！！！（譯註：用葛溫．畢西．貝斯特的諧音在咒罵他）

您或許不知道您是反對基督者，因為最受迷惑的莫過於要下地獄的人，因此所有謊言之父所受的懲罰便是他對自己的認識最為淺薄。但是，您是一名科學家。檢視我現在將冷靜有邏輯地提出的證據，不使用大量大寫字母，除了標題以外。

野獸的降臨

聖經預言	現代事實
1.野獸的數字是666。	您住在公園圓環十八號，正是6+6+6的數字。
2.野獸馱著一名身穿紅衣的女子。	貝拉非常喜歡紅色。
3.野獸名叫巴比倫，因為那座城市統治著遠古世界最大的實體帝國，而且迫害上帝的子女，那個時候的靈性之人。（注意到新教狂熱分子說羅馬是現代巴比倫及野獸之都，但記住，羅馬天主教——儘管有各種缺陷——如今是一個全然靈性帝國。）	大英帝國是世上已知的最大帝國。她是全然物質的，奠基於工業、貿易和軍事力量。這都是在格拉斯哥創造的。詹姆士．瓦特設計出蒸汽引擎推動英國鐵路列車及商船及戰艦，在這裡建造了最好的火車頭與船艦。在這兒，亞當．斯密發明現代資本主義。威廉．湯瑪斯爵士設計出電纜，經由海床維繫著帝國，還有未來的柴油電動引擎。
4.野獸（及牠馱著的女子）亦被稱為神祕。	化學、電力、解剖等等對幾乎所有人而言都是神祕——除了您！
5.野獸被這個世上的萬王崇拜。	雖然維多利亞女王偏好愛丁堡勝過格拉斯哥，偏

	好巴爾莫勒爾勝過蘇格蘭其他地方，大公爵艾歷克斯，沙皇之子，去年在艾爾德造船廠為他父親建造的「利瓦迪亞號」舉行下水典禮的演說中，稱格拉斯哥為「英格蘭才智中樞」。
6. 野獸有七個頭——七個突出的部位。（新教狂熱分子因此說牠必定是羅馬，因為眾所周知羅馬是建造在七個山丘上。）	而格拉斯哥正是建造在七個山丘上。高爾夫丘、巴爾馬諾丘、布萊斯伍德丘、賈奈特丘、派屈克丘、吉爾摩丘的頂端是大學，伍德蘭丘的頂端則是公園圓環，您在那兒將我作為現代巴比倫緋紅妓女的犧牲品！
7. 野獸背上的緋紅女人拿著一只裝滿汙穢的金杯。	我不知道金杯如今下落何在，因為貝拉討厭葡萄酒和烈酒，但若您和我見面平靜地討論這件事，我們必然會有所發現吧？

我寂寞得要命。母親一直叫我振作起來。我渴望和她親近，但我一靠近她，她便坐立難安，問我為什麼不去音樂廳、運動俱樂部或者我出國前總是忙著的其他「事情」。現在我害怕那種「事情」。

小的時候，每當母親那樣坐立難安時，老潔西會照顧我。所以，現在我假裝出門「在城裡過夜」，但卻偷偷走後門的商人入口進入廚房，坐著和老潔西與廚娘閒聊。我在花花公子的歲月從不飲酒，因為維納斯的崇拜者必須遠離酒神巴克斯。廚房裡很冷。我揮霍掉魏德本的家產，母親負擔不起僕人們使用我們的煤。老潔西與廚娘睡在一起取暖，所以我睡在她們中間。我無法一個人睡覺。請回來溫暖我，貝拉。

明天我將開啓新生活，同時做三件事。我將讓母親再度富裕起來，藉由降低投入財產產權轉讓的科學與藝術。我將從野獸般的貝斯特手中拯救我的貝拉，藉由對抗現代巴比倫，在街角、在格拉斯哥綠地的公開論壇與投書給媒體。我只會接受真正的天主教信仰，立誓永遠貞潔，在修道院的和平之中結束我的人生。幫助我。

我是忠誠的永遠的，
貝拉拋棄的沉量級
流血的背心的心
鄧肯·麥克納·魏德·魏德·魏德
（作者致稀印威士忌與老潔西的大傻瓜）

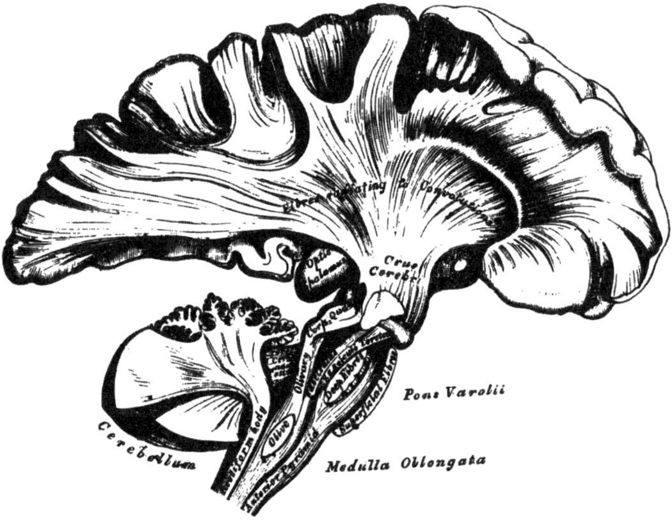
Crus
Cerebri
Olive
Pons Varolii
Cerebellum
Medulla Oblongata

第十三章　中場休息

貝斯特停止讀信之後，我們沉默了好一會兒。最後我說：「我們沒有辦法拯救那個可憐傢伙的神智嗎？」「沒辦法，」貝斯特乾脆地回答。他已把信紙放回信封裡，另外從一個棕色紙袋抽出更厚的一疊紙。他小心翼翼地放在膝蓋上，笑著低頭看，用他圓錐手指的細小指尖溫柔地撫摸最上面的紙張。

「貝兒寫的一封信？」我問。他點點頭說：「為什麼要擔心魏德本，麥坎多？他是一個中產階級壯年男性，有著法律專業、安全的家和三名支持他的女性。想想你的未婚妻，被他丟棄在巴黎身無分文、有著三歲大腦的誘人女性。你不擔心她嗎？」

「不。儘管有著那些優勢，魏德本是個可憐的生物。貝兒則不是。」

「沒錯。對的。正確。就是。確實！」他狂喜地附和著。我冷冷地說：「貝兒使用同義字似乎會傳染。她在那封信寫了很多嗎？」

他笑著看著我，好像一個得意門生回答了一個艱難問題的明智老教師似地說：「原諒我的興奮，麥坎多。你不能感同身受，因為你從未當過父母，從未製作過新的、美好的東西。創造者看到後代獨立生活、感受及行動是很美妙的心情。我三年前讀了《創世紀》，無法理解上帝不高興夏娃和亞當選擇認識好與壞——選擇像上帝一樣。那應該是他最驕傲的時刻。」

「他們故意反抗祂！」我說，忘記《物種起源》而附和《西敏小要理問答》（*The Shorter Catechism*）的論調。「他給予他們生命及可以享用的一切，地上的一切，唯獨兩棵禁果樹除外。它們是神聖的神祕，其果實造成傷害。有悖常理的貪婪才會讓他們偷吃禁果。」

貝斯特搖搖頭說：「唯有壞宗教才會依賴神祕，只有壞政府才會依賴祕密警察。真理、美麗及良善不是神祕，它們是最普遍、最明顯、最基本的生命事實，就像陽光、空氣和麵包。唯有腦筋被昂貴教育弄糊塗的人，才會認為真理、美麗及良善是稀少的私人財產。自然十分開明。宇宙讓我們得到一切基本的事物——那都是饋贈，都是禮物。上帝是宇宙加上心靈。那些說上帝或宇宙或自然是神祕的人，就像那些把它們稱為嫉妒或憤怒的人。他們是在宣示自己寂寞、混亂的心靈。」

「胡說八道，貝斯特！」我喊道：「我們整個人生都是與神祕的掙扎。神祕危害我們，支持我們，摧毀我們。我們偉大的科學家已清除掉某些方面的神祕，並深化其他的。熱力學第二定律證明宇宙將在變成一鍋冷粥之後毀滅，但無人知曉它將如何開始或是否會開始。我們的科學源於克卜勒發現引力，不過，雖然我們可以描述最浩瀚的銀河及最稀薄的氣體如何受引力作用，卻不知道什麼是引力或者它如何運作。克卜勒猜測它是一種無機智慧的形式。現代物理學家甚至不去猜測，而將他們的無知隱藏在公式之下。我們知道物種的起源卻無法創造最小的活細胞。你把一個嬰兒的大腦移植到母親的頭顱裡。非常聰明。但那不會讓你成為全知的神。」

「我不認同你使用的語言，而非你說的事實，麥坎多，」貝斯特帶著另一個令人氣惱的大方笑容。

「誠然我們對於過去、現在與未來存在的認知都只是一丁點。但你所謂的神祕，我稱為無知，我們不知道的事（無論我們怎麼稱之）都比不上我們已知的事——我們人類代表的事！——來得更為神聖、聖潔及美好。人類的慈愛仁慈創造與支持了我們，讓我們社會運行，讓我們在社會上自由行動。」

「貪慾、害怕飢餓及警察亦扮演了角色。讀貝拉的信給我聽吧。」

「我會的，但我首先要讓你驚訝。這封信是一份日記，在三個月期間內寫作。比較第一頁與最後一頁。」

他遞給我兩頁。

它們確實讓我驚訝，雖然第一頁如我預期般布滿大寫字母的加密式組合：

親 加 我 沒 有 寧 寫 前

我們 漂 在 藍 藍 海

最後一頁寫著四十行緊密書寫的文字，其中一句吸引了我：

告訴我親愛的坎多，他的結婚貝兒不再認為他必須做到她的一切要求。

「以三歲而言很棒吧？」貝斯特說。

「她仍在學習之中，」我說著交還那兩頁。

「仍在學習！仍在增加人生智慧與資質，同時向好的事物奮力前進。這封信證實了我，麥坎多。想像我是莎士比亞的老教師，教他寫作。想像這封信是我以前學生的禮物，他親筆所寫《哈姆雷特》的原稿。寫作之人的靈魂已飛越我自己的靈魂，而我的靈魂飛越——」

他克制了自己，把臉別過去說：「——至少飛越鄧肯．魏德本。我的莎士比亞比喻並不為過，麥坎多。她句子的緊湊感，她的雙關語，她的節奏都是莎士比亞式。」

「那麼，讀給我聽吧。」

「馬上！信上沒有標示日期，但顯然是在魏德本在的里雅斯特排水溝裡跪著抽噎之後不久在船上開始寫的，或者（如果你偏好他對那件意外的虛榮敘述）是他跌入大運河。除了細節，貝拉的信證實他的主要部分：甚至證實他稱為幻覺的一個事實。但是她的書信文采遠勝魏德本，如同馬太福音（包含基督在山上的講道）比約翰福音（沒有山上講道）來得更加精彩。還是我搞錯了，麥坎多？你在學校被灌輸聖經。是馬可或路加——」

我說要是他不開始讀信，我會打破他父親放葡萄酒的櫃子。他說：「那麼立刻就讀！但在我讀之前，容我給你貝兒信件的一個標題，那不是她自己的，但會讓你預備好她的信所涵蓋的寬度、深度和高度。我稱之為**造就一顆良心**。聽著。」

他清了清喉嚨，用一種我覺得戲劇性的獨特音調與高漲的情緒。後來他讀信時數度被發自內心的啜泣打斷，他想要止住嗚咽卻沒有辦法。接下來的信不是如貝拉拼寫，而是貝斯特吟誦的。

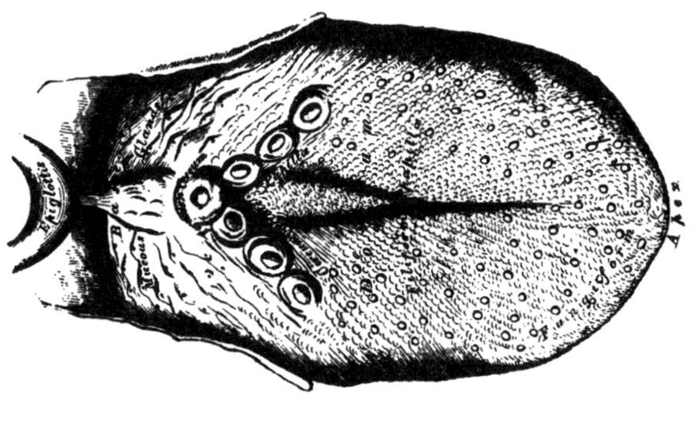

貝拉・貝斯特的信：
造就一顆良心

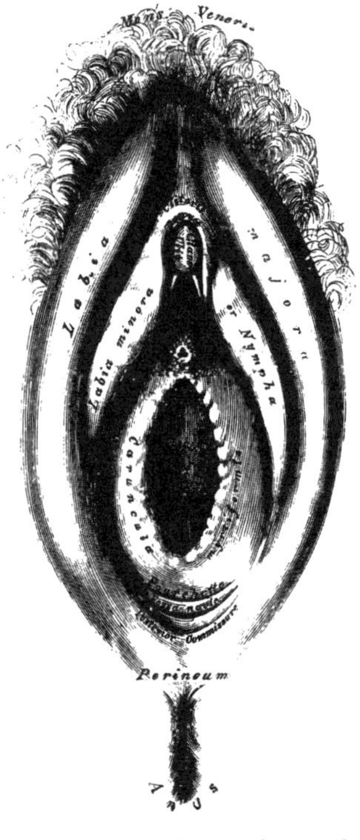

第十四章　格拉斯哥到奧德賽：賭徒

親愛的葛溫：
我沒有寧靜來寫信
在我們漂浮在這片藍藍大海之前
魏德舒適地待在艙房，很高興終於不必一直做——
這個傻子做了一些傻事。
那個輕柔暖和明亮的夜晚似乎是很久以前
我向你告別，痲醉坎多，
然後爬下梯子到魏德懷裡。
如同疾風般搭著馬車去火車站
在拉上窗簾的車廂我們結合結合結合
一路都在結合直到倫敦城
及住進聖潘克拉斯飯店。

但是可憐的鄧肯也要結婚！

他沒有成功。請這麼告訴坎多。

你從未結合過，葛溫，所以可能不知道八小時會讓男性不勝負荷，若沒有大量休息的話。

明天都是我自己一人。我看了一些景色，然後叫醒我的魏德吃了下午茶。

「妳去哪兒了？」

我回答了。

「妳見了誰？」

「誰都沒見。」「妳期待我會相信妳去走了一天，卻沒見男人？」

「不是——我見到很多男人，但沒跟任何人說話，只除了攝政公園的一名警察，我問他去杜里巷的路。」

「當然！」他說。「就是警察！

他們又高又帥，不是嗎？

護衛隊隊員也是又壯又帥。

他們潛行於公園搜尋不會拒絕的女孩

或許妳的警察是護衛隊的。

制服很相似。」

「你傻了嗎？」我問他。「有什麼不對嗎？」

「我不是妳唯一愛的男人——

承認你在我之前有過數百人！」

「沒有數百人——沒有。我從沒計算過他們，

但五十人或許差不多。」

他抽口氣，目瞪口呆，呻吟，扭動，抽噎

並且扯著頭髮

然後詢問細節。我這才知道他不認為親手是愛。

唯有男人插入他們中間的無足腳

愛（魏德認為）才算名符其實。

「如果是這樣的話，親愛的魏德，放心吧
你是我唯一愛過的男人。」
「撒謊欺騙的妓女！」他喊叫。「我不是傻瓜！
妳不是處女！誰給妳開苞的？」
我花了一段時間才明白他的意思。
似乎沒有被像我的魏德的結合者結合過的女人
在陰道口都有一層薄膜
魏德本戳進她們的半島。
我身上沒有那層薄膜。
「還有妳要如何解釋那個傷疤？」他問說，
指著一道細細的白線
從我陰道上方的鬈毛處開始
像格林威治的經度線，
把腹部一分為二
所羅門曾在某處形容為麥堆。

「當然所有女人肚子上都有那道線。」

「不不！」魏德說。「只有剖腹取出胎兒的孕婦。」

「那必然是貝拉頭破前紀元，」我說，

「他們摔碎可憐的貝拉腦袋之前的時候。」

我叫他摸著頭髮下面環繞我的頭顱的裂痕。他嘆口氣說，

「我什麼事都跟妳說——我最深處的想法

童年和黑暗行徑。為什麼妳不談妳的過去。或者沒有過去？」

「在今晚之前，你從沒給我時間告訴你任何事情，你講太多了。

我以為你不想知道我的過去，

我的想法和希望，和我們結合時明顯沒用的我的任何事。」

「妳是對的——我是惡魔！我該死！」他喊叫，然後捶頭，爆哭，

扯下長褲，非常快速地與我結合。

我安撫他，像哄著嬰兒（他是一個嬰兒）

讓他用適當速度結合。

是的，他很會結合，

但是小坎多，
如果你在讀這封信
不必感到悲傷。
女人需要魏德本，但更愛
她們忠實的和藹的在家等候的男人。

我以前有過一個嬰兒。葛溫，真的嗎？
如果是真的，她怎麼了？
因為我不知為何確定是個女孩。
這個想法太巨大貝拉無法思考。
我必須要慢慢地適應。

葛溫，你讀出我的變化了嗎？
我不像以前那麼自私了。
我同情坎多，雖然他不在這裡

想要安慰他。我開始擔心這種心情會變得強烈
如果我太想我失去的小女兒。
奇怪的是，嬰兒心思的魏德本
教會這個頭破、腦袋空空的貝兒
為別人更加著想。
他的方法是讓我成為他的護士
等我們抵達瑞士。我會告訴你怎麼回事。

他在倫敦顯露的嫉妒
直到我們抵達阿姆斯特丹都沒有消失。
我們唯一沒有手挽著手的時間
是他留我在候診室
他去找醫師看他的昏睡——
他如此稱呼他感受到的倦怠，
這其實很自然。我們都需要休息，

需要時間坐著、看著、夢想與思考。
醫師的藥丸讓他免除休息。
我們奔波在賽馬場和拳擊俱樂部，
大教堂，茶舞，音樂廳。
他的臉色蒼白，眼睛變大、炯炯有神。
「我不是弱者，貝兒！」他叫喊。「來啊！來啊！」

感謝你，親愛的葛溫，教導我睡覺
只要坐下來閉上眼即可。
在公車、火車、馬車、電車和船
這很方便，但不足夠——
我必須找到其他方法來睡覺。
在國外的第二晚我們去看
華格納的歌劇。時間很長，
每當我閉上眼睛，魏德

便推我，小聲說：「醒來，專心！」
這教會我張開眼睛睡覺。
沒多久我也可以站著睡覺
以及手挽著手東奔西跑的時候。
我想我在睡著時回答問題——
他要的唯一答案是，「是的，親愛的。」
我醒著的時候都是在我們的飯店，
我發給你電報的辦公室
（魏德發電報給他母親）
在餐廳，因為我喜歡我的食物，
其他地方則沒有，唯獨法蘭克福動物園
和我將敘述的德國賭場。

我想是臭味讓我醒來。
這個地方（就像動物園）散發絕望，

和恐懼的希望，還有陳腐的執著
後者似乎混合了前兩種臭味。
我的想像力鼻子或許誇大了——
我在一個明亮房間睜開眼睛。
你記得帶我去看
格拉斯哥證交所嗎？看起來就像那樣。[15]
我的四周是凹槽柱，奶油色與金色，
支撐一個圓穹，藍色與白色，
從那裡垂下閃爍的水晶吊燈
照亮著底下的一切交易——
六張桌子，聰明人在玩輪盤。
靠牆處有沙發，猩紅色絨布，
更多聰明人坐著，其中一人是我。
魏德本站在我身邊，
注視著最靠近我們的賭桌，

低聲說著：「我明白了。我明白了。我明白了。」

我想他是在說夢話

眼睛睜著，跟我一樣。我說：

（溫柔但堅定）「我們回飯店，

親愛的鄧肯。我會帶你躺到床上。」

他瞪著我，緩慢地搖頭。

「還不行。還不行。我有事要做。

我知道妳心裡鄙視我的大腦——

認為它不過是我的陰莖的附屬物

比我的睪丸更沒有效用。

我告訴妳貝拉，這顆大腦現在領悟

一個強大**事實**，別的男人稱為**機會**

因為他們無法理解。現在，我明白了

上帝，天意，命運，如同**運氣**和

機會

是用莊嚴名稱的標籤
來美化**無知**的雜音。
起來，女人，陪我參加賭局！」

我們走近時，桌上的人轉頭看著。

一人讓出他的座椅。

他低聲道謝，滑入座位。

我站在後面看著，他開始押注。

親愛的葛溫，我累了。時間很晚了。莎士比亞式寫作對頭殼破掉、無法好好拼寫的女人是困難的工作，雖然我注意到我的字體變小了。明天我們停靠雅典。你記得好久以前帶我去那裡，在去札格雷布與塞拉耶佛的途中？我希望他們已修好帕德嫩神廟。現在我要躡手躡腳爬到魏德身旁，說些導致他又一天崩潰的話，用一行星星來結束這則記錄。

****

黎明時我們的船，是一艘俄羅斯船，
離開康斯坦丁諸如此類的；現在我們
由博斯普魯斯海峽駛向奧德賽。
空氣清新平靜，一片藍天
我把我的男人裹得暖暖的，叫他坐在
外頭的甲板椅上一小時。
假如我不這麼做，他會窩在船艙裡頭，
在床鋪讀一整天的聖經。
他再次乞求跟我締結
「完整婚姻關係」。完整婚姻關係！呃。
結合的喜悅無法被締結，
連一部分都沒辦法，他的小腦袋瓜
也記不住我必須嫁給別人。
聚集在輪盤桌四周的人

當我們加入時，看起來並不聰明。
當然一些人有錢或服裝有錢
高級絲質背心，軍官的燕尾服
以及低胸天鵝絨禮服裸露的胸部。
其他人則是中產階級式的富裕
例如商人，小房產屋主
或神職人員，大家都很整潔、清醒，
其中一些人有太太做陪。
起初我沒有注意到任何窮人
（明顯的窮人不允許進來）
但這時我看見一些衣裳不太乾淨，
或袖口起毛，或鈕扣扣得很高
以隱藏內衣的顏色。
有錢人把金幣和紙鈔放在格子裡。
中等人押注的銀幣多過金幣，

在下注前想很久。
最窮的人押些零錢，
或站著看，臉色蒼白和魏德一樣。
快速移動錢的人非富即貧，
或者快速變得富有或貧窮：
然而富裕、貧窮、中等——狂熱，震驚，高興——
年輕，壯年或老年——
德國人，法國人，西班牙人，俄國人或瑞典人——
甚至一些很少押注、
只是看著假裝高人一等的英格蘭人——
都有些不對勁。我想通是什麼了，
卻是在損害已經造成後才想通的。

轉盤和滾動的小球
磨碎那些押注者和旁觀者的什麼東西，

他們很高興感覺它被磨光
因為它太珍貴，以致他們憎恨它，
亦樂見別人摧毀它。
我之後跟一個聰明人討論過這件事
他說珍貴事物有許多名字。
窮人稱之為錢；牧師稱為靈魂；
德國人稱其為意志和詩、愛。
他稱為自由，因為它讓男人
為自己所做之事感到愧疚。男人討厭那種感覺，
所以希望它被粉碎及殺死。我不是男人。
對我而言這個地方臭得像羅馬競技場
折磨心靈，而不是肉體是主秀
這群人來看人類心靈
永遠迷失他們的想法
被釘在一顆偶然的小球。

可憐的魏德，在此時，已開始下注。

大多數賭徒換著下注
從黑格到紅格再回去。
魏德本只押一格
標示著零，放上一枚金幣。
他輸了，押兩枚，輸掉了，再押然後輸掉
四枚、八枚、十六枚，接著押注三十二枚。
一位持木耙的男人推回其中的十二枚——
二十枚是賭場接受的最高賭注。
魏德本聳聳肩，留下二十枚。
小球滾動，魏德贏了。
他贏了很多。小卷小卷的金幣
裝在小藍色信封交給他。
他轉身面對著我帶著快樂的笑容，

自從我們私奔我第一次看到他笑。

把金幣裝進口袋時他低聲說：「如何？妳不知道我可以做到吧，貝兒！」

我極為同情他混沌的腦子

我沒有注意到他很開心地認為

他做出了令我驚訝的事。

我應該要說：「喔鄧肯你好棒！

我差點昏倒了，我太感動了——

現在讓我們去吃一頓慶祝。」

我應該那麼說的。但我卻這麼說。

「喔鄧肯請帶我離開這裡！

我們去玩撞球——撞球需要一些技巧。

來吧，我們讓完美的象牙球滾過光滑的綠布咔嗒作響。」

他的臉由白變紅。他嚇到我了。

「妳討厭看見我贏錢？妳討厭輪盤？」

他厲聲說道。「那麼女人，要知道我也討厭它！討厭並且鄙視它！為了證明此事我將會確實的讓那些**控制遊戲的傻瓜荷官感到訝異、驚嚇及羞愧！**」

他站起來，走過我去向另一張賭桌，坐下來開始和之前一樣賭起來。

我本來可以離開去我們的飯店但不認得路，也不知道飯店叫什麼。

那是太多夢遊的下場——

我不知道自己身在何處。

我坐在靠牆的沙發上

魏德每在一張賭桌贏錢便離開轉往下一桌。人們跟隨著他。

我聽到大家交頭接耳，聲音高喊「好啊！」

喧鬧、騷動、群情沸騰。

其他賭徒認為他是英雄。

一些人稱讚他的勇氣。身著低胸禮服的女士

對他頻送秋波，意思說「快來跟我結合。」

一名猶太經紀人，哭得像淚人兒，

懇求他在用光運氣之前離開。

他一直玩到賭場晚上打烊。

花了一陣子才把他的錢打包起來。

這段時間，可憐的魏德本被求愛、

巴結和諂媚，如他所願，

雖然不是我做的。我聽到一聲咳嗽，有人說，

「女士，可以打擾一下嗎？」

轉頭看到叮叮耶比老天爺！

晚餐鈴聲！我飢腸轆轆——

又餓又渴餓壞了渴壞了想要羅宋湯
美好的甜菜根湯，但仍有時間
用押韻結束這則記錄。

****

我將不再像莎士比亞寫作。它拖慢我的速度，尤其是現在我試著和大多數人一樣用長的方式拼字。奧德賽另一個溫暖的日子。天空是一片高掛的完美平順淡灰色雲朵，甚至遮不住水平線。我膝上放著小寫作盒，坐在往下通到港口的巨大階梯最高的那一階。階梯寬到足以讓一支軍隊走下去，很像是我們房子附近往下通到西區公園的階梯[16]，葛溫。各種人也在這裡漫步，但是如果我坐在格拉斯哥階梯上寫信，許多人會給我生氣或驚訝的臉色，而如果我穿著貧窮，警察會趕我走。俄國人完全忽略我或友善地微笑。在我去過的所有國家，美國和俄國最適合我。人們似乎更願意跟陌生人講話，不帶拘謹或不贊同。這是否因為，和我一樣，他們沒有什麼過去？我在賭場認識、跟我談論輪盤及自由及靈魂的朋友是俄國人。他說俄國是個年輕國家，如同美國，因為文學等同一個國家的年齡。「我們的文學始於普希金，跟你們的華特．史考特是同一時代，」他告訴我。「在普希金之前，俄羅斯不是一個真正的國家，而是一個行政區。我們的貴族講法語，官僚是普魯士人，而唯一真正的俄國人——農民——被統治者與官僚瞧不起。普希金從他的奶媽，一個平民女性，學到民間故事。他的小說與詩讓我們為自己的語言驕傲，了解我們悲劇的過往——我們奇特的現在——我們謎樣的未來。他讓俄羅斯成為一種精神狀態——讓她成為真實。之後，我們有了果戈里，他和你們的狄更斯一樣偉大，還有屠格涅夫，他和你們的喬治．艾略特一樣偉大，以及托爾斯泰，他和你們的莎士比亞一樣偉大。不過，你們在華特．史考特之前數世紀便有了莎士比亞。」

自從麥塔維席小姐在舊金山逃離我的懷抱之後，我再也沒有聽過寥寥幾句話出現那麼多作家，而我一本也沒讀過他們的作品！為了不讓他認為貝拉是完全無知的人，我說伯恩斯是一名偉大蘇格蘭詩人，活在史考特之前的時代，而莎士比亞和狄更斯等等全是英格蘭人；但他無法理解蘇格蘭與英格蘭之間的差異，雖然他對其他事情很明智。我還說大多數人認為小說與詩是無用的消遣——他是不是太嚴肅看待它們了？

「不關心自己國家故事與歌曲的人，」他說，「就像是沒有過去的人——沒有記憶——他們是半人。」

想像那讓我有什麼感受！但或許和俄羅斯一樣，我正在彌補失去的時間。

這是在賭場裡烏合之眾圍著魏德起哄時，來跟我說話的陌生人。他是個整齊的小人，像坎多一樣，可是（我發現這很難解釋）比坎多更謙卑，但也更驕傲。我從他的衣服看出他是窮人，但從他臉上看出他聰明。我感覺他是個可愛的人，雖然或許不是個快速的結合者，但我很開心。自從攝政公園的警察之後，就沒有人跟我說過話，除了魏德本之外。我說：「嗯，你看起來很有趣！你有什麼話要跟我說？」

他對此感到高興，但也似乎很訝異。他說：「可是妳必定是個高貴的女士——一名英國紳士或男爵的女兒？」

「我不是。為何有那種想法？」

「妳的談吐像是俄羅斯的貴族女士。她們也是有話直說，不顧及習俗。既然妳是那一類，我便直說，不介紹我自己，只說我是個根深蒂固的賭徒——一個很沒用的人，想給人忠告，不花我一毛錢，卻可能讓妳避免可怕的損失。」

這令人興奮。我說：「接著說。」

「那名極為成功的英國人，他是妳的……？」

他看著我左手手指尋找婚戒。我說：「他和我結合了。」

這讓他有些迷糊了，因為大多數人認為結合和婚姻是同一件事，但這比複雜的解釋簡單多了。他說：「妳丈夫以前從沒玩過輪盤？」

「沒玩過輪盤。」

「那說明了為什麼他玩得這麼有系統。他的系統是世上最明顯的——所有思考的賭徒在第一局發現這個，但在結束前便放棄了。但今晚妳丈夫擁有世上最好的運氣，或者最壞的運氣，取決於結局。玩的模式，出於純粹的機遇，一次又一次順應他幼稚的系統！太驚人了！這幾乎不曾發生過，但發生時，通常落在深陷愛河的新手身上（原諒我，我無法跟一名傳統英國女士說這個），因此比平常更有信心或迫切。是的，丘比特與貪婪畢生難逢地重合以討好我們。那便發生在我身上。我贏得一筆財富，但失去我愛的女人，然後，當然也失去了財富，因為賭博狂熱進入了我的血液。它害我變成這個模樣——迷失的靈魂——活著的人偶。如果妳無法勸說妳丈夫明天離開這個地獄般的小鎮，他會回到這個賭場，輸掉他贏來的一切，然後丟棄其他一切試圖撈回本。市政府的營收完全依賴賭場，所以銀行有最現代的設施快速將房地產轉換為現金，用極不公平的匯率。我曾見過一位公主——一名八十歲女士，但仍頭腦清楚——我看到她被新手的運氣矇騙，揮霍掉一切，只剩下她的僕役的性命，她才恢復了理智。」

我想要吻那個小陌生人，因為他言之有理與他想要做的善舉。可是，我必須嘆氣並解釋說，可惜啊，我可憐的男人不肯聽我勸，因為那麼做令他感覺懦弱，不那麼做便感覺強壯。我說：「但他或許會聽從其他男人的勸告。請把你跟我說的話對他說一遍。他來了。」

突然看見我與陌生人攀談的魏德，擠開群眾大步向我們走來，頭髮豎向四面八方，像一把破舊鬃刷的剛毛。他的臉色像藍色，而不是白色，眼睛充血。一名身穿賭場制服的僕人匆忙走到他身旁，拎著裝有他贏來的錢的袋子。

「鄧肯，」我說，「請聽聽這名紳士。他有重要的事要告訴你。」

魏德交疊手臂，僵硬地站著，往下看著我的新朋友。陌生人才說了幾句話，魏德本便激動地說：「你為什麼要告訴我這個？」

「如果我看到對快速列車一無所知的兩名孩童在鐵軌上野餐，很自然會告知他們危險，」陌生人說，「但若你需要更為私人的理由，請聽聽這個。一名英格蘭友人（艾斯利先生，任職於樂維爾公司，這是一家知名的倫敦公司）曾幫過我一個忙，我永生難忘無以為報。因為我虧欠那位英格蘭人，我希望透過你稍許回報一些。」

「我是蘇格蘭人，」魏德本說，看著我，我看出他的眼神裡有一絲懇求。

「那不會阻止我，」我的新朋友說。「艾斯利先生是皮布拉克勳爵的表兄弟。」

「我們必須走了，貝兒，」魏德本悶悶地說，而我明白他交疊手臂是為了阻止自己發抖。缺乏睡眠和興奮已使他精疲力盡，他聽不見也看不到東西；他用盡所有力氣與專注才能讓他保持站立及聽起來有理。我沒有因為他的無禮而跟他爭吵，而是將我的手臂伸進他的手臂下，他緊緊抓著。

「我可憐的男人現在需要休息，不過我會記住你跟我說的話。非常感謝。晚安，」我說。

我們在僕人的伴隨下走向門口，我看見魏德本像我以前一樣在夢遊。

在入口大廳，我把他掐醒，問出我們飯店的名稱。等他醒過來，他說他要先去上廁所，帶著提著贏來的錢的僕人，踉蹌地走去，因為他不准贏來的錢離開他眼前。一秒鐘後，我的新朋友便又站到了我身邊，快速地講著悄悄話，我必須把耳朵靠向他才能聽見。

「妳丈夫看起來很心煩意亂，今晚不會數他贏來的錢。盡妳所能把錢暗藏起來，不讓他知道，那不是偷竊。如果他又去賭，那筆錢將是妳體面地離開這個小鎮的唯一手段。」

我點點頭，兩隻手握住他的手，說我希望我可以幫到他的忙。他羞紅了臉，笑著說：「太遲了！」彎腰點頭便離去。

沒多久魏德回來了，看起來整齊多了。他的臉依然鐵青，但現在他身上已無顫抖與疲倦的跡象。我明白他已服用了一顆抗昏睡藥丸，又一個結合的夜晚即將來臨。他以主人的態度抓著我的手臂，我心想：「這個可憐的靈魂可以像這樣再撐多久？」

門口站著一個非常雄偉的男人，說著：「晚安，先生！我強烈希望明天迎接您的大駕光臨？」

「當然，」魏德冷冷地笑著，「如果你的金礦尚未耗盡。」

「您不是從我身上贏錢，而是從其他賭徒，」那個人和藹地說，所以我知道他是賭場老闆。

在外頭，我發現賭場、我們的飯店、一家銀行和火車站都在同一個廣場上，所以我們不用走遠路。一抵達我們房間，魏德由僕人手中搶過袋子，當著他的面摔上門，沒說謝謝也沒給小費，跑到我們床上（有個天蓬的大床），把錢全倒在床上，叮叮噹噹作響，一些信封已經裂開。他把信封扔到地板上，開始撕破其他信封，倒出硬幣，瘋狂地用他的金幣在絲質床單上堆成一座大池子。我明白，像小羅比．梅鐸進入泥坑，他接著會潑灑金幣再計算數量。這可能要弄一整晚。我必須設法分散他的注意力。

「至此，我將省略兩頁，」貝斯特說。「它們強烈表露解剖學與心理學合而為一的領域，不過你未來的妻子有朝一日會親自教導你這些事，所以為何要在此預期它們？以貞潔與正確的言語，貝兒訴說她花了數小時誘惑魏德本放下他對金幣的孩子氣執著，讓他在熊皮爐邊毯上進入深沉、自然的睡眠。她訴說她如何從床上拿走及藏起那堆四百枚普魯士金幣，他醒來計算剩下的金幣，堆成整齊的一疊一疊，也沒發現少了錢。我從這裡接著讀下去。」

「今晚這將變成十倍或一百倍，」他沾沾自喜地笑著。我跟他說，他是個傻子。

「貝拉！」他大喊，「昨晚所有人求我不要再玩了，在我用盡運氣之前。我玩到最後，而且還贏了，因為我是用理性——而不是運氣。妳，至少，應該對我有信心，因為在上帝眼中妳是我的合法結婚妻子！」

「葛溫會讓我在我選擇的時候離開你，」我說，「而我絕不會再次踏進那家賭場。我賭你會輸光一切，如果你又進去的話——一切。」

「妳要賭什麼？」他問，帶著奇怪的神色。我笑一笑，因為我有一個絕妙主意。我說——「給我五百。假如你回來更有錢了，我就還給你，並且嫁給你。萬一你輸掉其他錢，我們需要那筆錢離開這個地方。」

他吻了我，哭著說這是他一生中最快樂的時刻，因為現在他知道他將得到他想要的一切。我出於對他的憐憫而哭了——我還能做什麼呢？然後他給我五百，我們吃了早餐，他便離去。我請飯店人員把午餐送來我的房間，便回房睡覺。

葛溫，一個人醒來，一個人洗澡穿衣，一個人吃東西，真是太美好了。等我們結婚了，坎多，我們一定要花一些時間分開，以免我們厭倦。下午我去廣場中央的一個公園散步，希望遇見我的新朋友，我真的看到了他在遠處。我揮舞著洋傘。我們由反方向走到一張空的長椅上坐下來。他小心地問：「妳做了嗎？」

我笑著點頭說：「我的男人怎麼了？」

「喔，他早早就開始，一小時便輸個精光。他異常的冷靜令我們大家吃驚。之後他去了銀行兩次，去了電報室四次——於是謠言四起。大英帝國擁有全球最大最忙碌的金錢市場。我們預期他回來，一兩個小時內便會又輸掉那麼多，或者更多。」

「我們談談快樂的事情吧，」我說。「你知道任何這種事嗎？」

「嗯，」他帶著悲傷的笑容說，「我們可以談談一個世紀後人類璀璨的未來，屆時科學、貿易和社會民主主義將消滅疾病、戰爭和貧窮，每個人將住在衛生的公寓大廈，地下室有好的德國牙醫經營的免費診所。但我在這種未來將感覺迷惘。如果上帝問過我的願望（或許祂有過），祂會令我成為蒙羞的家教——失去工作的貼身男僕——俄羅斯的愛戴者，寧可在德國公園與勇敢的蘇格蘭女士聊天，也不願去爭取革新他的祖國。這或許沒什麼，卻令我滿足，而且好過做隻臭蟲。不過，當然臭蟲必定也有牠們獨特的世界觀。」[17]

於是我們討論著人們最想要的東西，自由，靈魂，俄國文學，他有多麼討厭波蘭人，因為他們即使比他還窮，也期望得到紳士的待遇，他討厭法國人，因為他們虛有其表，而且同情波蘭人，還有他因為艾斯利先生之故而喜歡英格蘭人，以及他曾是個家教——一名富裕將軍子女的家庭教師——以及將他變成賭徒的悲傷冒險。他如此開誠布公，於是我告訴他一些我跟魏德的麻煩。想了一會，他說我所能對魏德做的最好事情是帶他搭上地中海郵輪，直到他適合回家。船隻不能是客輪，而是有載客的貨輪。

「那種船隻沒什麼賭博設施，」他說，「而且甚少社交刺激。如果他像妳所說的，需要儘量休息，俄羅斯船隻可能好過英格蘭船或……蘇格蘭船，因為其他乘客的好奇將減少閒言閒語。」

我和他吻別，感謝他那項忠告。我想我的吻令他高興起來。

我將很快交待其餘故事。魏德身無分文地回到了飯店，莎士比亞式的「生存還是毀滅」之類的。我告訴他，他跟我打賭的五百金幣將讓我們明天可以繼續我們的結婚旅行，我會把錢還給他。翌日，他跟飯店結帳，我們前往車站，他買了前往瑞士的車票。火車還要半小時才會來，他把我和行李安置在女士候車室，說他去外頭抽根雪茄。當然他直接衝進賭場，想要玩最後一把，把一切撈回來，結果輸掉一切，然後大步走回我這裡，像哈姆雷特對著歐菲莉亞棺木胡言亂語。我明白讓他安靜下來的唯一辦法是演點戲——「雪上加霜」，像他們在劇院裡說的。我面若冰霜，用空洞乏味的聲音呻吟說：「沒有錢？我會幫我們弄到錢。」

「怎麼弄？怎麼弄？」

「不要問。在這兒等。我會離開兩小時。我們搭晚一點的火車。」

我出去找了一家怡人的小咖啡館，享受四杯好喝的巧克力和八個維也納糕餅。然後臉色悲悽地回去，準時趕上火車。我們的車廂很擠。我無視他低語著想要交談，睜著眼睛睡覺。接下來四天，我什麼都沒說，只說「不要問！」，即使他乞求著想知道他被帶往何處。我生無可戀的表情與空洞的聲音，造成他劇烈的內疚煎熬，讓這個可憐傢伙在不四肢發抖、一身熱汗或冷汗時保持思緒忙碌，因為他已吃光最後的抗昏睡藥丸，渴求更多的藥。那會致命的！幸好他病到哪兒都去不了，除非我扶著他的手臂走。他極度依賴人照顧，所以我可以把他留在飯店房間數小時，好讓我去做些安排。在的里雅斯特一間船運辦公室，我訂了家教推薦的那種船隻行程。我寫不出船名，因為俄文字母對我猶如希臘文，但唸起來像是卡尤斯歐夫。

我們走在一條通往碼頭、寬廣但陰鬱的街道上（正在下雨），他突然在一家菸草店門口停下來，用我從未聽過的迫切口吻說：「喔貝拉，告訴我真相！我們要展開船上長途航行嗎？」

「是的。」

「拜託，貝拉！」（他雙膝跪在川流的排水溝裡）「請給我一點錢去買雪茄！拜託！我一毛錢都沒有。」

我明白拿下悲劇面具的時機到了。

「你這個可憐難過的魏德，」我說，仁慈地扶他起來，「你想要多少雪茄都可以。我負擔得起。」

「貝拉，」他低語著，臉湊近我，「我知道妳是怎麼弄到錢。妳賣身給那個在我輝煌勝利之夜企圖勾引妳的齷齪小俄國賭徒。」

「不要問。」

「沒錯，妳為我那麼做了。為什麼？我是一坨發臭的屎，惡臭的糞堆，噁爛的大便。妳是維納斯、抹大拉、密涅瓦和痛苦聖母集於一身——妳如何能夠忍受觸摸我？」

然而，四分鐘後他看上去相當愉快，牙齒間叼著一根雪茄。

所以現在你知道這艘俄國商船將帶我們前往奧德賽。我們將在那裡停留三天，船隻裝載該地區盛產的甜菜根。魏德不再是個吃醋的男人。他不介意我獨自上岸，雖然他懇求我快點回到他身邊。因此，我終於讓這封信趕上日程，或許我會的，今天。

****

****

****

****

******

****

**

第十五章　奧德賽到亞歷山大港：傳教士

我以前認為這是一個大世界，但是昨天一件事讓我心生懷疑。又是美好的一個早晨。船在中午離開奧德賽。我和魏德坐在我可以勸説他離開我們艙房的唯一一個地方坐著，那是兩座換氣扇之間的一個角落。他在讀一本法語聖經，因為乘客大廳其他的書都是俄語。幸好他懂法語，所以那本書現在和他形影不離。一些章節他一讀再讀，然後長時間瞪著虛無，皺著眉低聲説：「我明白。」我閱讀《笨拙》（*Punch*）或《倫敦胡鬧》(*The London Charivari*)，這是一本藝術與戲謔的英格蘭雜誌。圖片上有許多種人。最醜的與最戲謔的是蘇格蘭人、愛爾蘭人、外國人、窮人、僕人、暴發户、小男人、老處女和社會主義者。社會主義者最為醜陋、很髒、多毛、下巴削瘦，似乎把時間都花在街頭上跟別人發牢騷。

「什麼是社會主義者，鄧肯？」我問。

「認為世界應該改進的傻子。」

「為什麼？有什麼地方出錯了嗎？」

「社會主義者出錯了——還有我該死的運氣。」

「你曾告訴我運氣是無知的莊嚴名稱。」

「不要折磨我，貝兒。」

每當他要我閉嘴時，總會那麼說。我看著海鷗遨翔在滿布大塊緩慢移動雲朵的藍天。我看到巨大港口停滿有著鮮艷旗幟、煙囪、桅桿和帆布的船隻。我看著陽光照耀的碼頭上頭有起重機、綑包、忙碌的粗壯碼頭工人和穿制服的警官。我想著如何改進這一切，但它看起來都挺好的。然後我又研讀《笨拙》，猜想為什麼圖片上穿著體面的英格蘭人比較英俊、比較不滑稽，除非他們是暴發戶。嘈雜的喊叫聲與噠噠的馬蹄聲打斷這些思緒。三匹快馬拉著一輛奇特馬車在碼頭上行進，在我們通道底部停住。走出來一位我在《笨拙》上想不透的衣裝得體、英俊人士。當他上船走過俄羅斯海員和官員，我差點失聲大笑——他單薄僵硬的身形、僵硬的臉、發亮的高帽和乾淨的禮服大衣，看起來如此英式詼諧。

貝兒．貝斯特喜歡認識新人。魏德不肯離開艙房去吃飯，所以昨晚我在我的可憐男人的脖子綁上乾淨餐巾，幫他擺好餐盤，便前往用餐室。我現在是這艘船上的知名人物，講英語的乘客總是坐在我這桌。這次我只有兩個客人。他們都是在奧德賽上船。一人是魁梧、棕臉的美國醫師，胡克醫生；另一人顯然是英國人——艾斯利先生！我非常興奮。我說：「你在一家叫做樂維爾的倫敦公司工作？」

「我是董事會成員。」

「你是皮布拉克勳爵的表兄弟嗎？」

「我是。」

「太好了！我是你一位好朋友的朋友，他是一個可愛的小俄國賭徒，以非常可憐的方式在德國賭場流浪——他甚至坐過牢，但不是因為很糟糕的事。奇怪的是，我不知道他的名字，但他把你當成最好的朋友，因為你對他很好。」

停頓了很長一陣子，艾斯利先生慢慢地說：「我無法說我跟妳形容的人是朋友。」

他拿起湯匙，困惑的貝兒．貝斯特也拿起湯匙。如果不是胡克醫生講他在中國傳教的故事讓我開心起來，我們將在沉默中吃飯。用餐快要結束時，艾斯利先生若有所思地攪拌著咖啡說：「無論如何，我知道妳說的那個人。我的妻子是俄國人，一名俄國將軍的女兒。我曾經協助她父親家庭一名僕役，類似照顧年幼孩童的男保母。那是很多年前了。」

我指責地說：「他是很善良明智仁慈的人！他幫了我很多忙，而且不求回報，因為你而喜歡所有英格蘭人！」

「啊。」

假如他說「喔！」或「呃？」，我還不會討厭他，但他說「啊」，好像他比世界上任何人懂得都多，學識淵博到多說無益。那名家教說他羞怯，我卻認為他愚蠢且冷酷。我很高興趕快回到我的溫暖溫暖魏德身邊，他可以充氣給予一個女人需要的一切扎實熱度。但不要擔心，坎多。你的領帶夾仍在貝兒的旅行大衣翻領上閃閃發光。

****

胡克醫生每次看到我都很高興，不像艾斯利先生，他是一名醫學及神學博士，所以今天我請他來探視魏德，他仍表現得像個病人，雖然不再蒼白與發抖。看診時我待在艙房外頭，但很靠近，可以聽見胡克醫生親切、低沉的聲音被魏德（我猜是）的簡短回答打斷，最後魏德開始吼叫。胡克醫生出來時，他說魏德的病不是生理上的。

「我們對贖罪的教義見解不同，」他告訴我，「以及地獄的不可避免性——他認為我太開明了。不過，宗教不是他的主要問題。他是藉由宗教來分散他對最近一段非常痛苦回憶的注意力，但他拒絕討論。妳知道是什麼嗎？」

我告訴他這個可憐傢伙在一家德國賭場把自己變成傻子了。

「假如就是這樣，」胡克醫生說，「那麼就讓他沉溺在他自己的美好時光。好好待他，但不要因為試圖避開愉悅的社交活動而讓妳的美麗年華白白流逝。妳會玩西洋跳棋嗎？不會？請讓我來教妳。」

他真是一個好人。

＊＊＊＊＊＊＊＊＊＊＊＊＊

親愛的葛溫，我們再次航行在希臘群島之間，燃燒的拜倫喜愛與歌頌之地，我很高興這裡女孩的乳房不再哺育奴隸，我剛吃完一頓美好的早餐，胡克醫生與艾斯利先生在席間大吵，是艾斯利先生起頭的！我們很訝異。因為過去兩天他和我們一起用餐，除了「早安」、「午安」、「晚安」，什麼話都沒說，所以我們已經習慣聊天時好像他不存在似的。今天早上，我的美國朋友正在跟我說中國人頭顱較小使得他們很難學習英文的時候，「你覺得學習中文容易嗎，胡克醫生？」艾斯利先生問。

「先生，」胡克醫生面向他說，「我去中國不是為了學習孔子及老子的語言。我在美國聖經學會的一個聯盟服務十五年——在我們商會及美國政府的一些協助下——該聯盟聘請我去教導北京當地人基督教聖經的語言及信仰。基於這個目的，我發現最貧窮的苦力所使用的簡單行話（你稱為洋涇浜英語）比複雜華語更為實用。」

艾斯利先生輕輕地說：「最初殖民你們大陸的西班牙人，認為拉丁文是基督教信仰與聖經的語言。」

「我傳道及努力實行的宗教品牌，」胡克醫生說，「是由摩西與耶穌傳教，早在羅馬皇帝採納它並用地上王權多餘的盛典來打扮它之前。」

「啊。」

「艾斯利先生你！」胡克醫生厲聲道，「藉著一個簡單問題與拐彎抹角的評論，套出我的信仰告解。讓我問你相同的問題。你曾邀耶穌到你心中做你個人的拯救者嗎？或者你是羅馬天主教徒？還是你支持維多利亞女王擔任教皇的英國國教？」

「我在英國的時候，」艾斯利先生慢慢地說，「我支持英格蘭教會。它讓英格蘭維持安定。基於相同理由，我在蘇格蘭支持蘇格蘭教會，在印度支持印度教，在埃及支持穆斯林。如果我們反對地方宗教，大英帝國無法統治四分之一的世界。假使我們政府將天主教設定為愛爾蘭的官方宗教，現在便能輕易控制那個混亂的領地，透過羅馬天主教的牧師，儘管，北愛爾蘭人當然需要他們自己的角落。」

「艾斯利先生，你比無神論者還要差勁，」胡克醫生嚴肅地說。「無神論者至少堅定相信他不相信的。你不相信任何堅定或固定的事。你是騎牆派——沒有信仰的人。」

「不能說是沒有信仰，」艾斯利先生低聲說。「我是一個馬爾薩斯主義者——我相信馬爾薩斯的福音。」

「我以為馬爾薩斯是一名英國教會的牧師，對於人口的增加有著狂熱主張。你是在告訴我，他創立了一個新宗教？」

「不是，而是一種新信仰。宗教涉及教徒、布道者、祈禱者、讚美詩、特殊建築物或法典或儀式。我的品牌馬爾薩斯主義則沒有。」

「你的品牌，艾斯利先生？是有很多的品牌嗎？」「是的。所有的體系均透過分支來證明了他們的活力：例如，基督教。」

「說的好！」胡克醫生咯咯笑。「跟你交鋒真是愉快。現在，先生，請解釋你的馬爾薩斯教派。讓我改教！」

「你的比較好，胡克醫生。我的信仰無法安慰窮人、病人、被殘忍對待及垂死之人。我並不希望傳布它。」

「沒有希望與慈愛的信仰？」胡克醫生大叫。「那麼就把它拋開，艾斯利先生，因為它顯然冰凍了你血管裡的血液。放棄它。把它繫上重量，拋出船外。尋找一個溫暖心臟、把你和同胞結合起來、指引我們所有人一個黃金未來的信仰。」

「我不喜歡烈酒。我偏好苦澀的真相。」

「艾斯利先生，我覺得你是哀傷現代靈魂之一，認為物質世界是一部無情機器，摧毀進入其中的感受之心與洞察之心。想想看，憑著基督的腑臟，你可能是錯的！我們五花八門的宇宙不可能孕育我們這樣的腦與心，如果造物者不是為了這個星球而設計他們，為了他們而設計這個星球，以及為了祂自己而設計這一切！」「你把世界想成是上帝種植人類蔬菜供祂自己消費的地方，這或許能吸引市場園藝家，胡克醫生，」艾斯利先生說，「但不吸引我。我是一個生意人。妳有信仰嗎，魏德本太太？」

「那個東西跟上帝有關嗎？」我問，很高興他跟我說話。

「當然有關，魏德本太太，」胡克醫生大喊，「對大多數人而言，雖然不包含艾斯利先生。即便他是上帝子民，他卻不承認——但妳尤其是。妳清澈的眼睛散發出來的信仰、希望和慈愛確定了這點。請告訴我們，魏德本太太，妳如何看待我們天上的父。」

自從在德國公園與那名家教閒聊之後，我便沒有機會談論巨大的、普通的、奇怪的事情，因為魏德覺得它們是折磨。現在這兩位聰明的男士想要我談論**任何事**！

我開始滔滔不絕。「我對那位神的一切認識，」我說，「都是我自己的神教我的——他是我的監護人，葛溫・貝斯特。他說，神是一個方便的名字，可以用於所有的一切的事：你的高帽與夢想，艾斯利先生，天空、靴子、羅夢湖、羅宋湯、我的熔岩時刻、想法、百日咳、結合的狂喜、我的白兔小毛和她住的籠子——每本字典和書本提到的每件事、曾經存在的事，都可以歸因於神。但神最完整的一片是運動，因為它不斷攪動事物以產生新的事物。運動將死狗變成蛆與雛菊，麵粉奶油糖一顆蛋和一餐匙牛奶變成亞伯內西（Abernethy）餅乾[18]，精蟲和卵巢變成腥臭小工廠長出嬰兒來，如果我們不刻意去阻止它們的話。

而且運動造成疼痛，當堅固的身體撞到活的身體，或著活生生的身體彼此打擊，所以為了避免在生活將我們磨損殆盡之前便被打死，我們產生發展演化取得發明成熟獲得及成長眼睛與大腦，讓我們看見打擊來臨及加以閃躲。整個上帝的子民運作得多麼美麗啊！我三天前思考改善奧德賽港的事，但看不出何處著手。我知道事情不是永遠如此。我讀過《龐貝的末日》與《湯姆叔叔的小屋》和《咆哮山莊》，所以知道歷史充滿可憎之事，但歷史都已成往事，現在沒有人殘忍對待彼此，只是有時候進賭場做傻事而已。《笨拙》雜誌說唯有懶惰的人才失業，所以赤貧者必定享受貧窮。他們亦享受著被視為詼諧的慰藉。我當然知道不好的意外有時會發生，但日子還是要過。我的父母死於火車車禍，但我不記得他們，所以我沒有哭過。無論如何，他們必然老了，所以幾乎被磨損殆盡。我被告知我在什麼地方搞丟了一個嬰兒，但我知道我的小女兒被照顧得很好。我的監護人治療生病的狗貓，不收任何費用，所以遺失的小女孩一定會安全的。你說的苦澀真相是什麼，艾斯利先生？」

我說話的時候，發生一件奇怪的事。兩個男士認真、更認真、最認真地看著我的臉，艾斯利先生越靠越近，胡克醫生則越退越遠。等我不再說話，艾斯利先生並不回答，胡克醫生則用低沉的聲音說：「我的孩子，難道妳從未讀過上帝的聖經？」

「我才不是孩子！」我尖聲告訴他，不過當然我接著解釋記憶喪失的事。等我說完，胡克醫生說：「但孩——魏德本太太，妳的丈夫似乎是虔誠基督徒。他沒有給予妳宗教指導嗎？」

我告訴他，自從可憐的魏德苦讀聖經之後，幾乎不再跟我講話。胡克醫生沉默地看著我，直到艾斯利先生用奇怪的聲音說：「胡克醫生，你打算指導魏德本太太原罪與世俗過錯的永恆懲罰等教義嗎？」「不，先生，」胡克醫生簡潔地回答。「魏德本太太，」艾斯利先生說，「妳的監護人的宇宙觀是我們兩人都不反對的。我說的苦澀真相是指統計上的——政治經濟的細節。我稱之為信仰是開玩笑——我那麼說是為了惹惱胡克醫生。我是一個冷淡的人，因此他的美式活力惹惱了我。但我們兩人都很高興妳覺得這個世界是一個美好與快樂的地方。」

「握手，」胡克醫生悄悄地說，並伸出他的手，艾斯利先生握了手。

「我喜歡看見你們兩位紳士友好，」我告訴他們，「但我覺得你們在密謀對我隱瞞什麼事，我會設法找出來的。我們在甲板上散步好嗎？」

所以我和他們在甲板上散步。一個美好的早晨。現在我要在艙房裡跟我的魏德一起吃午餐，接著是一下午的擁抱。我好奇艾斯利先生今晚在晚餐上會談些什麼呢？

****

「你為何來奧德賽，艾斯利？」「甜菜，胡克醫生。我的公司煉製與銷售蔗糖，但德國甜菜糖可能砍價，除非我們與德國產品競爭。可是英國農民拒絕種植甜菜——他們種其他根莖作物可以賺得更多。為了跟德國人競爭價格，我們需要拿亞洲薪資、而非歐洲薪水的農民所種的甜菜，因此我去往俄羅斯。我們亦需要國際航道，所以我來到奧德賽。」

「所以英國獅正與俄國熊建立貿易連結？」

「不好說，胡克醫生。俄國人以優惠條件提供我們土地和勞工與建煉糖廠，可是土壤與氣候或許不是很適合甜菜。你怎麼來到奧德賽？你的聖經協會聯盟計畫讓俄國東正教會的教徒改教？」

「沒有。事實上，我已從傳教工作退休。十五年前我走直接的太平洋航線去到中國。我現在走迂迴路線回去自由土地，用我所能找到的最愉快和最曲折的路線。」

「暹邏，印度，阿富汗？」

「不是。」

「外蒙和土耳其或西伯利亞路線都不是愉快的旅行，胡克醫生。你這一路必定需要一支武裝護衛隊。是美國政府付錢的還是美國商會？」「你是一個深沉危險的人，艾斯利先生！」胡克醫生輕笑了一下。「我寧可對抗十名狡詐的東方諸侯，也不願對付像你這樣的一個英國人。沒錯，一些有遠見的美國公民要求我報告中亞的一些層面，那裡是全世界最大的無人認領的異教徒國度。你能責怪我們嗎？英國已瓜分地球上的其他地方。不到兩年前，你們從法國人手中搶走了埃及——以及從埃及人手中。」

「我們需要他們的運河。我們有付給他們費用。」

「你們也搶走了亞歷山大，我們下個停靠港。」「他們武裝起來對抗我們，我們需要他們的運河。」

「現在英國政府正與蘇丹的苦行僧戰鬥。」

「我們無法忍受宗教鼓勵原住民自治。自治將擾亂貿易與我們順暢地營運運河。」貝兒·貝斯特突然開口說：「什麼是原住民，艾斯利先生？」

我一直保持安靜，希望學習一些東西，可是「砍價、報告層面、無人認領的異教國度、瓜分地球、奪走埃及、自治、擾亂貿易，我全聽不懂。然而，「原住民」聽起來像人。

「原住民，」艾斯利先生小心翼翼地說，「是居住在他們出生的地方、不想離開的人。沒有多少英國人可以被視為原住民，因為我們浪漫天性偏好別人的土地，雖然我們對母校與校友，政府與企業非常忠誠。一些人甚至對女王忠心，女王是一個自私的老女人。」

「沒有英國原住民嗎？」

「在威爾斯、愛爾蘭和蘇格蘭，我們仍有一群農夫、農場僕役、種植園工人之類的，但地主與城市居住者認為他們是實用的動物，跟馬、狗一樣。」

「可是為什麼英國士兵要跟埃及原住民打仗？我不懂。」

「我很高興妳不懂，魏德本太太。政治就像填滿與清空化糞池一樣，是汙穢的工作，女性應該被保護遠離它。我們來談談乾淨一點的事吧，胡克醫生。」

「等一下，艾斯利！」胡克醫生嚴肅地說。「在美國，我們高度尊重女性的才智與教育。我用幾句話就可以跟魏德本太太說明地球的政治狀況，而且不會有任何時候損及她的女性直覺與你的愛國本能。我可以繼續說下去嗎？」

「如果魏德本太太有興趣，並且允許我抽根雪茄配咖啡的話，我也有興趣。」我當然對他們兩人都回答了「好的」。艾斯利先生把他的雪茄盒遞給胡克醫生，後者謝謝他，挑了一支，聞一聞，說好極了，咬掉尾端，點燃，然後便忘了它，因為他的演說太有趣了。

「今天早餐時，魏德本太太提到世界比糟糕的舊時代好太多了。她說的對。為什麼呢？因為盎格魯撒克遜民族，亦即她和我和艾斯利先生所屬的，已開始控制這個世界，我們是有史以來最聰明、最仁慈的，最富冒險心、最真正基督教的、最辛勤工作、最自由、民主的民族。我們不應為自己的卓越美德感到驕傲。是上帝如此安排，祂給予我們比誰都大的腦部，所以我們更容易控制自己的邪惡動物本能。這表示相較於中國人、印度人、黑人和美洲印地安人——是的，甚至相較於拉丁人和閃族——我們像是在兒童操場上的教師，而他們不想知道學校的存在。為什麼我們有責任教導他們？我來告訴你們。

「兒童或幼稚的人若放任不管，最強的人會壓制其他人，殘忍地對待他們。在中國，司法酷刑是街頭娛樂。印度寡婦被活活燒死在她們丈夫的屍體旁邊。黑人人吃人。阿拉伯及猶太人對他們嬰兒的私處做不可描述之事。愛講話的法國人進行血腥革命，無憂無慮的義大利人加入謀殺的祕密社團，我們都知道西班牙宗教裁判所。甚至是種族上和我們最接近的德國人，喜好殘忍暴力的交響樂和佩刀決鬥。上帝創造盎格魯薩克遜民族來阻止這一切，而且我們將做到。

「但是我們無法突然改進各地的人。低劣種族的霸道統治者不願看到我們取代他們，因此為了教導他們道理，我們首先要擊敗他們。我們的步槍和機關槍和鐵殼戰艦和卓越的軍事紀律確保我們一直擊敗他們，但這個過程耗費時間。由英國小島的總部，盎格魯撒克遜在兩個世紀多一點便已征服四分之一的地球。但大西洋西方，另一個更廣袤的盎格魯撒克遜國家正開始壯大及伸展手腳——美國！誰能懷疑在二十世紀結束前，美國將稱霸世界其他地方？你會懷疑嗎，艾斯利？」

「你的預測是有可能的，」艾斯利先生謹慎地說，「如果目標種族沒有從我們身上學到東西。可是日本像是聰明的小學生，而德國的工業力量幾乎已追上了英國。」

「你們排除普魯士人，把日本人留給我們，因為在我們的學校，學生永遠無法成為老師——他們的小頭顱讓他們無法做到。我承認德國的顱骨跟你我的一樣大，但缺少了靈活。我想要說的重點，魏德本太太，正是這點。還要另一個世紀的戰鬥，世界才會終於文明化，可是這種戰鬥不能被視為戰爭。當英國入侵埃及——當美國進入墨西哥或古巴——他們是在管轄及教化原住民，不是傷害他們。是的，盎格魯撒克遜警察或許要花一世紀來清除世界的惡霸，但我們會做到。等到二〇〇〇年，中國茶杯工人、印度珍珠潛水夫、波斯地毯織工、猶太裁縫、義大利歌劇演員等等的終究可以和平繁榮地追求他們的職業，因為盎格魯撒克遜法律終將允許溫馴的人繼承地球。」

之後是一段長長的停頓，胡克醫生急切地來回看著我和艾斯利先生，但主要是看著艾斯利先生，後者最後說：「啊。」

胡克醫生尖銳地說：「先生，你不同意我的預測？」「如果魏德本太太高興的話，我就同意。」

這兩名聰明的男士認真地看著我。我突然覺得非常溫暖，從自己的手看出我臉紅了。我笨拙地說：「你說的一件事令我意外，胡克醫生。你說聰明的人更容易控制他們的邪惡動物本能。我看過及玩過許多動物，牠們對我都不邪惡。一條斷腿的母狗在我固定夾板時低吼及張嘴要咬，但那只是因為我弄疼了牠。等牠好些了，牠待我如同伴一般。有很多邪惡的動物嗎？」

「沒有邪惡的動物，」胡克醫生親切地說，「妳糾正我這點是對的。讓我換另一種方式來解釋。人類有兩種天性，一種高尚，一種低劣。高尚天性喜愛清潔美麗的事物：低下天性則喜愛骯髒醜陋的事物。妳是受到良好教養的年輕女士，所以沒有低下的衝動。妳接受了適合妳的性別與階級的盎格魯撒克遜教育，保護妳遠離人性汙穢及悲慘的墮落層面。妳來自英國，優秀的警力讓罪犯、失業者和其他不可救藥的骯髒生物遠離高貴天性，那是盎格魯撒克遜天性存在的地方。我聽說英國的低下階級主要是愛爾蘭人。」

我忿忿不平地說：「我是一個見過世面的女人，胡克醫生。我的監護人在我自車禍事故復原的期間，帶我環遊世界。我見過各種人，一些人穿著裂開的靴子和補丁外套和髒汙的內衣，就像我們在《笨拙》雜誌嘲笑的窮人。可是沒有人像你說的那麼可怕。」

「妳去過中國及非洲？」

「其中的一些地方。我去過埃及的開羅。」

「妳見過佃農叫嚷著要救濟金？」

「換一個話題，胡克！」艾斯利先生厲聲道，但我不接受。我說：「葛溫帶我去金字塔的時候，我們離開飯店外走入群眾之中。一些在群眾外圍的人喊叫著啊―咿、啊―咿的字眼，但我沒看到他們。救濟金是什麼意思，胡克醫生？當時我沒有問過。」

「如果明天妳和我在亞歷山大港下船，我會用不到十五分鐘告訴妳那是什麼意思。景象會震驚妳，但也會教育妳。等妳親眼目睹，妳將了解三件事：無可救贖之人的獸的內在墮落；為什麼基督為我們的罪而死；為什麼上帝派遣盎格魯撒克遜民族用火與劍來淨化世界。」

「你言而無信，胡克，」艾斯利先生冷酷地說。「你沒有遵守我們的交易。」

「我很抱歉，但也高興，艾斯利！」胡克醫生高喊。（自從坎多向我求婚及魏德輪盤贏錢之後，我再也沒見過一個男人如此興奮。）「魏德本太太的發言顯示她已從火車事故最嚴重的後果恢復。雖然她還未恢復最初的記憶，她的言論顯示跟你我一樣清晰與富邏輯的心靈，但若我們不提供她想要的資訊，她仍將保持早熟嬰兒的心靈。你們英國人或許偏好讓你們的女性保持在那種狀態，但在美國西方，我們希望我們的女性是平等的伴侶。妳接受我邀請妳去見識亞歷山大港骯髒的一面嗎，魏德本太太？或許妳可以說服妳的丈夫一同前往。」

「我會接受，無論我的可憐男人要不要來，」我告訴他，感覺害怕且興奮。

「你也來，艾斯利，」胡克醫生說。「讓我們為美麗同伴擔任英美護花使者。」

艾斯利先生吐出意味深長的一口煙，聳聳肩說：「就這樣吧。」

我立刻離開了餐桌。我需要安靜來思考這些我所聽到的新的奇怪事情。或許我破裂的腦袋裡是問題所在，但是自從胡克醫生解釋盎格魯撒克遜民族用火與劍整治世界沒有任何錯誤之後，我感覺不太開心。在此之前，我覺得我所認識的每個人屬於同一個友善家族，即使受傷的人表現得像我們咬人的母狗。為什麼你不教我政治，葛溫？

****

此時貝斯特已說不出話來，我看到他努力要克服一股很深沉的情緒。

「你自己讀接下來的六頁吧，」他突然說，並把信紙交給我。我在此列出拿到的信紙：☞

它們是經由凹版照相印製，完全重現淚痕暈染的模糊，但沒有顯示出時常畫破紙張的鋼筆筆畫力道。

cyooring with fir and sord. Bee4
now I thot evray wun I met woz
part ov the saym frendlay family,
eeven when a Hurt wun acted
lic owr snapish bitch. Whi did
yoo not teech mee politics God?

* * * * * * *

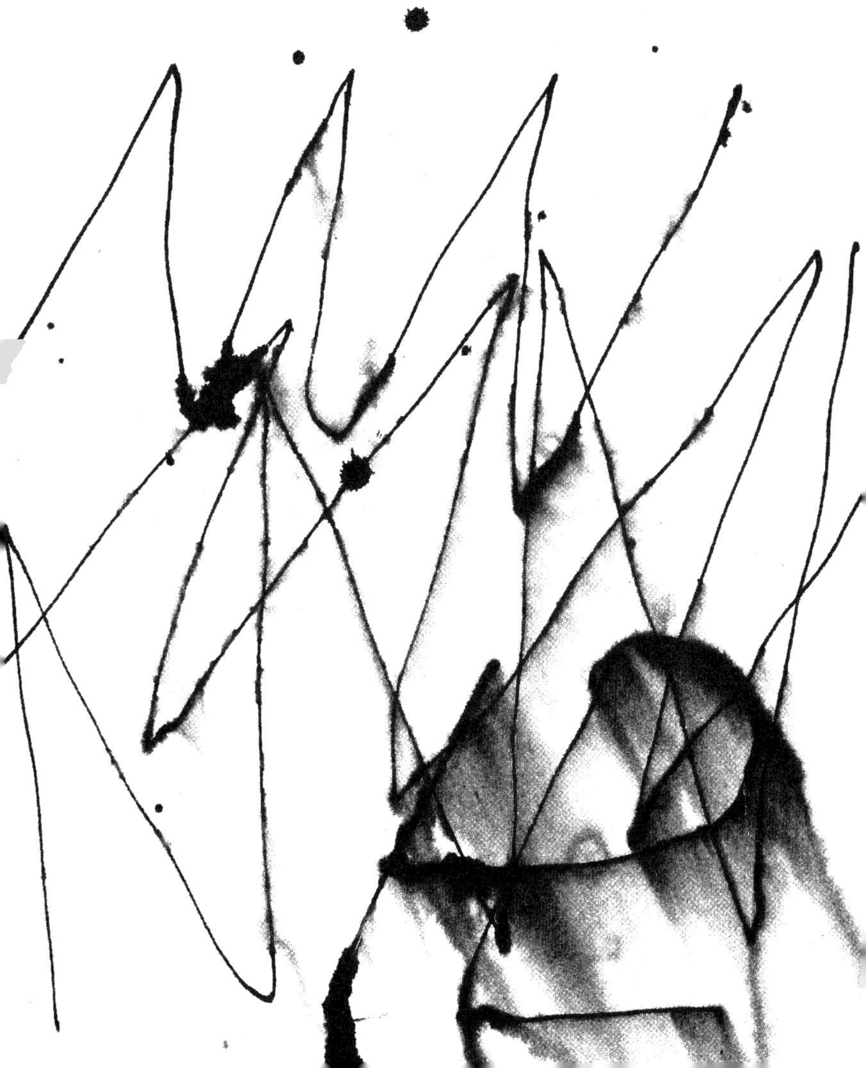

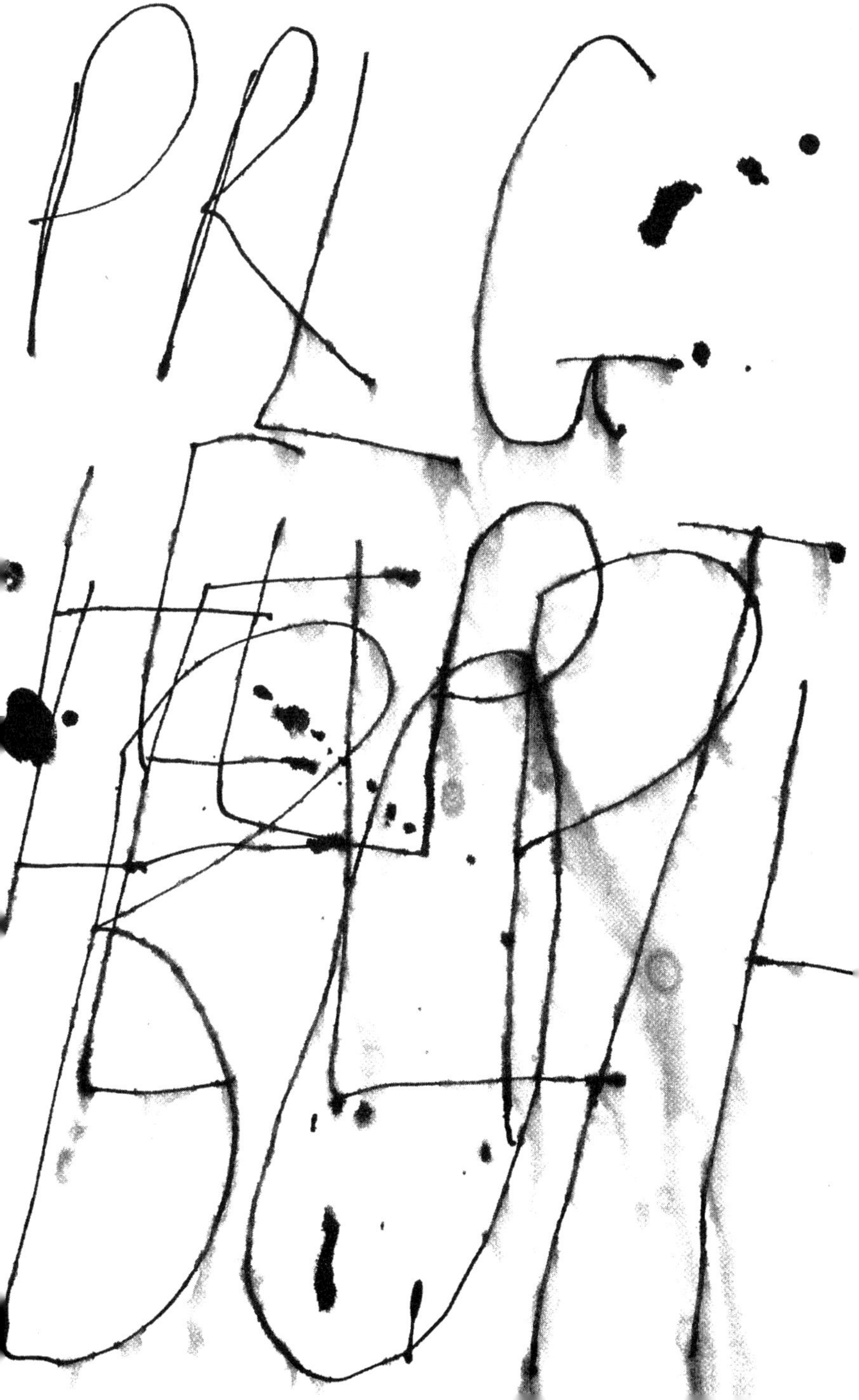

NO
HLP
FR B[illegible]ND
BAS PRLL
GRLS

I am glad
I bit mister
Astlay

「先前階段的災難性反轉，結尾時有活力的恢復，」我說。「這些塗鴉是什麼意思，貝斯特？給你——拿回去。只有你能解讀密碼。」

貝斯特嘆息，用平穩、不帶表情的聲音告訴我說：「它們說，不不不不不不不不，幫助瞎眼嬰兒、貧窮的小女孩，幫幫她們，不要不要不要不要不要不要不要不要不要不要不要不要不要不要不要不要不要不要踐踏我的女兒，瞎眼嬰兒可憐的小女孩得不到幫助我很高興我咬了艾斯利先生。」

貝斯特隨後放下信紙，抽出一條手帕，摺成一個抱枕（他的手帕是床單四分之一的尺寸），然後蓋在他臉上。有一陣子，我擔心他想要悶死自己，但接著爆發了啜泣聲，顯示他用手帕來吸乾淚腺排泄。當他拿掉手帕，雙眼格外清澈。「然後呢？」我不耐煩地問。「然後呢？下封信解釋了那一切嗎？」

「沒有，但該來的終究會來。剩餘的記述是在她和哈利．艾斯利的愛戀之後數週或數月才寫的——」

「愛戀！」我尖叫著——「鎮定下來，麥坎多。在她這方，那是柏拉圖式的戀愛。有助於她的心智成長，由她的書寫顯示出來，筆畫突然變小、規律和挺直；她的拼字快速符合標準的字典；在她的日記分段，筆直的橫線取代了俏皮的連串星星。但最能清楚顯示她成長的是她思考的水準。從現在開始，這些混合了東方聖賢的精神省思與大衛．休謨及亞當．斯密的精闢分析。注意聽！」

第十六章 亞歷山大港到直布羅陀：艾斯利的苦澀智慧

思考已令我瘋狂了數週。我的紓解方式之一是跟哈利・艾斯利爭論。他說我唯有擁抱他的苦澀智慧——以及他，才能找到平和。我兩者都不要——除非當成敵人。他說，無助之人遭受的殘忍永遠不會終止，因為健康的人藉由踐踏這些人而生存。我說，果真如此的話，我們必須要停止這麼生活。他給我一些書，說可以證明這是不可能的：馬爾薩斯的《人口論》，達爾文的《物種起源》以及溫伍德・里德（**Winwood Reade**）的《人類的殉難》（*The Martyrdom of Man*）。這些書讓我頭痛。今天我幫他換手上的繃帶時，他告訴我他的妻子一年前過世了，然後說：「妳跟魏德本沒有合法結婚，對吧？」

「你真聰明、很會猜，艾斯利先生。」

「請叫我哈利。」他的手已幾乎復原，儘管拇指還很僵硬——我的牙齒留下了一道圓形傷疤，幾乎觸及拇指球。他若有所思地說：「那道傷痕會永遠跟隨我。」

「我想是的，哈利。」「我可以把它當成訂婚戒指嗎？妳願意嫁給我嗎？」

「不要，哈利。我和另一個人訂婚了。」他問起我的未婚夫，所以我跟他說了坎多。等我包紮好新繃帶，他說他認識許多尊貴的女人，蘇德蘭女公爵與唐諾特露易絲公主，在她們之中，我是他見過最純潔的貴族。

胡克醫生在摩洛哥下船，連再會都沒說一聲，也沒有拿回他的新約聖經。他借給我看，好讓我在耶穌裡找到平靜，但我沒找到。耶穌被全面的殘酷與冷漠給逼瘋了，跟我一樣。祂必定厭惡地發現到，他必須要獨自一人去把人變好。他比我多出一項優勢——祂可以行使神蹟。我問胡克醫生耶穌會如何對待我挨餓的小女兒和瞎眼的嬰兒。「耶穌叫盲人得以看見，」可憐的胡克醫生說，臉色侷促不安。「如果耶穌無法叫他們看見，祂會如何對待他們？」我問。「祂會像壞撒馬利亞人快步走過嗎？」我想那是他今天下午離開卡尤斯歐夫號的原因。他不想要活得像耶穌，卻不像哈利．艾斯利，不敢這麼說。

艾斯利，胡克，魏德本都因為一個破裂的貝兒而變得悲慘。魏德本的傷害是我從亞歷山大港回來以後造成的。我衝回艙房，跟他結合、結合、結合、結合，結合又結合又結合，直到他求我不要，說他沒有辦法了，其實他可以並做到了——這是讓我不去想我所見景象的唯一事情。我讓他厭倦了結合，也讓我自己厭倦，最後那些想法還是回來了。我悶悶不樂了好幾天，沒跟他說一句話。昨晚我的

傻男人突然流淚，乞求得到原諒。

「原諒什麼？」我說。他似乎不相信我的眼淚與憂思是因亞歷山大的乞丐景象造成的——他以為我不高興是因為他逼我在德國賣淫。我大聲笑出來，告訴他我沒做過那種事；我拿出來的那筆錢是他自己的，我在他贏大錢那晚睡著後拿的。起初他不相信我，然後他皺眉望著前方很長一段時間，喃喃自語著「我的錢！我的錢！」我想開始再度結合，讓他高興起來，但他大喊：「我不願伺候」，臉朝下趴在床上，還反方向，背對著我，腳放在枕頭上。一整晚我聽到床板下傳來小小聲「我的錢。我的錢。」

哈利很壞，因為他享受著人們殘酷的行動和受苦，並想說服我壞是有必要的。假如他成功了，他也會把我變壞。我聽他說話，因為我需要知道他知道的一切。他和葛溫一樣誠實，教導葛溫從未教過的事實——我必須要改變的各種事情，所以最好筆記下來。

娛樂用的女人——「拿破崙認為女人是戰士的休閒。在英格蘭，妻子們被有錢地主、工業家和專業男士當成公開裝飾及私人樂園。她們被剝奪為人母親的喜悅，因為在經歷生產的痛苦之後，她們的子女被僕人們抱走和照顧。她們應當超脫在哺餵母乳的動物愉悅之上——應該超脫於性愛行為本身之上——然而所有時間，她們跟寄生蟲、犯人和玩物沒兩樣，如同土耳其後宮的宮女。如果這個階級的聰明女性沒有找到非傳統的體貼丈夫，她的人生將和多年來坐在蘭開夏紡織機勞動，並且緩慢窒息而死的女人同樣痛苦。這正是妳應該嫁給我的理由，貝拉。妳將是我的合法奴隸，但實則不然。」

教育——「赤貧的兒童從他們的父母學習乞討、說謊及偷竊——否則他們難以生存。富裕的父母告訴他們的子女沒有人應該說謊、偷竊或殺人，懶惰與賭博是罪惡。他們接著送孩子去學校，孩子若不掩飾想法與感受就會遭殃，並被教導尊崇阿基里斯（Achilles）、尤利西斯（Ulysses），威廉征服者及亨利八世之類的殺人者與偷竊者。這讓他們適應有錢人利用議會立法去剝奪窮人房屋與生計，經由股票交易賭博增加未實現收益，擁有最多財產的人最不用工作，靠著狩獵、賽馬及帶領國家戰爭來娛樂他們自己的生活。妳發現這個世界的可怕，貝兒，那是因為妳沒有得到適當的教育來快速適應它。」

人的種類——「人有三個種類。最快樂的是以為每個人與每件事基本上都是好的純真人。許多孩童就是那樣，還有胡克（非常違背我的意願）帶妳看見另一面之前的妳。第二種和最大的一種是半調子的樂觀者：他們具有心理戲法，可讓他們毫無不安地看著飢餓與殘酷。他們認為不幸的人活該吃苦，或者他們的國家正在治療——而非造成——這些苦難，或者上帝、自然、歷史有朝一日將矯正所有事情。胡克醫生就是這種人，我很高興他的說詞沒有讓妳對事實盲目。第三種與最罕見的一種認為人生基本上是一種痛苦的疾病，唯有死亡才能治癒。我們擁有力量，可以理智地生活在盲目生活的人群當中。我們是犬儒主義者。」

「一定有第四種，」我說，「因為我不再天真，對於胡克醫生與你的想法同樣討厭。」

「那是因為妳在尋找一種不存在的方法。」「我將用畢生時光去尋找，也不願做個幼稚傻瓜或自私樂觀者或同等自私的犬儒，」我告訴他，「而且我會叫我的丈夫也成為尋找者。」

「你們將是一對令人厭煩的夫妻。」

歷史——「大國的誕生是源於成功的掠奪，由於大多數歷史是征服者的友人撰寫，歷史通常認為被掠奪者因禍得福，應該感恩戴德。掠奪亦發生於國境之內。國王亨利八世掠奪修道院，那個時代唯一為窮人提供醫院、學校和庇護所的機構。英格蘭歷史學家認同亨利國王貪婪、輕率和暴力，但做了許多好事。他們屬於因為教會土地而致富的階級。」

戰爭的好處——「拿破崙給予我們英國作為工業國家的優勢。為了在歐洲各地對抗他，政府開徵重稅，主要是壓榨窮人，將這筆錢大多用來購買源源不絕的制服、靴子、槍枝與航運補給。各類工廠紛紛設立。許多身強體壯的男人跟隨軍隊前往海外，新機器促使工廠得以利用女人與兒童等廉價勞力來運作。如此大幅增強了獲利，我們可以投資在火車、裝甲艦及一個大的新帝國。我們虧欠了拿破崙很多。」

失業——「拿破崙戰爭結束時，大量人口失業及挨餓，一個國會委員會開會討論這種情況——政府擔心革命。一位名叫羅伯特·歐文（Robert Owen）的社會主義工廠老闆倡議，每家利潤超過五％的公司或企業應該將超額獲利用來改善工人的飲食、住房和教育，而不是用來跟競爭對手砍價。然而，馬爾薩斯主義者證明，你把窮人餵得越飽，他們生的小孩越多。貧窮、飢餓和疾病或許迫使一些人去烘焙店偷麵包及夢想革命，但是讓赤貧者的軀體變得虛弱，透過嬰兒死亡率來減少他們的人數，便能減少革命的可能性。不必顫抖，貝兒。英國所需要——並已得到！——的是每座工業城市鄰近的軍營，強大的警力，巨大的新牢房；還有濟貧院，將兒童與父母分離，丈夫與妻子分離——這些地方刻意嚴厲陰森，有一丁點自尊的人寧可把最後幾分錢拿去買廉價琴酒，曝屍溝渠，也不願進入那種地方。那便是我們組織這個全球最富裕工業國家的方法，而且運作極為良好。」

自由——「我確信先有奴隸，才有自由這個字。古老希臘有各種政府——君主、貴族統治、富豪統治，民主——激烈爭論何種體制給予人民最多自由，但它們全都蓄奴。古羅馬共和國也是。創立美國的大地主亦然。是的，唯一確定的自由定義是非奴役。妳或許在一首流行歌聽過：

統治吧！不列顛尼亞！不列顛尼亞統治海洋！

不列顛人永遠永遠永遠不會被奴役！

在「賢明女王」（Good Queen Bess）的時代，我們英格蘭十分厭惡西班人奴役美洲印第安人的殘酷方式，所以我們掠奪西班牙寶藏船，無論有沒有在跟他們打仗。一五六二年，約翰·霍金斯爵士

（John Hawkyns，他成為海軍司令與對抗西班牙無敵艦隊的英雄）開啓英國奴隸貿易，在非洲從葡萄牙人那兒搶走黑奴，轉賣給新世界的西班牙人。國會於一八一一年將那種貿易定為犯罪。」

「太好了！」我說，「現在美國人也廢奴了。」

「是的。那只對美國南方農民有利。現代工業發現輪日或輪週雇用人手更為低廉——不需要的時候，工人可以自由去向其他主人乞討工作。當許多自由人乞討工作，主人便可以壓低薪資。」

自由貿易——「是的，我們國會已定義自由是我們能夠在所有地方儘可能低價買進，儘可能高價賣出，在我們陸軍與海軍的協助下。這讓我們可以輕易切割鬧饑荒的國家，如同木匠用鋸子切割木頭一樣。注意聽了，貝兒。

「印度織工以前製造世上最高級的棉布和紗布，唯有英國商人可以自由銷售——法國人嘗試那麼做，所以我們把他們逐出印度。然後我們英國學會如何在我們自己工廠用機械更為低價地製造布料，所以我們需要印度棉花與安哥拉羊毛，以阻止其他人購買印度布料。沒過多久，我們派遣到印度的一名總督便報告說達卡平原遍布織工的屍骨。

「妳知道十分之八的愛爾蘭人依賴馬鈴薯維生嗎？他們是土壤貧瘠難以栽種其他作物的農民，他們靠著其他方法賺來的錢都拿去付給地主佃租。地主是英格蘭入侵者與征服者的後裔，所以他們擁有豐饒的土地，可以種植玉米。三十五年前一種突然的病蟲害造成馬鈴薯枯死，農民開始挨餓。當時在鬧饑荒的時候，擁有大量糧食庫存的人將糧食運往外國，因為挨餓的人窮到付不出好價錢。英國國會討論一項議案，我們封鎖愛爾蘭港口，直到愛爾蘭穀物被愛爾蘭人吃光。這項法案遭到否決，因為它將妨礙自由貿易。反之，我們派遣士兵去確保穀物運抵船隻。將近一百萬人餓死；一百五十萬人離開國家。那些抵達英國的人工作薪資極為低廉，英國工人的薪資被壓低，我們的工業比以往更加賺錢。

現在，妳去船尾待一陣子吧。」

他知道當我無法再忍受，我會跑到船尾，倚在欄杆上，好讓風把我的吶喊與哀號吹到海上。這回我認真地看著他問說，假如他當時在國會，他是否會投票反對關閉港口。假如他說他不會反對，我不會咬他——而會吐痰在他臉上。他靜靜地說：「假如我知道以後必須面對妳，貝兒，我當時就不敢否決提案。」我差點罵他是狡詐的惡魔，但那是魏德的說詞。我嚥下痰，轉身離去。

帝國——「人口稠密之處皆有帝國存在——波斯，希臘，義大利，蒙古，阿拉伯，丹麥，西班牙和法國都有過。最不好戰、最龐大、最長久的帝國是中國。二十五年前我們毀滅了中國，因為她的政府不讓我們賣鴉片。英國帝國急速擴張，但再兩個或三個世紀，迪斯雷利與格萊斯頓（譯註：前者為英國保守黨政治家，後者為自由黨，曾進行政治鬥爭）的半裸後裔或許就要從倫敦橋的破敗碼頭跳水，撿拾西藏觀光客覺得這個景象有趣而扔進泰晤士河的硬幣。」

自治——我問說，是否有任何地方，愉快、繁榮的人們自主治理。

「有的。在瑞士，數個不同語言與宗教的小型共和國和平地毗鄰而居了數世紀，但高山將他們互相隔絕，亦隔離外圍國家。為了改善世界，貝拉，妳只需要在每個城鎮與其最接近鄰居之間建立起高山，或者將大陸切割成許多面積相同的小島。」

世界改進者——「是的，我預見儘管有我的教導，貝拉，妳將成為最現代的半調子樂觀者，那種想要藉由平等地共享全世界商品以消除富裕與貧窮的人。」

「那不過是常識啊！」我大叫。

「有四種派系會同意妳，但執行的計畫各不相同。

「**社會主義者**想要窮人選舉他們進入議會，好讓他們對富人的超額財富課稅，立法提供大家良好條件的生產性工作，還有良好的食物、住房、教育及健保。」

「美好的主意！」我喊道。

「是的，很美好。其他的世界改進者指出議會是君主、貴族、主教、律師、商人、銀行家、經紀商、工業家、軍人、地主，以及唯一使命是保護他們財富、沒有其他理由的公僕聯盟。被選進議會的社會主義者因此將被這些人智取，或賄賂或妥協成為無足輕重的人。我同意這種預測。

「因此**共產主義者**召募社會各個階層的民眾組成一個政黨，他們將耐心地工作，等待有朝一日他們的國家陷入嚴重財政困境，屆時他們將推翻國家，成為政府——一小段時間。共產主義者說，他們將統治國家直到每個人各取所需並且能夠長期持有，然後他們就會解散，因為他們及進一步的政府都已不再有需要。」

「萬歲！」我大叫。

「是的，萬歲。其他的世界改進者指出，靠著暴力而獲得權力的群體總是會長久存續，而成為新的暴政。我同意。

暴力無政府主義者或**恐怖分子**討厭那些渴望權力的人，如同他們討厭擁有權力的人。因為其他階級依賴土地、礦場、工廠和運輸的人，他們說這些工人應該持有他們生產的商品——應該用以物易物省略金錢與交易等——應該使用爆裂物去嚇跑那些不願加入他們還想對他們發號施令的人。」

「他們應該這麼做！」我大喊。

「我同意。我亦同意有些人說警察與軍隊是更好的恐怖分子。況且，中產階級持有糧食及燃料的倉庫鑰匙，無論是誰生產的。

「所以妳唯一的希望是**反戰主義者**或**和平無政府主義者**。他們說我們改進世界的唯一方法是改進我們自己並希望別人從善如流。這表示不跟任何人對抗，放棄金錢，依賴別人的免費饋贈或我們自己雙手的勞動過活。佛陀、耶穌和聖方濟各都採取這種方式，在這個世紀則有克魯泡特金親王、列夫·托爾斯泰伯爵，和一名美國單身農民作家，名叫梭羅。這項運動吸引許多無害的貴族與作家。他們惹惱政府，拒絕繳納他們覺得邪惡的稅——大部分稅都是，因為軍隊與武器是稅金的主要支出。然而，警察只拘捕與鞭打普通的和平主義者。知名人士的仰慕者讓他們免於大麻煩。等妳參與政治，貝兒，記得要成為**和平無政府主義者**。人們會愛妳。」

我哭著喊說：「喔，我能做什麼？」

他說：「我們走去船頭，貝兒，我會告訴妳。」

艾斯利的解決方案——於是我們倚在欄杆上，看著船隻破浪的泡沫往後退去，在月光照耀的銀色波浪載浮載沉，他說：「妳對這個世界的苦難者所感受的淚汪汪母性是一種缺乏其適當目標的動物本能。結婚及生養小孩。嫁給我。我的鄉村莊園裡有個農場，不遠處有個村子——想想妳將擁有的權力。除了照顧我的孩子（我們不會送去讀公立學校），妳可以壓迫我改進整個社區的排水溝及調降租金。我將給妳機會成為這個汙濁地球上最快樂、最好的聰明女性。」

我說：「你的提議並沒有引誘到我，哈利．艾斯利，因為我不愛你；[19] 不過這是你所能對女人提出過著完全自私生活的最狡猾誘惑。謝謝你，但我拒絕。」

「那麼，請握住我的手一會兒。」

於是我握了他的手，我第一次感受到真正的他——一個飽受折磨的小男孩，和我一樣痛恨殘酷，但認為自己是個強壯男人，因為他可以假裝喜歡殘酷。他和我遺失的女兒一樣可憐與絕望，但只是在內心。外表上，他完全舒適。每個人都應該有個舒適的外殼，一件口袋裡有錢的好外套。我一定是個社會主義者。

悲慘使我無法想著美好事物，葛溫，所以我記不得你，直到今天早晨。我被像是豪雨的聲音吵醒，躺著想像雨將洗刷小毛與小皮的萵苣——我很快將吃著水煮蛋、腰子和燻鮭魚的早餐，你則吃著你的冒泡泥漿——然後我們將去我們的醫院探視及照顧生病的動物。沐浴在喜悅與平和許多分鐘之後，我睜開眼睛，看見魏德本的腳在我臉旁邊，陽光由關閉的窗戶橫板之間透進來。我想起雨聲是飯店外頭的尤加利樹發出來的，油亮堅硬的樹葉在風中互相摩擦，沙沙作響。但是平靜的喜悅並未消失。對你的回憶讓我不害怕及哭泣，因為你比胡克醫生及哈利・艾斯利加起來還要睿智及美好。你從未說過對無助者殘酷是好的或無可避免的或無關緊要。有一天，你將告訴我如何改變我不把字寫得巨大、去除母音、任淚水沖走墨水就無法描述的事。

有人敲了臥室的門，說他們已經把一個熱水罐放在門外。自從停泊在亞歷山大港以來，我便沒再給魏德刮過鬍子了，決定現在來做。我迅速跳起梳洗與著裝，將一條毛巾塞在他的頭與枕頭之間，整臉擦上皂沫。他的頭在床尾更方便這麼做。他不說話也不張開眼睛，但我知道他很高興，因為他討厭自己刮鬍子。我去除鬍渣時，提醒他一艘經由里斯本與利物浦開往格拉斯哥的船今天要開航——艾斯利將搭上那艘船，並提議為我們預訂船位。還是不張開眼睛，魏德說：「我們要經由馬賽去巴黎。」

「為什麼呢，鄧肯？」

「因為甚至連妳這種偷竊蕩婦都拒絕嫁給我，我只能去巴黎了。帶我去那裡。把我交給女裁縫[20]和小綠精靈，然後妳愛嫁給誰就嫁給誰——英國人，美國人或汙穢的俄國人哈哈哈哈哈。」

自從他決定他不是惡魔，我才是問題所在，魏德開心多了。「但是鄧肯，我們無法負擔待在巴黎。我的錢只夠讓我們回家。」

這不是真話。你的錢仍在我的旅行外套內襯裡，葛溫，但我覺得甩掉魏德（他現在已經不想跟我結合了）的最仁慈方法是送他回去找他母親。他說：「那麼我一定要待在直布羅陀，直到我設法兌現我繼承的統一公債的最後一批；知道嗎，女人，妳再也無法搶劫或騙走我一分錢——我將抱住所有的錢。既然妳只在乎錢，妳最好今天就拋棄我，跟妳寶貝的艾斯利回去英國。」

我喜歡這個主意，但無法把魏德丟棄在離家如此遙遠的地方。我對女裁縫和小綠精靈一無所知，但是如果他們好好待他，他或許會跟他們留在巴黎，我將獨自一人回去格拉斯哥。

一如往常，他要在床上喝茶和吃吐司。我去到用餐室，請他們送食物上去，最後一次和哈利·艾斯利吃早餐。我有跟你說過，他是一個鰥夫，老早便猜到我沒有結婚？吃著火腿和蛋（這是一家英國飯店，雖然員工是西班牙人），我看出他又要求婚了，便先行阻止他，說我只會嫁給世界改進者。他嘆口氣，手指在桌布上敲打著，然後說我一定要留意談論要改進世界的男人——許多人用這種話術來勾引我這類的女人。

「那是哪一類？」我饒有興致地問。他轉過臉不看我，冷淡地說：「勇敢與仁慈的那一類，對每個階級與國家的苦難者都慷慨大方——對於冷漠、富裕及自私的人亦慷慨。」我幾乎融化了。我說：「站起來，哈利。」

他必定在年輕時被教導要服從人們，因為雖然他看起來驚訝，而且用餐室非常忙碌，他立即站起來，直挺挺的，像個士兵。我撲到他身上，用我的手把他的手固定在身側，然後吻他直到他顫抖。我低語：「再會，哈利，」然後衝上樓去找我的疲憊老魏德。他和哈利非常相似，雖然哈利的神經更為強大。在用餐室的通道上，我在最後一刻回頭望。外國客人瞪著我，英國人假裝沒有發生奇怪的事。哈利·艾斯利，明顯是英國人，正專注在他的早餐。

坎多一定不要嫉妒。那是哈利得到我唯一的吻，沒有任何要嘴皮子的人可以勾引貝兒·貝斯特。等我回家，葛溫，你要告訴我們如何改善世界，然後你和我，坎多，將結婚去實行。

第十七章 直布羅陀到巴黎：魏德本的最後航程

終於，沒有魏德了！我自己的小房間在美麗理智的巴黎中心一條狹窄街道上！你記得很久以前帶我來這裡嗎？我們目瞪口呆地看羅浮宮的巨型圖畫？在杜樂麗花園樹下一張小餐桌吃東西？去拜訪硝石庫慈善醫院（Salpetriere）的沙爾科教授[21]，他努力要催眠我？最後我假裝他成功了，因為我不希望他在眾多仰慕的學生觀眾面前出糗。我相信他看出來我是在假裝——因此他露出睿智的笑容，說我是他專業檢查過的最明智英國女性。我來告訴你我是如何重回巴黎。

在直布羅陀，魏德叫我等在銀行外頭，他去領錢。他吊兒郎當大搖大擺走了出來，雖然我現在知道他沒什麼錢。在前往馬賽的船上，他叫了瓶葡萄酒搭配餐點。這很新鮮。我滴酒未沾，因為一口便讓我頭暈，但他說吃飯無酒就不算吃飯，並指出法國人都喝。這艘輪船不像卡尤斯歐夫號，主要是乘客。下午及晚上魏德與男士們在主要沙龍的角落玩牌，我去睡覺以後還玩了很久。我們停靠馬賽的前一晚，他吹著口哨、唧唧喳喳地回到艙房，「我的騾子我的母雞我的鳴鳥我的漂亮鵪鴣我的蘇格蘭藍貝兒，妳以前說過的沒錯！有技術的遊戲，而不是機率的遊戲，才是這個男人的專長。」

他不斷贏錢，然後數週以來首度用正確方向在床上睡覺。我正要開始享受他所謂「我們的第二度蜜月」，他就呼呼大睡了。我則睡不著。我明白接下來要發生的事，但無力阻止。

我們沒有直接從馬賽去巴黎，而是住進船上一名牌友推薦的飯店。那一名牌友介紹他去一家咖啡館或俱樂部或打牌學校，他每個下午與晚上都去玩牌，我在飯店裡等著，喝著一杯又一杯的巧克力，沉思著馬爾薩斯的《人口論》。魏德花了五天才輸掉他所有的錢。他的表現比我預期的好多了，下午時他回到我們房間說：「我又來乞求妳的憐憫了，貝兒。我希望妳有足夠的錢支付飯店費用——我輸個精光。但是妳喜歡我這個樣子。」

我沒打算動用你的錢，直到萬不得已的時候，葛溫。我將一些必要品收拾到手提袋，整頓好自己，也整頓好魏德，然後帶他散步到一個火車站，我們搭上過夜列車去往巴黎。等車時，他企圖逃跑一次或兩次，求著回去飯店帶走一個他父親留下來的梳妝盒，裡頭有一把鑲銀柄的梳子。我說：「不行，魏德，你為我們訂了那個房間。你要高興飯店拿回了一些值錢物品。」

我亦很高興遠離馬賽，我睡得很熟，儘管直挺挺地坐在一列法國三等艙火車的木椅上。

抵達巴黎時，我看到魏德完全沒有闔眼，即將崩潰。我拉著他走到較不時尚的那一邊河畔的蜿蜒街道上，那兒可能有廉價旅館，但它們都尚未開門。在三條窄巷交匯的一個鵝卵石空地，我們咚地坐在一張咖啡館桌子，我說：「在這裡休息，魏德。我會去前往加萊（Calais）的車站買車票。我們三天後便能回到格拉斯哥。」

「不可能——那代表社會性毀滅。我們不是夫妻。」

「那麼，親愛的鄧肯，我們分頭回去格拉斯哥。」

「惡魔女人！魔鬼！難道我沒有證明我愛妳、需要妳嗎？跟妳分開將把我的心連根拔起嗎？」諸如此類的話。

「可是你說你想跟一些人待在巴黎。或許我可以安排。」

「什麼人？」

「女裁縫和小綠精靈。」

「被我自己的炸彈炸到了哈哈哈哈哈。」22

魏德不想解釋自己的玩笑時，便用其他玩笑來解套。這個時候，一名準備咖啡館開門營業的侍者問我們要點些什麼，魏德說：「一杯苦艾酒。」侍者走開，回來時端來一個裝著像是水的高腳小玻璃杯，以及更多水的大水杯。魏德將大水杯的水倒了幾滴到小杯子，然後舉起來。杯中的液體變成好看的奶綠色。「這就是小綠精靈！」他說，然後一口乾杯。接著他跟侍者大喊：「再一杯」，把手臂放在桌面上，臉枕著手臂。此時，我看到一名衣著體面的男人從附近一條通道走出來，牆上漆著「聖母院旅館」。

「等我一下，鄧肯，」我說，便走了進去。

大廳十分狹窄，中間一張笨重桃花心木桌子幾乎將大廳一分為二。進進出出的人必須從兩旁擠過去。桌子後面坐著一位看起來像是維多利亞女王、只不過年輕一些、友善一些的女士，她是一名短小精悍的婦人，穿著寡婦的黑綢長袍。

「妳說英語嗎，女士？」我問，「那是我的母語，親愛的，」她用倫敦腔回答。「我能幫妳什麼嗎？」

我告訴她我的可憐男人在外頭並急需休息；我們沒有多少錢也沒有行李，所以只要最小間最便宜的客房。她說我來對地方了——這裡的小隔間第一個小時只需二十法郎，預先支付，之後每一小時或不到一小時再加二十法郎，其中一方離去時支付。一個小隔間剛剛清出來，十或十五分鐘便可以使用了——我的紳士朋友在哪裡？我說他在隔壁咖啡館喝著綠色精靈。她問說他是否可能逃走。我笑著說：「不會，但我希望他會！」

她也笑了，邀我在等候時和她一起喝杯咖啡。她說：「由妳的聲音判斷，妳來自曼徹斯特，我已經有好些年沒跟明理、腳踏實地的英國女人談心了。」

我跑出去，跟魏德說。他睡眼惺忪地看著我，然後吞下第二杯綠色精靈。我回去旅館內。

她首先告訴我們，她以前是住在倫敦七晷區的米莉森．沐恩，熱中於旅館生意，可是倫敦旅館法規讓新手難以生存，所以她來到歡迎新飯店業者的巴黎。在聖母院旅館，她最初擔任下級職位，後來變成經理不可或缺的左右手，所以他娶了她——她現在被稱為克朗奎比爾女士，不過我叫她米莉就好了。她在普法戰爭之後成為了經理，巴黎公社的社員把克朗奎比爾吊死在燈架下，因為他的國際同情立場。她說她對他的不幸感到遺憾，但靠著一棟房子與精明追求她的副業，並在正確地區獲得欣賞。法國男人比英國人容易管理太多了。英國人假裝誠實及實際，其實卻是古怪種族的底層。唯有法國人懂得重要的事——我同意嗎？我說：「我不知道，米莉。什麼是重要的事？」

「金錢與愛情。不然還有什麼？」

「殘忍。」

她笑了，說那是很英式的概念，但喜愛殘忍的人必須付出代價，那證明金錢與愛情的優先順序。我問她是什麼意思？她看著問我說我是什麼意思。我說我不敢告訴她。此時，她卸下慈母般及快活的表情，用低沉的聲音問說我是否被男人傷害過？

「喔不，米莉——沒有人曾傷害過我。我談的是比那個更糟糕的事。」

我混身顫抖，開始哭泣，她握住我的手。這給了我許多力量，於是我告訴她在亞歷山大港發生的事。現在我有力量也告訴你這件事，葛溫，但這極為重要，所以我用另一條直線跟其他信件分開來。

艾斯利先生與胡克醫生帶我去一家飯店，我們坐在陽台上的桌子，和跟我們一樣衣著體面的人士

坐在一起，聊著吃著喝著，一群幾乎沒穿衣服的人、大多是孩童，擠在一個地方看著我們，兩個手持鞭子的男人走來走去，起初我以為有什麼有趣的遊戲，因為群眾裡有許多人為了取悅陽台上的人，跟他們鞠躬哈腰及祈求，扭曲著他們的身體及詼諧地露齒而笑，直到陽台上有人扔出一枚硬幣或一把硬幣到陽台前方灰塵揚起的地上，然後一個或兩個或一群人衝過來，飛撲到硬幣上又叫又搶，在此同時餐桌的觀眾哈哈大笑或滿臉嫌惡或別過臉去，此時抱著手臂站著假裝沒看到的持鞭男人突然看到了，衝進群眾裡驅散他們又站回來，這又引起笑聲，艾斯利先生說他們是雕刻獅身人面像的種族殘存者，胡克醫生說那看起來是值得幫助的個案，並指向一個瘦弱的小女孩，一隻眼瞎了手上抱著一個大頭、雙眼都瞎了的嬰兒，她用一隻手緊緊抱著嬰兒，另一隻手直直在空中搖擺機械性地往左往右握緊手掌，彷彿陷入出神狀態。在出神狀態我站起身走向她，我想男人們叫喊著跟隨我走過空地，我走入乞丐群之中從手提袋拿出錢包想放到她手上，但我還來不及這麼做，就有人把它搶走了，那些錢絕對不夠，她或許是我的女兒，我跪在地上抱住她與嬰兒，舉起她們跟蹌地擠過又搶又喊踐踏彼此手指想從撕裂的錢包拿走硬幣的跛子瞎子孩童流膿的老人。我爬上陽台，一個飯店的人說妳不能把這些人帶到這裡，我說他們要跟我回家，艾斯利先生說魏德本先生或港務局或船長都不會准許妳把他們帶上船，嬰兒哀號並拉尿，小女孩用另一隻手死命拽著我，我確信她知道她找到她的母親了，但他們硬把我們扯開，「**妳做不了好事**」，胡克醫生吼叫著，沒有人曾經如此咒罵我汙辱我，他怎麼能夠對我說那種話，他和我們一樣都是好到骨子裡的人。「**我做不了好事？**」我哭喊著，難以相信我聽到如此惡毒的意見，艾斯利先生什麼都沒說，所以我試圖像你以前那樣嘶吼，葛溫，因為我要讓全世界昏倒，但是哈利．艾斯利用手摀住我的嘴。喔，感受到我的牙齒狠狠咬下去真是快活啊。

血的味道讓我清醒了。我也很訝異，因為艾斯利先生沒有因疼痛抽搐或呻吟。他僅是略為皺眉，但兩秒鐘後他的臉失去血色，如果不是胡克醫生和我把他扶進室內，放在大廳凹室的沙發上，他就要昏倒了。胡克醫生要來熱水、碘和乾淨繃帶，不過雖然他有醫學證書，是我洗淨及處理傷口，用止血帶包紮。我也告訴他我很抱歉。他用昏睡的聲音告訴我，乾淨、意外的血肉之傷，無論多麼疼痛，對於曾經就讀伊頓公學的人來說不過是跳蚤咬一口。

搭馬車回去船上的途中，他們講話時，我坐著一言不發，身體僵硬，看著前方。胡克醫生說現在我知道盎格魯撒克遜種族未來面對的偉大任務了，那也是我們天上的父為何創造來生以平衡現世邪惡。而在同時，（他說）我不必誇大我們剛才看到的邪惡。開放性創傷之類的是賣弄傷口的人的收入來源，而且大多數乞丐比誠實苦幹的人更加快樂。那個女孩與嬰兒已習慣了他們的狀況，那不是我們的字眼所謂的悲慘——他們必然在埃及更加快樂與自由，好過處在文明國家。他稱讚我已經完全由可怕驚訝的第一反應恢復過來，但他不後悔讓我面對那種驚訝——從現在起，我的想法將像個女人，而不是孩童。艾斯利先生說我的憐憫是自然且好的，如果侷限在我自己階級的不幸的話；但若雜亂地使用，反將延長許多原本死了更好的人的不幸。我剛看到的是幾乎所有文明國家的一個運作模式。陽台上的人是老闆與統治者——他們繼承的智慧與財富令他們高人一等。乞丐群眾代表嫉妒與無能的大多數人，他們被地面上持鞭者控制在他們的地方：後者代表警察與維持社會運作的官員。在他們講話時，我咬緊牙關握緊拳頭，阻止我去咬去抓這些不關心弱小病人、利用宗教及政治安逸地無視那些痛苦的聰明男人：他們把宗教與政治當成藉口以擴散火與劍的悲慘，我如何阻止這一切？我不知道該怎麼做。

「我還是不知道，」我告訴米莉，在淚水中笑著。「我最好回去找葛溫尋求建議。但我不能那麼做，除非我甩掉等在外頭的那個可憐傢伙。」

「帶他進來，」米莉堅定地說。「妳的房間已準備好了，所以帶他上去，快快完事，我們再談。妳的心太善良了，不適合這個邪惡的世界，親愛的。妳需要一個友善老練可以信任的女人的建議。」

我以為「完事」是指「讓他上床」的怪異說法，但我走出去找——鄧肯不見了！四只空的小綠精靈杯站在桌面上，想要結帳的侍者跳了出來，但我的魏德消失了。

我回到裡面。米莉給我們倒了更多咖啡，然後問我是如何遇到這個男人，以及為何沒有行李流落在巴黎。我告訴了她。

她說：「我很欣賞妳的想法，親愛的，與愛人進行一場美好的長長蜜月，而後嫁給可敬的丈夫。太多女人結婚時完全不知道她們應該付出及獲得什麼。但是這個魏德本顯然已經精盡力竭。如果妳現在增廣見識，必定可以成為對妳丈夫更好的妻子。」

她解釋說這家旅館是倫敦人所說的妓院——她的客人是花錢與陌生人在一小時左右時間結合的男人。賣淫在英國是違法的，但任何乾淨聰明的女孩都可以在法國取得執照賣淫，或者在像她這樣的有照機構找到工作。

「陌生人可以如此迅速結合嗎？」我吃驚地問，她說許多男人偏好跟陌生人，因為他們無法跟熟悉的人做。她的客户大多是已婚男士，其中一些也有情婦。我對魏德而言似乎就是情婦，只不過巴黎人稱為女裁縫。

「他顯然在等妳的時候找到別人了，」她說。「旅館時常被業餘者搶走生意——如果我不是喜愛自己的工作，我早在幾年前就退休了。我不認為妳會永遠待在這裡，可是許多棄婦為我工作而賺到足夠的錢去見上帝。」

「不是我的葛溫，」我說。

「當然不是，親愛的，我講的是天主教。」

此時魏德走了進來。他處於瘋狂狀態，要求跟我私下談談。

「妳想要談嗎，親愛的？」米莉說。

「當然！」我說。

她很僵硬地帶著我們上樓到一個可愛的小房間，然後（跟魏德）說：「出於對你同伴的尊敬，我不跟你收取應該預先支付的房間錢，但是如果她受到任何傷害，你將要付出你會吃驚的代價。」

她用非常法式的腔調說這句話。

「蛤？」魏德說，一臉茫然又很瘋狂。

她用比較倫敦的腔調說：「記住，隔牆有耳，」便離去，關上門。

然後他來回踱步發表演說，聽起來比較像是聖經而不是莎士比亞。他談到葛溫、他的母親、失去的家庭樂園、地獄之火、懲罰與金錢。他說，因為我偷了五百金幣，壞了他的連勝運氣，害他無法讓賭場銀行破產，騙他不跟我結婚。我的偷竊搶奪了他原本要捐獻給慈善機構與教會以救濟窮人的龐大金額，讓我們損失倫敦一棟獨棟房屋、地中海一艘遊艇、蘇格蘭一片松雞曠野和天國一棟華廈。現在他已不再想要結婚——現在他希望他和我中間隔著比地獄還深的深淵——他被落魄貧窮的鎖鏈跟詛咒他下地獄的惡魔鏈在一起——跟一個他現在只感覺到憎惡憎惡憎惡憎惡憎惡的女人鏈在一起——厭惡，唾棄與怨恨。

「可是，鄧肯，」我高喊，高興地割開我的外套內襯，「幸運又再降臨到你身上了！這是克萊茲代爾與北蘇格蘭的紙幣，價值五百英鎊——和金幣同等價值。葛溫給我這筆錢，因為他知道這種事會發生，我一直保留到萬不得已的時候，現在就是了。全部拿去！回去格拉斯哥，回到你母親身邊，回到比我更愛你的男性雄風的女僕身邊，回到任何吸引你的幻想的上帝教會。再度像鳥兒一般自由——飛離我身旁！」

他非但沒有高興，反而試圖吞下紙幣，同時要跳出窗外，卻打不開窗戶，他便衝出門外，想要頭朝下跌落樓梯。

幸好米莉一直在隔壁房間偷聽（這家旅館到處都是孔洞），急忙叫來員工。她們蜂擁而上，強行灌他適量的白蘭地。把他弄上前往加萊的火車並不容易。他並不是真心想離開我，但我們七手八腳的，事情就好辦多了，於是他離開了。米莉要我保留那五百英鎊的大部分，但我拒絕：魏德比我更愛錢，那是他為我們享受的結合應得的報酬。我現在要工作賺取我需要的：這是我以前沒有做過的事。她說：「如果妳真的想這麼做的話，親愛的。」

所以，我來了。

第十八章 巴黎到格拉斯哥：返回

我不再是寄生蟲。三天的時間，我賺到了一份薪水，工作做得又快又好，不是為了歡愉而是為了現金，如同大多數人那樣。每天早晨我陷入沉睡，很高興接客四十人，賺到四百八十法郎。我很訝異自己的人氣。貝兒．貝斯特確實是個美貌女子，但是假如我是男人，這裡至少有一打女人是我想要的，而不會是我：柔軟的小可愛，高大豐滿優雅的，狂野棕色異國風情。米莉在我們手冊上形容我是「美麗的英國女人，將充分補償你對阿金科特及滑鐵盧戰役的痛苦。」她很細心地讓我只接法國男人，因為（她說）日後遇見一些英國恩客可能令我難堪。或許她也認為他們同樣難堪！在週末時有許多客人要求我們一些女孩的特殊服務，她們平日在法蘭西喜劇院工作。昨晚我從小孔窺視一場表演。我們的客人是史潘基伯特先生，他搭著馬車前來，戴著黑面罩，雖然全身脫個精光也絕不拿下面罩。他有著非常明確的要求，並支付一大筆錢，首先要被對待得像個嬰兒，接著是小男孩時第一晚住在一家新寄宿學校，接著是被野蠻部落俘虜的年輕士兵。比起他實際受到的對待，他的叫聲異常洪亮。

我在這裡的最好朋友，朵瓦娜特，是個社會主義者，我們時常討論改進世界，尤其是對悲慘的人，如同維克多．雨果（Victor Hugo）所謂的，雖然朵瓦娜特說雨果的特別見解是多愁善感，我應該看左拉的小說。我們在隔壁咖啡館討論這些事情，因為米莉・克朗奎比爾說政治必須與旅館生意分開才是。巴黎的人文生活是在咖啡館，在我們這區（包含大學）的咖啡館，客人是作家或畫家或其他種類的學者，學術人士的咖啡館與革命人士的不同。我們的咖啡館大多客人是革命派旅館業者，他們說唯有透過整體架構的騷亂才能吐出財富。

沒時間寫下去了。有人來了。

我這封信的結尾是在一個華麗辦公室寫的，有消毒劑與皮革家具的味道，就像家裡。在兩小時的可怕混亂之後，我今天突然離開聖母院了。原因是我自己的無知。我的無知會有盡頭嗎？

我們早上通常很晚起床，理由再明顯不過了，可是今天才過八點米莉就來敲我的房門，說我必須趕緊立刻下樓到國際沙龍，因為醫生正在那裡看女孩們。

「真是早起的開張！」貝兒心想，卻大聲說：「當然了，米莉。這個醫生是誰？」

「他是受雇於市政府來實施公共衛生法規。只要穿上妳的睡袍就可以了，親愛的，一會兒就好了。」所以我加入排隊，注意到許多女孩只穿著襯裙和絲襪。凹室外的人似乎都比平常安靜與憂愁，為了給她們打氣，我說市政府關心我們的健康真好，我希望朵瓦娜特（排在我前面）可以讓醫生開些藥物緩解她的偏頭痛。這確實讓她們心情好起來——她們咯咯笑，說我真有精神，我搞不懂了。但是等我走進凹室，我看到一個醜陋小男人，面容凶狠陰沉，對可憐的朵瓦娜特喊叫著「再開一點！再開一點！」像個暴躁的教育班長。她躺在一張有襯墊的桌子，雙腿張開，他用一個像湯匙的東西壓進她的陰道或陰部（拉丁人所說），幾乎把他的鼻子和大鬍子也伸進去。這是他唯一關心的女性部位，因為過一下子他說：「呸！妳可以走了。」

「我不要靠近他！」我堅決地說。「他不是醫生——醫生是仁慈及溫柔的，關心他們病人的各個部位。」

哄堂大笑。半數以上的隊伍都笑到跌倒了。

「妳自認比我們其他人都更好嗎？」其他人喊道。

「妳要他撤銷我們的執照嗎？」米莉大喊，衝了進來。

「瘋狂！」醫生暴怒。「她願意接納各種數量的骯髒男性陽具，卻畏懼一名客觀科學家手上的診療壓舌板。不，她不是瘋狂——她是英國人，在隱藏什麼事情。」

我這才知道什麼叫性病。

「我很抱歉，米莉，我沒辦法再在這裡工作了。妳知道的，我已訂婚，快要結婚了。這種醫療檢查既不公平也無效率。妳的女孩開始在這裡工作時是健康的，所以是客人，而非員工在傳播性病。客人應該先接受醫療檢查，我們才讓他們進入我們體內。」

「客人永遠不會同意，法國也沒有足夠的醫生。」

此時，我們已在她的辦公室兩人密談。我說：「那麼訓練女孩們檢查每個客人，再開始結合——讓它成為儀式的一部分。」

「老練的人早已這麼做，妓院無法負擔開班指導新人。從我們的收入當中，我必須支付房租、稅金、煤氣、裝潢、賄賂警察、薪資，以及整整十五%的利潤給代表公司的律師。如果我每月獲利低於十五%，我會立刻被撤換，變成孤獨苦難的老女人而死去。」

雖然豐滿及看似威儀，她開始像個瘦小的孩子般號哭，我明白她需要哄勸、親吻和熱情擁抱。我領著她上樓到她的臥房，朵瓦娜特管理接待櫃台。

但我做什麼都無法讓她開心起來。她說她討厭巴黎及法國人，多年來一直想要回去英格蘭。她夢想買一棟布萊頓的出租公寓，以一場莊嚴的英國教會葬禮結束她的人生，但是每次她設法存到一些錢，就會發生類似今天早上的意外把錢都花光，因此她永遠無法逃離巴黎，她的屍體將停放在塞納河畔的公共墓地，她的妝容將被生鏽水龍頭滴落的水給弄髒。她說其他令我心痛的可愛、悲劇、絕望的事情，它們都無比愚蠢。她說：「實在太不公平了——我在妳的情感中只排到第五位。第一是妳的神祕監護人，接著是妳的農民未婚夫，接著是放蕩的魏德本，接著是嚴厲的艾斯利。自從我還是個小女孩，我便祈求有一個朋友，但上帝討厭我。每當有美麗友善的人進入我的生活，稀里呼嚕呼嘭嘩，他們又飛走了，只留下一隻該死的大貓頭鷹。」

我說沒有神會討厭她——她只要想著我關愛的擁抱，而不是想像的貓頭鷹[23]——我會永遠帶著愛意記得她——但是我到底賺了多少錢？一定夠我買張三等艙的車票回去蘇格蘭吧？

「妳什麼都沒賺到，還賠錢了，」她說。「我把妳賺的所有錢都給了那個法醫，還倒貼一些，好讓他忘記妳是如何汙辱他的專業。法國人很驕傲。如果我不那麼做，他會撤銷我的執照，我們都要失業了。」

我忽然感到寒冷與疲倦，一個字也說不出來。我回去我的房間，穿好衣服，收拾行李，走下樓，不發一言地吻別朵瓦娜特（她放聲大哭），永遠離開了聖母院旅館。

我仍有一些魏德和我來到巴黎以後剩下的法郎。足夠支付前往硝石庫慈善醫院的馬車費用，我把僅有的錢給了一名服務員，請他把一張紙條直接交到沙爾柯教授手中。紙條上寫著貝拉·貝斯特，格拉斯哥葛溫·貝斯特先生的姪女，正在大廳，希望在他方便時儘快見到他。服務員回來說，教授的工作還要忙上一個多小時，但如果我願意在他的辦公室等候，他的祕書會提供我咖啡。所以我被帶往這個房間，聞起來就像公園圓環你的書房。

沙爾柯終於來了，他一開始十分和藹可親：「日安，貝斯特女士——完全明智的英國人！我的友人巨大的葛溫還好嗎？我要感謝什麼事情帶來妳大駕光臨的意外喜悅？」

我跟他說了。這花了很長一段時間，因為他問的問題引出每件事，我說得越多，他的表情越加嚴肅。最後他突然說：「妳需要錢。」

足夠回去格拉斯哥的錢，我告訴他，我的監護人會用匯票把錢還給他。對此他不置可否，而是坐著皺眉，手指在書桌敲打著，最後我起身，感謝他的時間，並說了再會。

「不不。請原諒我的分心——妳需要錢，也將拿到錢——足夠讓妳在想要的時間舒適地返回蘇格蘭，但今晚請作為我的客人在我家過夜。不必感謝我。妳寧可賺錢而不願接受饋贈。我贊同。這筆錢將是用妳早已經歷過的方式來協助我的酬勞。注意聽了！

「今晚我要在一小群非常時尚的聽眾面前演說：蓋爾芒特公爵（真正的文化人）以及兩三個妳沒有興趣的人。他們都是政治家——喜歡擺出知識分子模樣的刺激尋求者。這項演說是要間接地協助科學，確保我的研究得到可以動用公共錢包的那些人的欣賞。今晚我將在催眠下詢問一名農場女僕——一名宗教歇斯底里者，但可惜不像聖女貞德或是貝斯特女士妳那麼有趣。請讓這次活動活潑起來，今晚重新敘述（當然是在催眠下，而且是回答我的詢問）一些妳剛才跟我說的事。」

「哪一些？」貝兒問。

「告訴他們，妳在看見亞歷山大港之前是如何享受生活，妳在沒有被愧疚與恐懼死亡汙染的生存裡的理性歡悅。告訴他們，用妳美妙的不帶標點符號的方式，貧窮孩童的景象如何影響妳，以上帝之

讓－馬丁・沙爾科教授

名，請不要抑制妳的眼淚。說妳如何在妳的男性同伴身上發洩妳的情緒，以及妳如何被他的血的滋味影響。最後，描述妳現在對人類情況的感受。不管是社會主義、共產主義、無政府主義，隨妳喜歡──詆毀資產階級、財閥、貴族，甚至王室！妳對王室有任何認識嗎？」

「人家告訴我維多利亞女王是個自私的老女人。」

「完美。他們會喜歡的。妳的這些演說將點綴著我用快速法語向觀眾講話；妳不必在意。畢竟，妳將處在催眠的出神狀態。」

「我假設你會告訴他們，我對窮人的憐憫是出於錯置的母性。」

「妳連這也知道？那麼妳是一名心理學家！」他大聲笑著說。「但是今晚不要那麼說！社會是奠基於勞動分配。我是演講者，妳是我的實驗對象。如果除了偉大的沙爾科之外，有人發表意見，我們尊貴的觀眾將會不安。順道一提，我會確保妳的匿名。妳不必提到朋友們的名字。畢竟，妳是英國人。矜持是妳的天性，大家都知道催眠無法讓人們違背他們的意願。如何？」

因此，今晚我將與他再度表演，明日出發回家，但是這封信必須在今天寄出，因為你必須知道回到你身邊的貝兒已不再是跟可憐的老魏德私奔的追求歡愉夢遊者。你必須為我回答一些困難問題。你必須告訴我如何做好事，不做個寄生蟲。也告訴坎多，因為既然他和貝兒很快將成為終身伴侶，我們必須一起合作。告訴我親愛的坎多，和他結婚的貝兒不再認為他必須做她要求的一切。也告訴他米莉・克朗奎比爾說的一件事不對：我不會因為在聖母院閱人無數而變成更好的妻子，除非他喜歡看到我躺著用各種驚訝的語氣低聲說著「棒極了！」

此時，祝福你們兩人，
來自你最愛的她。
叮咚貝兒

附註：為我摸摸貓咪，拍拍狗狗，吻吻小毛和小皮。

「如何，坎多？」貝斯特說，放下信件，對我笑著，「你不害怕這名真正**棒極了**的伴侶即將返回嗎？想想她對鄧肯・魏德本所做的！」

我現在太開心了，並不討厭他和藹的優越感。我的脈搏加速。內分泌腺釋出充滿生機的分泌到我的血流（我**感受**到它們流入！），我的肌肉擴張，我擁有數個男人的力量。

「不，貝斯特！我不害怕我的貝拉。她是一名仁慈的女人，完美的性格法官。她只要握手便能知曉一個男人最深處的靈魂。在魏德本身上，她感受到自私的男性性泛濫，完全按照他的希望對待他。他是個十足的傻子，想要無止境狂喜的生活。性高潮無法持續一生，那並不是她的錯。我是個處子。

我與她的狂喜將是更溫和、更舒適的情感模式。主要的壓力將落在你身上，貝斯特。如果你沒有告訴她，麥坎多夫婦如何改進這個世界，你將令她無比失望——我們的婚姻或許無法實現。你不害怕嗎？」

「不。我將告訴你們如何改進世界，根據你們的性格與才能有條不紊地說出……那是什麼聲音？」

此時已過了午夜。如同貝拉離開我們的那晚，窗簾拉開著，我透過窗戶看到月亮，雖然飄過的雲朵偶爾遮住了她。那個聲音是鑰匙轉動樓下的鎖，前門打開又關上，輕盈急促的腳步走上樓梯。書房的門打開時，我站起身面對著她——貝斯特仍坐著。她站在我前面，臉龐比以前更為憔悴削瘦，但笑容一如往昔開朗及討人喜愛。她脫掉旅行大衣，所以我看到縫補的內襯以及我的小珍珠在翻領上閃閃發光。她笑了，因為她看到我的眼光定住在那上頭，然後說：「我很高興你們兩人都還沒睡，這個老地方完全一樣——除了這個。這是新的。」

她走到火爐，檢視壁爐台上一個蓋著蓋子的水晶瓶。裡頭是我們的大糖球。

「我們誓言忠誠的盟約！」她大叫。打開瓶蓋，她拿出一顆，用潔白堅實的牙齒嚼成粉末，然後吞下去，向我們張開雙臂，大喊說：「喔我的葛溫和我的坎多，回到家真好，樓下有東西吃嗎？甜點對飢餓的女人是不足夠的。鄧肯・魏德本教會我這點，以及我肚子上疤痕的意義。」

這令她想起其他事情。突然間她認真看著貝斯特，她的臉越來越小，眼睛的瞳孔擴張到完全蓋住虹膜。「我的孩子在哪裡，葛溫？」她問。

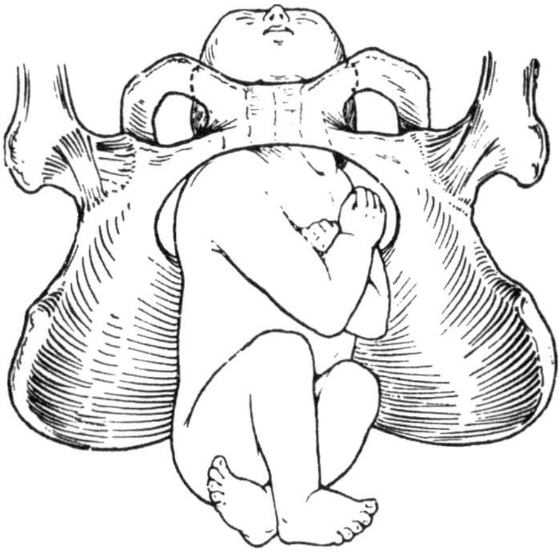

第十九章　我最短的章節

假如貝拉不是在她的信寄到之後那麼快就回來，我想貝斯特會準備好那個問題的回答，但現在突如其來的驚嚇，讓他發生可怕的改變。我不知道血液是從他蠟黃色的皮膚流出或沖入，但在兩秒間，膚色變成灰紫。突然在他臉上冒出的汗珠並未淌流下來，而是彈了出去，因為他不是顫抖，而是震動。他的寬鬆衣裳紋絲不動，可是靴子、手和頭的輪廓變得模糊，像是彈撥的吉他弦。然而他回答她了。由那顆巨大暗淡腦袋的悲傷凹洞傳出緩慢、空洞、鋼鐵般的聲音，每個字都被回聲模糊掉，但未被淹沒。

「那個。事件。就是。導致。妳的。頭顱。破裂。同時。奪去。妳．的：妳的：妳的：妳的……妳的……」寂靜。他的嘴唇掙扎著要說出一個字，卻無法呼吸。我看到舌頭頂著上排牙齒的後面，看出那個字的字首是L，所以一定是生命（life）。他的一半腦袋想要告訴貝拉有關她出身的真相，另一半則被這種想法驚呆，我也是。

「妳的小孩，貝拉！」我大喊。「摧毀妳記憶的衝擊殺死了妳體內的胎兒！」

貝斯特變得靜止不動，用驚慌的眼睛看著她，嘴巴張得大大的。我也是。她嘆口氣，輕輕地說：

「我就怕那樣，」她和藹地對貝斯特笑著，好像淚水沒有從她臉頰流下。然後，她坐到他膝上，用手臂儘量環抱著他的腰，把頭靠在他胸前，似乎睡著了。他也閉上眼睛，慢慢恢復正常膚色。

我感到安心卻也嫉妒，我看著他們一陣子。最後我坐到貝拉旁邊，摟著她的腰，把頭倚在她肩上。她沒有完全睡著，因為她移動身體好讓我的身體靠得更舒服。我們三人就那樣躺了很長一段時間。

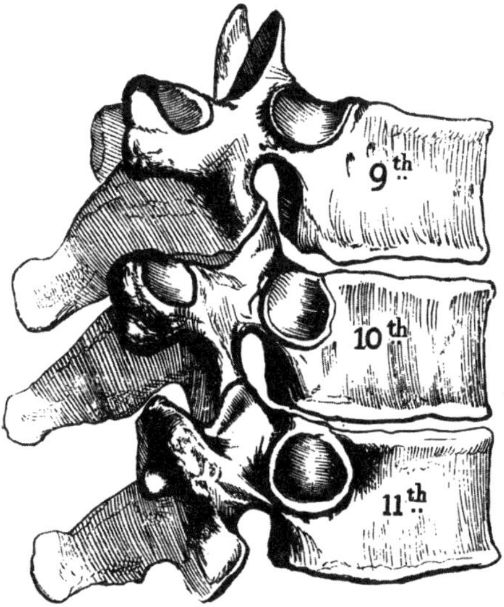

第二十章　葛溫回答

或許過了一小時吧。她吵醒我們，打哈欠及坐起身。接下來的談話在書房展開。在廚房餐桌結束，貝拉吃掉大部分的冷火腿配麵包、起司、醃瓜，和兩品脫或三品脫甜奶茶。雖然習慣了她快速由情緒衝擊恢復，我以前從未見過如此生理反應。她不再形容枯槁，臉頰變得圓潤，眉毛光滑柔順，細紋與皺紋從她恢復清新的肌膚消失不見了。由看上去介於二十五歲到四十歲，她變成介於二十五歲到十五歲。我嚴格的科學眼睛被她對我發射的愛的光芒給閃瞎了嗎？當然沒有，然而不只是火腿與茶去除了她的疲勞與壓力痕跡。她的眼睛看著我們的臉就飽了，她的耳朵與腦子消化我們的話，成為她思想的內容，快速強化了它，如同她的牙齒和胃部利用食物來更新她的肉體。在咀嚼及吞嚥之間，她非常明智地講話，激發一場辯論，決定了她未來的生涯，還有我的，以及我們結婚的日期。不過，或許她的光芒確實讓我有些暈眩。我講的話比貝斯特和她加起來還要多，可是我完全不記得我說了什麼。然而，我非常清楚地記得這場辯論是怎麼開始的。

貝拉說：「為什麼在我問起我的孩子的時候，你冒汗結巴顫抖，葛溫？你怕你的回答會讓我發瘋？」

貝斯特猛力點頭，我們都為他的頸子擔心。

她說：「我猜那不是什麼意外。我逃離你身邊時，我還是小孩——你如何告訴童稚的貝兒・貝斯特她失去了自己的孩子？尤其是你不知道孩子的爸爸是誰。你把我變得強大與自信，葛溫，藉由教導我世上美好與強大的事物，並且表示我亦是其中之一。你太過理智，不會教導孩子瘋狂與殘忍。我必須向本身就瘋狂與殘酷的人學習那些事情。當魏德告訴我，我曾做過母親，我便明白這個世界有什麼地方不對勁。當胡克醫生自鳴得意地指著那個窮小女孩和瞎眼嬰兒，我便知道我的女兒可能遭受可怕傷害。當艾斯利先生解釋富裕國家如何依賴嬰兒死亡率，我知道我的女兒可能死了，當我在米莉・克朗奎比爾的店裡看到脆弱與寂寞的女性如何被利用，我幾乎希望她已經死了。你沒有任何錯，葛溫，就我而言沒有任何錯。但你知道及憎惡（不是嗎？）脆弱的人遭遇苦難吧？」

「是的。」

「你從未試圖去阻止？」

「從來沒有，」貝斯特沮喪地說，「雖然我曾經試著減輕他們的痛苦，治療布洛雀爾恩鑄鐵廠與聖勞洛士火車廠的受傷員工。」

「為什麼你不再做了？」

「因為我自私，」貝斯特說，又再開始冒汗與震動，「而且找到了妳。我想要贏得妳的芳心，勝過我關心重工業燒傷與骨折的受害者。」

貝拉用溫柔的笑容安撫他，但她的語氣是又好氣又好笑。

「親愛的葛溫，我單是活著就阻止了多少好事啊！哈利．艾斯利說得沒錯——世界上的人太多了，尤其是像我這種被寵壞的寵物。我們必須開始妥善運用你的錢，葛溫。我們搭船去亞歷山大，找到那個小女孩及她的瞎眼弟弟，收養他們，把他們帶回來這裡。」

「不需要跑去那麼遠，貝兒，」貝斯特嘆氣說。「明天我可以帶妳走到格拉斯哥十字（Glasgow Cross）大街。在我們右手邊，妳將看到舊大學土地上的鐵路廠和倉庫：在那個大學亞當．斯密構思他舉世聞名的《國富論》以及寰宇漠視的《社會同情論》（*Social Sympathy*）。另一邊是一排的普通住宅公寓，地面樓層是商店，後頭則是惡臭、擁擠不堪的房間，妳在那裡可以發現妳在亞歷山大港陽光下看到擠成一團的悲慘。那裡的死胡同，上百人從一個公共水龍頭提取他們所有的飲用水及洗滌水，房間的每個角落都蹲著一整家人。最常見的疾病是痢疾、佝僂病和結核病。妳要挑選多少個可憐小女孩都可以。告訴父母們，妳將把她們訓練成家務僕人，他們將感謝妳帶走小孩。把其中六名帶來這裡。在丁威迪太太的協助下，妳或許可以在三或四年間，把大多數的女孩訓練到能夠打掃房間及清洗衣物。妳太無知了，無法更好地教導她們。」

貝拉用雙手拉扯自己頭髮，哭喊著：「你說的跟哈利．艾斯利一樣！你也想要把我變成犬儒寄生蟲嗎，葛溫？你也認為我對苦難的嫌惡不過是錯置的母性？」

「我確實認為如果妳開始生養子女，妳無法教導他們獨立。」

「我要如何教導獨立？」

「首先妳要學會自己獨立——不依賴我和坎多，無論妳有沒有嫁給他。妳願意辛勤工作嗎？——我是指在妓院之外。」

「你見過我努力工作數小時醫治我們小醫院的生病動物。」

「可是，如今妳想要幫助貧窮的生病人類。」

「你知道我願意。」

「妳願意絞盡腦力與體力在陰暗的地方勞動，還需要勇氣與明快判斷？」

「我無知又困惑，但不是傻子或懦夫。給我可以充分發揮的工作！」

「那麼妳知道妳應該做什麼。」

「不知道——告訴我！」

「如果妳心中不是已經有了答案，」貝斯特陰沉地說，「我再多說也無益。」

「請給我一個提示。」

「妳的工作需要刻苦學習及練習，但是妳最好的朋友在這兩方面可以幫得上忙。」

「我將成為一名醫生。」

她的臉流滿淚水，他的臉則流滿汗水，然而他們笑著，心領神會地彼此點頭，我都要嫉妒他們了，雖然在這整場談話，我一直握著貝兒的手。或許她感受到了嫉妒，因為她吻了我說：「想想你可以為我上的課，坎多，還有我將是多麼認真地聽課！」

「貝斯特知道的比我多很多，」我告訴她。

「沒錯，」貝斯特說，「可是我永遠不會全部告訴人們。」

＊＊＊＊＊＊＊＊＊＊

以上的星號分隔我們的談話與快速的總結。

貝斯特告訴我們，目前英國只有四名女醫生，全部是在外國大學拿到學位，可是一八七六年的「授權法案」（Enabling Bill）以及索菲亞．傑克斯—布萊克（Sophia Jex-Blake）的奔走，已促使都柏林大學開放接受女性醫學生，而蘇格蘭的大學必定很快就會跟進。同時，他將重新回到一家格拉斯哥東區醫院的慈善病房工作，只要貝拉到那裡註冊擔任護士訓練生。假如她表現良好，他會設法爭取她作為開刀房護士來協助他。如此一來，等她終於進入醫學院（不是在都柏林就是在格拉斯哥），授課內容對她來說將不只是大多數一年級學生感覺的背誦練習而已。他說所有醫生與外科醫師都應該從護理專業召募或者首先從事護理工作。他接著強烈議論說，所有英國職業都應該以體力勞動作為主要訓練，我們花了一陣子才讓他重回主題。

他接著問貝拉想要成為綜合醫生或者協助特定種類的人們。她說她想要幫助小女孩、母親與妓女。他說這是個好主意，因為目前幾乎所有治療這些人的人都跟他們的病人是不同性別。貝拉說她決心教導所有來找她的女性最現代及有效的避孕方法。貝斯特和我勸她把這項意圖當成祕密，直到她能夠執業為止。屆時她在診療間私下跟病人的談話就不會引發公共醜聞。如果她希望公開爭論節育，最有效的方法是在她擔任完全合格的醫生至少五年之後。當我們承認等候期間的長短一定是由她選擇，而非他人，她才同意我們。

然後貝斯特轉向我說，他的父親的友人一直向他通報我在格拉斯哥醫學界的地位。我是個優秀的診斷與細菌病理學家，廣泛了解讓人體器官得以有效運作的衛生知識。這些正是一名公共衛生官員所需要的資格，他希望我考慮那份工作。預防疾病比治療疾病更加重要。最好的公共捐助者莫過於那些努力讓格拉斯哥得到更好的飲水、排水與照明——簡言之，更好的居住條件的人。但他要求我擔任這項職位的主要理由是私人性質。等貝拉終於主持她自己的診所（他將投入他的財產資助她開設一間診所），本地政府高官的支持對她將很有用處。這個理由說服了我。

我現在提出我的婚姻問題，建議儘快舉行。貝拉說她首先必須確定沒有在為克朗奎比爾夫人工作的時候感染到性病。貝斯特說六星期的性隔離應該足夠，然後說他累了，忽然說了聲再會便上樓去。我明白，一想到貝拉要嫁給我，而不是嫁給他，仍讓他痛苦。我跟她說了，她一笑置之。她不否認這件事，但覺得這種小傻事他很容易便能夠克服。這是我發現我親愛的貝拉對他人痛苦無動於衷的唯一領域。可是，後來等我們有了自己的孩子，我發現大多數年輕人對父母及他們信任的監護人都是開心地漠不關心。

於是，我們吻別道晚安，走上樓到她臥室前的樓梯間，又吻別道晚安。她低聲說：「你強壯許多了，坎多。以前我們這麼做的時候你幾乎昏倒了。」

我說我害怕我現在沒有那麼敏感了——我的身體懷念她太久了，還未真正相信她和我在一起。她偷偷笑了，說她也沒有那麼熱情了。

「我需要擁抱更甚於結合，如今，」她說，「自從魏德在亞歷山大港開始頭腳顛倒睡覺之後，我便沒有好好地整晚擁抱了。今晚我們睡在一起吧，你必須的坎多。我們之間隔著床單，我可以感受你的手臂抱著我，卻對你無害。你願意那樣抱著我嗎？」

我說我很樂意那麼做，而且這種結婚預備儀式在蘇格蘭鄉村很常見，人們稱為「捆綁」（bundling）。

所以我們就用捆綁方式睡覺，自此未再分開睡覺，除了她必須去倫敦參加費邊社（Fabian Society）的會議。

第二十一章 中斷

雖然我是無神論者，但不是偏執狂。當我們知道貝拉沒有染病之後，我安排了一個簡單的長老教會結婚儀式，因為我認為這是一個無傷大雅又傳統的方式來顯示我們誓約的隆重。公園教會是最近的，但我不想要鄰居小孩在門口搶著討喜錢[24]，所以選擇蘭斯唐尼聯合長老教會，走路不到十分鐘，就在大西方路的路邊。當我說儀式在十二月二十五日早晨九點舉行，英格蘭讀者或許不可置信地眨眼。那是有可能的最快日期，而且蘇格蘭教會並不認為耶誕節比其他節日更為神聖，除非它落在安息日。當我和貝拉手挽著手，貝斯特與丁威迪太太手挽著手走在我們身後，我感受到一股喜悅，在我的大喜之日全世界的人都在享受假期，雖然格拉斯哥的商店和辦公室和工廠都擠滿了人，照常營業。

那是一個冷冽的早晨。屋頂、花園和安靜的街道鋪滿白雪，但我們安穩地走著，因為貝斯特已付錢給一幫小男孩，從我們家門前台階到教堂掃出一條乾淨的步道。這條步道由山丘上穿越公園，但已灑過鹽巴，所以並不濕滑。一層薄霧繚繞在鼻尖，並沒有遮擋眼前的視野，我以為我看到有人在我們之前走進了建築物。這令我疑惑。我以為貝斯特與丁威迪太太將是我們唯一的見證人與賓客。貝拉曾希望邀請麥塔維席小姐、魏德本、艾斯利和克朗奎比爾夫人，為了向他們證明（她說的）「終成眷屬」。我們說服她，如果他們來了，這些賓客將讓彼此難堪，最後誰都沒有邀請，也沒有廣告這場婚禮。不過當然牧師一定照常公布了結婚啟事。

我們準時在九點前一分進入教堂，看見正廳空無一人，但聖餐桌前有一排坐著五個人。貝拉說：「他們是誰？」我不知道，雖然我看到其中一人異常地高、瘦及軍人模樣。這讓我發抖。我感覺一場災難即將發生，而貝拉和我以前已經許多次手挽著手走上這條走道進入相同的災難。我覺得我是在做噩夢，我必須設法醒過來。貝斯特低聲說：「鎮定，麥坎多！」他小聲地指揮著，於是我看向他。他對我點點頭，我明白他已預料到可能發生的每件事，並已做好準備。我把貝拉的手臂挽得更緊，繼續向前走，帶著知道上帝站在他這邊的基督徒勇氣。

我們經過陌生人，背對他們面向聖餐桌站著。牧師繞過講壇，講了一些介紹的話，正式詢問我是不是亞奇博德．麥坎多，加羅威華菲爾教區老小姐潔西卡．麥坎多的獨子。我回答是的。他接著問我的未婚妻她是不是貝拉．貝斯特，布宜諾斯艾利斯商業經銷商依納爵．麥葛瑞格．貝斯特，以及其妻拉芬娜．萊茵高德．庫伯帕奇的女兒？她說是的。我猜想貝斯特為何捏造這麼長又難以置信的母親名字，心想他已計算到在無奇不有的大千世界裡，沒有一串又長又難以置信的名字是不可能的。等我想完這些，牧師正在說在場是否有人知道這兩人不能締結神聖婚約的理由，請他們說出來。此時，我身後一個尖高刺耳清楚的聲音說：「這場婚禮不可以舉行！」

我們轉身。說這句話的是一個很高很瘦的男人，站得筆直，死死瞪著我們，像個雕刻細緻、真人版木偶。他看似木頭，因為茂密的鐵灰鬍鬚（蓋滿他的嘴），尖刺的下巴鬍子則幾乎跟他的粉棕色相同色調。他身邊一個黝黑、肥滿、外貌瘋狂的老頭正掙扎著要站起來。

「你是誰？」牧師質問，他的聲音突然短促尖銳。

「我是將軍爵士阿佛瑞・狄・拉・波勒・布雷斯頓。這名自稱貝拉・貝斯特是我的合法結婚妻子維多利亞・布雷斯頓，未出嫁前的姓名是維多利亞・哈特斯利（Victoria Hattersley）。她的父親在這裡，布萊頓・哈特斯利，曼徹斯特與伯明翰英國蒸汽牽引力公司的常務董事。」

「維琪！」那個老頭喊著，對貝拉伸出手臂，老淚縱橫。「喔我的小維琪！妳不認得妳的老爸爸了嗎？」

貝拉饒有興致地看著他，又以同等興致看著她的第一任丈夫。將軍目不轉睛地瞪回去。那個製造商則在啜泣。我自己的情緒奇妙到難以言喻。我明白貝拉不知道她看到她身體裡的大腦的父親，也就是她的第一任丈夫，以及她身體裡的大腦的祖父。最後她說：「你們兩人看起來很有趣，可是我想不起來以前見過你們。」

將軍說：「講話，普里克基特。」

第三個男人站起來說，他是將軍的醫療顧問，曾治療布雷斯頓夫人的一項重症至少八個月，直到她失蹤為止。他說這名自稱貝拉．貝斯特的女士，聲音和容貌與布雷斯頓夫人如此相似，他毫不懷疑她們是同一人。此時，牧師說婚禮無法再舉行下去。

我不知道如果貝拉沒有一直挽著我的手臂，如果貝斯特沒有主持大局，我會做何反應。他的魁梧與態度的重力給予我幼稚的希望，他說：「布雷斯頓將軍，哈特斯利先生。有人通知你們何時及何地要舉行這場婚禮。那個人或許告訴你我是個富人，是個執業的外科醫生，收取權利金的費用。貝斯特小姐三年前來到我這裡，完全喪失之前生活的記憶。她之後與我一起生活，作為我的被監護人，我已立下遺囑把我所有財產留給她。一年前她與我的朋友格拉斯哥皇家醫院的麥坎多醫生自願許下終身。布雷斯頓將軍！哈特斯利先生！你們想要由法官及法院陪審團來裁決貝斯特小姐的身分之謎嗎？或者我們首先嘗試藉由理性討論來解決？我家就在這附近。我邀請你們過去。」

將軍說：「告訴他，哈克。」

第四個男人站了起來，說他是布雷斯頓將軍的律師，知道阿佛瑞爵士希望避免公開調查私人事務而損害到妻子名聲。唯有基於那個理由，將軍才打算忍受與下列人士私下討論。一方是他自己、他的律師、他的醫療顧問、妻子的父親，以及賽摩葛萊姆私人偵探社的賽摩．葛萊姆先生。（提到最後一個名字時，第五個男人站了起來。）律師接著說將軍將准許另一方貝斯特先生和他的朋友麥坎多先生。然而，阿佛瑞爵士堅持他的妻子維多利亞．布雷斯頓在討論事情時到鄰近房間等待。他有著最好的理由將她排除在討論之外。他亦堅持要在他已於聖以諾車站飯店訂好的套房進行討論。「你要告訴葛溫與坎多我是誰，卻不讓我聽？」貝拉喊著。「你怎麼說呢，葛溫？」

「我說我完全不同意，」貝斯特堅定地說，「除非我得到充分的理由。」

「告訴他，普里克基特，」將軍說。他的醫療顧問擠出長椅，把貝斯特叫到一旁，附在他耳邊低語，這讓貝拉極為惱怒。貝斯特的回答大家都聽見了：「那不是理由，那是謊言。我可以證明那是謊言。這項討論將不會進行，除非貝斯特小姐也參與其中，而且在我家舉行。布雷斯頓將軍與他的隨從進到我家沒有任何危險；但是女人在英國飯店被自稱是她們丈夫的男人綁架，警察不會插手。」

「沒錯！」將軍大叫。他的律師瞪著他。將軍神情冷漠地看回去，有一陣子大家都不動。後來必定是有些信號，律師用低沉的聲音告訴貝斯特：「我們會去你家。三輛馬車已等候在這座建築的巷子裡。」

「三輛馬車可以載六個人，」貝斯特說。「丁威迪太太，請跟這五位紳士回到公園圓環十八號。把他們請到我的書房，點燃火爐，提供他們點心。我和貝斯特小姐和麥坎多先生堅持走路回去，但會在你們之後不久抵達。哈克先生，請向你的雇主解釋這些安排。」

貝斯特然後背向律師，告訴牧師他明天會為造成他的不便支付費用，等到眼前的誤會解除後再度聯絡。然後他把貝拉空著的那隻手挽到他臂下，我們三人走過走道到門口。我們行進時，我感覺好像在教堂裡待了十週，雖然實際上只有不到十分鐘。

外頭的結霜街道與白雪屋頂看起來多麼清新、明亮與健康啊！貝拉也這麼覺得。她說：「我從未想到我們的婚禮會這麼有趣。那個可憐的老人真的是我爸嗎？我們一定要讓他開心起來才行。我真的嫁給那個又長又細、上頭戴著面具的桿子嗎？嗯，我離他遠點才好。這些人真的打算綁架我？有一下子，他們看起來好像真的會。我很高興你跟我們在一起，葛溫。坎多願意為我戰鬥至死，但死掉的坎多對被綁架的貝兒有什麼好處呢？你的肺部一聲嘶吼便可以擺平所有傢伙，葛溫，他們也知道。所以，貝兒．貝斯特物種起源的神祕終於要解開了。那個醫生跟你說了什麼悄悄話，葛溫？」

「謊話。他或許會大聲再說一遍，妳會聽見我反駁他。」

「為什麼你看起來那麼悲傷，葛溫？為什麼你不像我一樣興奮？」

「因為妳即將知道我也說了謊話。」

「你？撒謊？」

「是的。」

「如果你對我說謊，怎麼會有任何真相呢？誰會得到什麼好處？」貝拉說，神色驚懼。

「真相與好處不是由我決定，貝兒。我也是脆弱的。我跟布雷斯頓將軍一樣是可憐的東西。準備好鄙視我們兩人吧。」

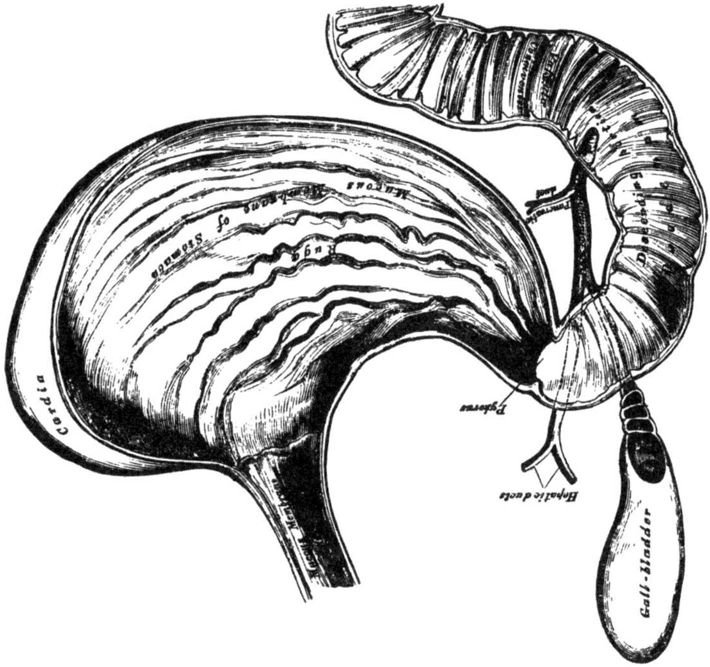
Mucous Membrane of Stomach
Cardia
Pylorus
Hepatic ducts
Gall-bladder

第二十二章　真相：我最長的章節

早在貝斯特從魏德本的信裡大聲讀出這個名字，我之前便聽說過布雷斯頓將軍。在那個年代，「雷霆」布雷斯頓對報紙讀者來說，如同子爵加尼特．沃爾斯利（Garnet Wolseley）和「中國人」戈登同樣知名。沃爾斯利子爵成為陸軍元帥。戈登將軍因為被伊斯蘭苦行僧肢解，而被封為帝國殉難者。我的妻子的第一任丈夫則沒有得到那麼友好的對待。倫敦《泰晤士報》與《曼徹斯特衛報》（*Manchester Guardian*）現在將他最偉大的戰功歸因於戰役首次披露時未被提及姓名的軍官。大眾媒體有樣學樣。為什麼一個英勇戰士不幸福的結局遮掩了一生的愛國行為？有關他的最好傳記仍是一八八三年版《英國名人錄》（*Who's Who*）的記載。之後的版本未再提到他。

布雷斯頓，阿佛瑞．拉．波勒爵士　十三代準男爵；設立於一六二三年；維多利亞十字勳章，騎士大十字勳章，聖米迦勒及聖喬治勳章，治安官；國會議員（自由黨）曼徹斯特北區，自一八七八年；出生，西姆拉，一八二七年；長子，父：Q．布雷斯頓將軍，安達曼及尼可巴島總督，母：艾蜜莉亞，班佛斯．狄．拉．波勒的長女，準男爵，霍格諾頓、羅姆郡和貝利諾克米洛木塞公司；妻，維多利亞．哈特斯利，布萊頓．哈特斯利，曼徹斯特火車製造商之女。教育：橄欖球，海德堡，桑赫斯特。指揮在好望角東部前線的一場本地徵兵，一八四九年；遠征史瓦贊吉，一八五〇～五一年（重傷，快報中提及，榮升中校）；自願赴克里米亞，在塞瓦斯托波爾圍城服役，一八五四～五六年（兩度受傷，快報中提及以第四女王所有輕騎兵連隊（4th Queen's Own）的極少兵力擊退五次俄羅斯突襲，獲克里米亞獎章及三顆勳扣，邁吉迪耶勳章和土耳其戰爭獎章）；擔任旅參謀長，負責一八五七～五八年叛變在中印度的追擊部隊（受傷，參與奪下福馬肯奴格及布魯格烏爾要塞，攻占喀什米爾稜堡及德里高地，印度獎章、德里獎槓，因防守印度果阿邦獲葡萄牙王冠金羊毛勳章）；英國對中國遠征軍的助理副官將軍，一八六〇年（在摧毀揚子江岸砲台時受傷，但參與攻進紫禁城，掠奪頤和園）；諾福克島流放地總督，一八六二～六四年；巴塔哥尼亞總督，一八六五～六八年（不費一兵一卒便平定特維爾切族及甘維肯族暴動，一八六九～七二年；緬甸討伐軍司令，一八七二～七三年；鎮壓加拿大西北地區第一場混血人叛變的中將，一八七四年；阿散蒂戰爭副官將軍，一八七五年（受傷，維多利亞十字動章）；加拿大民兵部隊總司令，一八七六年齡視察魁北克省因爆炸受傷，獲國會給予二萬五千英鎊津貼，五等榮譽軍團勳章）；羅姆郡唐恩斯的議員候選人；英格蘭共濟會總會大守護者，一八七七年。著作：《英格蘭震撼之時》，記述政府處理一八四八年憲章運動；單人劇《洗滌地球》；「政治疾病帝國治癒」，對聯合軍事研究所演講。休閒：打獵，射擊，培育純種馬，曼徹斯特人道協會流浪兒及遊民收容所主席，個人監督實驗農場，讓貧民窟孤兒受訓到殖民地拓荒。地址：倫敦波徹斯特排屋二十九號。俱樂部：騎兵，聯合軍事研究所，普瑞特，英國優生學。

貝拉回到我們身邊的那一天，我在貝斯特的圖書館讀到上述記載，讀之前還先確定沒有人看到我。數週後我才知道貝拉和貝斯特都分別做過一樣的事。我們都對貝拉的未來充滿計畫，不想一起調查或召喚過去——我們希望如此可以讓我們心安。唯獨貝斯特利用這項資訊去準備意外降臨我們身上時的過去陰魂。那個寒冷的耶誕節早晨我們從教堂趕回家的時候，只有他處於認真的心理狀態。我感染到貝拉熱切的好奇心及這名將軍地位的瘋狂感。我不害怕他會從我身邊搶走她，但是想到我的愛情生活或許名垂青史，一如里茲奧與博思韋爾的愛情生活（譯註：前者為蘇格蘭女王瑪麗的侍臣，後則是蘇格蘭女王瑪麗的第三任也是最後一任丈夫。）——不足以讓我以悲劇收場，但足以讓我出名。即便是貝斯特的一番話也沒有讓我從幻想中清醒過來。我們接近公園圓環十八號的時候，看見將軍站在書房窗戶後，往下注視著我們。貝拉打了個冷顫。貝斯特輕聲地說：「他的左眼是玻璃——他總是向前看，讓右眼與左眼對齊。沒有哪個偉大的將軍像拉·波勒·布雷斯頓受過那麼多傷。」

「喔，可憐的傢伙，」貝拉說，對他揮手以示鼓勵。他沒有做出看見的表示，我突然擔心她可能因為同情而靠近他。

當我們走進書房，他仍然望向窗外，背對著房間。老邁的製造商窩在火爐前的一張扶手椅。貝拉和我一起坐在桌旁時，他瞄了我們一眼，便轉回去看著火焰。將軍的律師和醫師拘謹地坐在沙發上，旁邊是那個偵探。賽摩・葛萊姆是唯一看起來自在的訪客：他拿著一杯丁威迪太太留在容易取得的醒酒壺倒出來的威士忌。貝斯特直接走向一座寫字台，打開鎖，取出一捆紙張。他放到書桌上，沒有看著任何人地問：「將軍想要站著嗎？」

「阿佛瑞爵士通常喜歡站著，」將軍的醫師小心翼翼地低聲說。

「好的，」貝斯特說。他坐在可以清楚看到每個人的地方，馬上開始講話。

「在我們這個人口稠密的世界，幾乎每個人必定有數個相貌與聲音相似的人。有人有更好的理由認為貝拉・貝斯特是維多利亞・哈特斯利嗎？」

「有，」那個老製造商說。「一週前我收到一個名叫魏德本的男人來信。他告訴我維琪住在這裡，跟你一起。我聯絡了女婿，被告知兩週前他也收到類似的信件，但沒有理會。」

「那是瘋子寫的信！」將軍的律師很快地說。「魏德本不僅說布雷斯頓夫人做過他的情婦，他說她也做過勞勃・伯恩斯、蘇格蘭親王查理與一連串回溯到伊甸園的名人的情婦。難道你會訝異將軍無視這種書信嗎？」

「是的，」老人說，對著火焰皺眉。「那封信是整整三年來我的維琪下落的唯一線索。當初她失

將軍阿佛瑞・拉・波勒・布雷斯頓
爵士，維多利亞十字勳章

蹤時，我們就應該上天下地去找她，可是這裡的普里克基特先生卻說：『沒有必要報警——我確信這是暫時性精神錯亂——公開醜聞只會進一步傷害她——如果你愛你的女兒，就給她時間按照她的自由意願回家來。』」當然普里克基特只說阿佛瑞爵士要他說的。我現在知道了，儘管當時我不明白。過了數日他們才跟蘇格蘭場報案，他們非常安靜地處理這整件事因為……因為……（他發出又笑又哭的聲音）「……布雷斯頓是國家英雄——是英國年輕人的楷模——巴麥尊子爵是這麼說的！報紙從未刊載報導，什麼東西都沒找到。或者就算有的話，也沒有人告訴我。因此讀到魏德本的信，我便雇用了葛萊姆。告訴他們你的發現，葛萊姆。」

那名偵探點點頭，啜飲了一口酒，用倫敦本地人的連珠炮說。他是個大約三十歲的普通人：普通到我沒注意到他任何個人特色，唯獨他的講話方式，省略第一人稱。

「七天前被找來調查布雷斯頓夫人失蹤，案發三年後。夫人從家裡失蹤，突然間心煩意亂沮喪不已極其不安——而且懷孕八個月又兩週，這往往讓女性發生不好的事。拿到失蹤夫人的照片，真是美女。來到格拉斯哥追查鄧肯·魏德本先生信件的訊息，發現那名紳士已被監禁在格拉斯哥皇家精神病院的上鎖病房，無人准許進入。布雷斯頓夫人於一八八〇年二月六日在波徹斯特排屋二十九號消失，所以查閱了那個日期之後有關格拉斯哥被捕或被找到的心神不寧或不安失神女性遊民的所有警察及人道協會記錄。注意到類似布雷斯頓夫人的女性被看見於二月八日由橋上跳進克萊德河，被人道協會一名員工撈起，喬治．葛德斯。給他看照片。『就是她！』他說。『現在在哪兒？』我說。『無人認領的屍首，』他說，『所以於二月十五日被法醫帶去大學醫學院，』他說——錯了。葛溫．貝斯特是法醫，但是大學分類帳顯示貝斯特先生並沒有在二月十五日或之後運送屍體去那裡，因為二月十六日醫學院收到他的來信，說他辭去法醫工作以專心在（他說）他的私人執業。他確實是。二月底，送貨到公園圓環十八號的煤炭工、牛奶工、雜貨商、屠夫都知道貝斯特先生有個女性病患的房客。癱瘓。等到四月，她可以走路了，但是像小孩子。三年後，她坐在這裡，貌美如玫瑰，已經可以再度嫁人了，祝妳好運，小姐或布雷斯頓夫人！」

賽摩．葛萊姆對著貝拉舉杯，吞下杯中物。

「我喜歡那個男人，」貝拉專心地低語，我不知道她是否明白他的話。每個人都看著貝斯特。

「你的推理鏈有個缺失的環節，葛萊姆先生，」他說。「你告訴我們喬治．葛德斯（本市受歡迎及尊敬的人士）說他撈獲一具死屍。[25]他撈起的屍首怎麼會跟我們坐在這裡，而你說它在停屍間放了七天？」

「不知——不是我的專門，」那名偵探聳聳肩地說。

「我相信我可以解開這起暗黑事件的疑雲，」將軍的醫生說，「如果阿佛瑞爵士同意的話。」

將軍沒有給出聽見他的話的信號。

「這是我家，普里克基特醫生，」貝斯特說。「我不僅同意，我要求你給出你的意見。」

「那麼我就說了，貝斯特先生，雖然你不會喜歡。倫敦醫學界都知道，從本世紀初以來，格拉斯哥外科醫生便讓電流通過死屍的神經系統。有記錄說在一八二〇年你們當中有人讓一名吊死的罪犯屍首復活，他坐起來還講話。一名示範者用手術刀割斷實驗對象的頸靜脈才阻止了公開醜聞。[26]你的父親便參加了那次示範。我不懷疑他將所學一切傳授給了你，你是他唯的一助手，除了無知的護士之外。柯林爵士因為不與同僚分享所知一切而臭名在外。」

「葛溫，」貝拉用我以前從未聽過的有氣無力聲音說，「今天我們離開教堂時，你說你將承認曾經對我撒謊。我想我現在知道那是什麼謊言了。我爸和媽不是死於阿根廷火車事故。你捏造那件事來掩飾更糟糕的事。」

「沒錯，」貝斯特說，用手捂住臉。

「所以那個可憐老人真的是我父親？那個好像不敢面對我的柱子似的男人是我的丈夫？而我從他身邊逃跑，淹死我自己？喔坎多，請握緊我的手。」

我很高興我那麼做了，因為將軍轉過身來了。

他轉過來，用尖細高調的聲音說話，越講越大聲。

「不要再丟臉了，維多利亞。妳完全記得哈特斯利是妳父親，我是妳的丈夫，而妳逃家以躲避作為妻子的責任。溺死與停屍間與喪失記憶的荒謬故事是編造出來隱藏三年來妳跟一個怪胎住在一起以滿足妳對肉體交媾的瘋狂慾望的明白事實，首先是他，接著是一名神精病浪蕩子，現在則是跟一名粗鄙無賴。妳現在正做著——這裡——就在我眼前。**放開我妻子的手，先生！**」

他大聲喊叫著最後幾個字，我差點聽他的話。他的一隻冰藍色眼睛或許是玻璃，卻與另一隻完美搭配，我看出眼中的恨意而打了寒顫。但我突然看見貝斯特在我們旁邊，跟將軍一樣高，足足寬了五倍，仍然望著火的老頭發表了意料之外的支持。

他說：「不要那樣說我的維琪，阿佛瑞爵士。你知道是誰的肉慾讓她逃家。如果她是假裝忘記，那麼我們應該感謝她。如果她是真的忘記，就讓我們感謝上帝。」

「我對於對待妻子毫無虧心之事，」將軍尖銳地說，但貝拉輕輕從我身邊坐直，走向那名老人。她說：「你試著表現仁慈，所以或許你是我的父親。請讓我握你的手。」

他看著她，嘴巴扭曲著痛苦地微笑，讓我想起我母親的微笑，讓她把他的右手握在她的兩手之間。她閉上眼睛低聲說：「你強壯……暴戾……狡詐但從來沒有仁慈過，因為你害怕。」

「不對！」老人大叫，抽走他的手。「強壯，暴戾和狡詐，是的感謝上帝，我是那樣。那些讓我幫我自己、你母親和妳脫離曼徹斯特的臭糞，藉著將弱者推入其中才讓我們全部得以脫身。我無法拉出妳的三個弟弟——他們死於霍亂。我在這世上什麼都不怕，除了飢餓、貧窮和有錢人的譏諷。唯有傻子才不怕這些，尤其是在遭受這些痛苦的時候。我們都吃過這些苦，直到我把妳舅舅在工廠的股份騙光。他像隻被剖開的豬般尖叫，想要藉著跳槽到赫德遜以奪回他自己的股份——赫德遜！鐵路大王！但我粉碎了他還有赫德遜。沒錯，維琪，」老頭突然大笑：「妳老爸是粉碎赫德遜國王的人！可是妳是女人，對生意一無所知。十年後，我的董事會有個伯爵，正在把人送進國會，我雇用了曼徹斯特與伯明翰半數技術性勞工。然後有一天，妳長到十七歲，維琪，我突然發現妳是個美人。我太忙了，之前沒正眼瞧過妳或想到要栽培妳進入婚姻市場。所以，我直接把妳拖到一家瑞士女修道院，百萬富翁的女兒和侯爵與異國親王的女兒一起被打磨得光鮮亮麗。『把她打造成淑女，』我告訴修道院院長。『妳會發現那不容易。她很死腦筋，跟她母親以前一樣——那種更需要用腳踢而不是胡蘿蔔才能讓她走向正確方向的驢子。我不在乎妳花多長時間或多少費用，但是要讓她適合嫁給世上最高等的人。』她們花了七年。等妳回家，妳媽死了（肝臟衰竭），為了妳的原故，我很開心。雖然對窮人來說是好妻子，她對有錢人一無是處。她的樸素將毀了妳的機會。呃，修女們把妳變成美麗的東西——妳說法語說得像道地的小姐，雖然妳的英語仍有曼徹斯特腔。但是將軍不嫌棄——是吧，阿佛瑞爵士？」

「不嫌棄，即使是她古怪的方言也逗樂我。她是我見過最純淨的生物、最美麗的東西，」將軍沉思地說。「她擁有天真孩童的靈魂，裝在索卡西亞天堂女神的形體裡——令人無法抗拒。」

「我愛你嗎？」貝拉看著他問。他大力點頭。

「妳仰慕他——崇拜他，」她的父親大喊，「妳必須愛他！他是國家英雄，哈伍德侯爵的表兄弟。況且，妳二十四歲，他是除了我以外，妳唯一可以獲准見面的男性。妳結婚當天是世上最幸福的女人。我租下及裝飾整個曼徹斯特自由貿易廳用來接待與宴會，教堂唱詩班唱著哈利路亞合唱。」

「妳愛我，維多利亞，而且我愛妳，」將軍沙啞地說著，「所我們成為了夫婦。我來這裡是要提醒妳這點，保護妳。紳士們請原諒我！」——他的右眼朝著貝斯特和我不安地閃爍——「原諒我對你們喊叫及辱罵。或許你們是誠實的人，儘管環境如此，而我壞脾氣是眾所皆知。三十年來我為英格蘭盡忠（或許我應該說英國），我對待自己之嚴厲一如我指揮的部隊和征服的野蠻人，我身體沒有一處肌肉不痛，尤其是我坐下時。我只有在完全躺下時才能休息。你介意我休息一陣子嗎？」

「請便，」貝斯特說。

律師、醫師和偵探從沙發上彈起來。醫師幫忙讓將軍躺平在沙發。

「我放個抱枕在你頭下吧，」貝拉說，拿了一個過來，跪在他旁邊。

「不，維多利亞。我從來不用枕頭。難道妳真的忘記了？」將軍閉著眼睛說。

「是的。真的。」

「我的事妳什麼都不記得了？」

「確實什麼都不記得，」貝拉不安地說，「可是你的聲音與外貌確實有些熟悉，好像我曾經夢到過或在一齣戲劇裡聽到或看過。讓我握你的手。或許可以提醒我。」

他疲倦地伸出手，但是當她的手指碰觸到，她倒抽一口氣，手指縮了回來，彷彿被燙到或刺到。

「你很可怕！」她說，不是指責口吻，而是吃驚。「妳從我身邊逃走的那一天也是這麼說的，」他疲憊地回答，眼睛仍然閉著，「但妳是錯的。不談我的彪炳戰功和社會地位，我和其他男人沒兩樣。妳仍是個不穩定的女人。普里克基特應該在我們蜜月之後就給妳做手術。」

「手術？為什麼？」

「我不能告訴妳。紳士們只能跟他們的醫生討論這種事。」

「阿佛瑞爵士，」貝斯特說，「這個房裡有三人是合格醫學男士，在場的唯一女性正在受訓成為護士。她有權知道為什麼你說她是個不穩定的女人，有著瘋狂慾望，應該在她的蜜月後進行外科手術。」

「往昔比較好，」將軍沒張開眼睛地說：「穆斯林在他們妻子生產後不久便那麼做了。這使得她們成為世上最溫順的妻子。」

「暗示沒有用，阿佛瑞爵士。今天早上在教堂你的醫生跟我耳語他認為——以及你認為——你妻子的病名。如果此時此地他不大聲說出來，就會在蘇格蘭陪審團面前於法庭上討論。」

「說出來，普里克基特，」將軍疲累地說。「吼叫出來。讓我們震耳欲聾。」

「色情狂，」他的醫生低聲說。

「那是什麼？」貝拉問。

「那表示將軍認為妳太愛他了，」貝斯特說。

「那表示，」普里克基特慌張地說，「妳希望睡在他的臥室——睡在他的床——跟他躺在一起（我被迫直率地說）每個晚上。紳士們！」——他不看著貝拉，而轉頭向我們呼籲——「將軍是個仁慈的男人，寧可切掉右臂也不會讓女人失望！在結婚前一日，他要求我詳細敘述——用科學、衛生觀點——已婚男子的責任。我告訴他每個醫生都知道的——過度進行的話，性交將致使腦部與身體虛弱，但合理的劑量則有益無害。我告訴他，蜜月期間應該一個晚上讓夫人和他躺在一起半小時，之後一週一次或兩次，但是只要一發現懷孕，便應該立即停止一切愛戀親密。可悲啊，布雷斯頓夫人是如此精神錯亂，即便是在孕期第八個月，她仍希望整晚和阿佛瑞爵士躺在一起。被禁止這麼做的時候，她啜泣與號哭。」

涙水由貝拉臉頰淌下。她說：「可憐的東西需要擁抱。」

「妳永遠無法面對事實，」將軍咬牙切齒地說，「女性軀體的碰觸激發肉慾強大的男性惡魔般的色慾——我們難以克制的色慾。擁抱！這個字眼令人作嘔，而且沒有男子氣概。它弄髒妳的嘴唇，維多利亞。」

「我知道在場每個人都說著他們認為的真相，」貝拉說，擦乾眼淚，「但聽起來很蠢。阿佛瑞爵士說得好像他可以把女人撕裂，但老實說，假如他對我動粗，我想我可以用膝蓋把他像棍子一樣折斷。」

「哈！」將軍不屑地大叫，他的醫生開始非常快速地講話，或許是被貝拉的話以及他在陳述案件時貝斯特和我互換的懷疑眼神氣到。他的嗓音幾乎和將軍同樣尖銳，他說：「沒有正常、健康的女人——沒有良好或理智的女人想要或者期望享受性交，除了作為職責之外。即便異教徒哲學家都明白，男性是精力充沛的播種者，而良善女性是和平的田地。盧克萊修在《物性論》（*De Rerum Natura*）告訴我們，唯有淫蕩女人才會扭動她們的臀部。」

「那項教條既違背自然，亦違背大多數人類體驗，」貝斯特說。

「大多數人類體驗？為什麼確定！」普里克基特喊叫。「我說的是高尚的女性——可敬的女性——不是粗俗的大眾。」

「這項奇特觀念，」貝斯特告訴貝拉，「最初由雅典同性戀者記載，他們認為女人存在只是為了生育男人。後來被獨身禁慾的天主教神父採納，他們認為性歡愉是萬罪根源，女人則為禍首。我不知道這個概念為何現在流行於英國。或許是男孩寄宿學校的規模與數量培養出一個專業階級，對女性現實全然陌生。但請告訴我這點，普里克基特醫生。布雷斯頓夫人是否同意陰蒂切除術？」

「她不僅同意——她還眼裡噙著淚水地乞求。她厭惡自己歇斯底里的憤怒，鄙視她對與丈夫接觸的病態慾望，對她的病與她丈夫同樣生氣。她急切地吞下我開出的所有鎮靜劑，但是最後我必須告訴她，藥物根本無效——我只能切除她的神經興奮核心才能治癒她。她乞求我立刻進行，當我說必須等她生下小孩，她懊惱不已。布雷斯頓夫人！」普里克基特又轉頭看著貝拉，「布雷斯頓夫人，我很抱歉這件事妳什麼都不記得。妳曾把我當成好朋友。」

貝拉無語地左右搖頭。貝斯特說：「所以布雷斯頓夫人不是因為害怕你的治療而離家出走？」

「當然不是！」普里克基特憤慨地說。「布雷斯頓夫人總說我的探訪是她一週最愉快的部分。」

「那麼她逃走的理由是什麼？」

「她瘋了，」將軍說，「所以不需要理由。如果她現在神智清醒，就會跟我回家。如果她拒絕，她還是瘋的，那我身為她丈夫的責任是把她交給可以妥善治療的機構。我不能把她留在一個三角家庭，想把我的神經病前妻變成**護士！**」

「可是，自從她跳河自盡以後，她就不是你的妻子了，」貝斯特馬上就說。「婚姻契約說婚姻**至死方休**。有關你的妻子及我的被監護人身分的唯一獨立證人是目睹自殺及撈起屍體的人道協會職員。普里克基特醫生認為我給予了她新生命。果真如此的話，我是這名復活女人的父親及保護者，如同之前的哈特斯利先生，有權跟他以前那樣把她在婚禮上交給她自己選擇的丈夫。哈克先生，你對這種邏輯有何看法？」

「胡說八道，貝斯特先生：胡說八道及廢話，」那位律師冷冷地說。「我不懷疑布雷斯頓夫人跳進克萊德河，也不懷疑人道協會職員把她救起。他領錢是要救人。他把你找來讓她甦醒，你成功了。你接著賄賂他，好讓你綁架她，把她帶到這裡，假裝她是生病的姪女，你下藥把她變得幼稚，因而享受她的身體魅力與脆弱情感，裝著好叔叔與好醫生的虛偽面孔。你甚至帶你的情婦環遊世界，並扮演那種角色！等你們回到格拉斯哥，你已厭倦了她，所以縱容她與不幸的鄧肯．魏德本私奔。昨天我去探望可憐的魏德本母親，一名悲慘無比的女士。她告訴我，她兒子生理、心理與財務都被他稱為貝拉．貝斯特的女人毀滅。假如他不是現在被關在格拉斯哥皇家精神病院的病房，他將因為詐騙客戶的資金而坐牢。你兩度被拋棄的情婦上個月回到你這裡，於是你急速安排把她嫁給麥坎多，你那心智脆弱的寄生蟲。如果這則故事在英國陪審團前提出，他們會相信的，因為那就是真相。看看阿佛瑞爵士！看著他！真相嚴重打擊了他！」

帶著地底雷聲般的呻吟，貝斯特離開椅子，雙手按住胃部及彎下腰來，癲癇發作般地扭動。我很訝異他沒有倒地，但不是因為他的惱怒。那個律師將事實與謊言交織得如此機智，有一陣子連我都相信了他。但是貝拉衝到貝斯特身邊，一手扶著他的腰，撫慰著幫他直起腰身。這讓我恢復了清醒。如果訪客們從未見識過徹底理性的蘇格蘭人的冷靜怒火，他們現在將見識到。

「貝斯特先生如果沒有感到痛苦，他就會是一座石像了，」我告訴他們。「你們利用這位聰明、仁慈、自我犧牲的男人的良善，罵他是怪胎及騙子。有關他拯救性命的病人，你們指控他邪惡地侵犯她。你們對環繞她頭顱的可怕裂痕一無所知——假如不是他像慈母般照顧她，像慈父般教育她，創傷將不只是造成完全記憶喪失而已：她將像個低能兒。他帶她旅行不是什麼愛情長跑，而是讓她重新認識她已遺忘的這個世界的最好方法。他並沒有密謀她與魏德本私奔——他試著勸阻她，求我去勸阻她，當我們兩人都勸阻無效，他給她旅費好讓她在厭倦這項冒險行為時回家。沒有拋棄情婦的放蕩者會那麼做！你們竟敢無禮地罵我——他的最好朋友！亞奇博德．麥坎多格拉斯哥皇家醫院的醫生！——你們竟敢罵我是粗鄙無賴及心智脆弱的寄生蟲。難怪迷走神經迸發導致消化道逆流，過多的胰液刺激食道，引起胃灼熱！而你們說他對如此誹謗的痛苦是負罪感的跡象！！！？？？你們還要不要臉啊，紳士們。你們幾乎說服了我，你們根本不算是紳士。」

「謝謝你，麥坎多，」貝斯特低聲說。

他現在坐在面對哈特斯利先生的扶手椅，貝拉站在他身後，雙手保護性地放在他肩上。她看著他的表情是後來在我們義大利蜜月時我看到波提切利所畫的聖母面容。貝斯特現在跟律師說話，好似什麼事都沒有發生一樣。

「所以你認為我身後的女士跟將軍妻子是同一人。」

「我知道她們是同一人。」

「我將證明你是錯的，我會用五位獨立證人的證詞來證明，他們每位都是蜚聲國際的科學家。維多利亞．布雷斯頓夫人是歇斯底里患者；極為幼稚地依賴丈夫，令丈夫覺得無法忍受，以至於醫師的探視是她一週最快樂的時間；如此厭惡自我以至於開心地使用鎮定劑來痲木她的心智，渴望她的身體遭受手術殘害。我說的對嗎？」

「沒錯，她害慘將軍了，」哈特斯利先生嘟囔著說，「可是你可能有提到在她最糟的情況下，她仍表現得像個完美淑女。」

「她用鎮定劑**紓緩**她的可憐心智，」醫生說，「希望經由手術**治癒**。除了那點，你對這位不快樂夫人的描述都很正確。」

「沒錯，你很了解我的妻子，貝斯特，」將軍譏諷說。

「我從來沒有見過你的妻子，阿佛瑞爵士。那名溺水後恢復意識的女人是別人。告訴大家，普里克基特醫生，誰是巴黎的沙爾科、帕維亞的高基、烏茲堡的克雷佩林、維也納的布羅伊爾及莫斯科的高沙可夫。」

「他們是精神病醫生──心理與神經疾病的專家。我認為沙爾科是個庸醫，不過當然在歐陸即便是他也備受推崇。」

「在環遊世界時，我們去拜訪了他們。每位都檢查了我稱為貝拉．貝斯特的女人，給出她的狀況的報告。這些報告——簽名與公證過，並附上英語翻譯——放在桌上。他們的用語不同，因為他們以不同觀點來檢視人類心智，克雷佩林及高沙可夫對沙爾科的看法與普里克基特醫生相同。不過他們對於貝拉．貝斯特的看法一致——她理智，強壯及活潑，對生活具有積極獨立的態度，即便失憶（頭顱受傷及胎死腹中所造成）導致她沒有來到這裡之前的記憶。除了那點，她的平衡、感官辨別能力、記憶、直覺與邏輯能力格外敏銳。沙爾科親暱地表示失憶擴大了她的才智，讓她重新學習事物等到她夠大之後再去思考它們，依賴童年訓練的人則幾乎不這麼做。他們一致認為她毫無躁狂、歇斯底里、恐懼症、失智症、憂鬱症、神經衰弱、失語症、緊張症、受虐狂、戀屍癖、嗜糞癖、自大狂、底層懷舊、變狼妄想、戀物癖、自戀、手淫、非理性好鬥、不健康緘默，也不是偏執的女同性戀。他們說她唯一的偏執特點是語言。這些報告是依據一八八〇～八一年冬天進行的測試，當時她正在學習閱讀，熱衷於同義字、諧音和頭韻，有時混合為模仿言語（echolalia）。克雷佩林說這是本能地補償她缺乏回憶的往事；布羅伊爾說等她有了更多回憶，那種偏執便將減弱。確實如此。她的言談不再古怪。沙爾科說她不尋常地缺乏她的同胞特有的瘋狂偏見，那當然表達出國家偏見，但是他最後的話總結了其他人的判決：貝拉．貝斯特最驚人的不正常是她沒有不正常。這樣的女人不可能是布雷斯頓將軍的前妻。請查閱這些證據，普里克基特醫生，或者帶走它們等你有空時檢視。」

「不用浪費你的時間，普里克基特，」將軍的律師說。「它們毫不相干。它們是狡辯。」

「請解釋，」貝斯特耐著性子說。

「我會的，很簡單。假設一個病態不愉快的傢伙偷走我的現金後由倫敦逃跑。假設三年後警方在格拉斯哥逮捕了他，即將把他關起來，一名醫生喊叫：『住手！我可以證明這個男人自從偷了你的錢以來變得更愉快、更健康，並且全都忘掉了。』警方會認為那是狡辯。布雷斯頓夫人的色情狂使得她對將軍來說是一個很悲慘的妻子，可是他或本地法律都不允許她犯下重婚，而在蘇格蘭一個三角戀家庭永遠幸福生活下去，只因為她的幸福是由一群外國腦部醫生背書。」

一個像是母雞悄悄咯咯叫的聲音響起——將軍被逗笑了。貝斯特嘆口氣。

嘆完氣後說：「阿佛瑞爵士。哈特斯利先生。這個女人正在讀書，想在仁慈的醫學裡做有用的工作。為何要把她拖回她和丈夫都很悲慘的婚姻？如果說麥坎多是我的寄生蟲，哈克及普里克基特和葛萊姆就是你的寄生蟲。這個房間裡的人都不希望傳出醜聞。外頭唯一知道真相、或者部分真相的人，已被認定為瘋子。我說這些是為了說服各位，我們可以用體面且有可能的方式讓這個女人自由選擇她想跟你回去英格蘭或者和我們留在蘇格蘭——體面且有可能。」

「不可能，」將軍沉重地說。「這些年來有關我妻子失蹤的小道消息一直有增無減。半個倫敦的俱樂部認為我解決了家務事，如同我解決印度與阿散蒂叛亂。該死的是，這次他們不支持我。威爾斯親王上週與我斷絕關係，那傢伙還欠了我數千英鎊。自從我離開戰場進入國會之後，報紙便忘了我曾是國家英雄。一家激進小報開始放出暗示，除非我對他們提出誹謗訴訟，《大眾日報》會開始也叫我藍鬍子布雷斯頓。最偽善的格萊斯頓建議我**清洗名聲**，懸賞大筆獎金讓人提供我妻子下落的消息，無論死活。這裡的人難道忘記了一名蘇格蘭牧師不久後將在耶誕晚餐上跟家人朋友碎嘴說著被我打斷的一場婚禮嗎？不行，維多利亞。如果我發現這個貝斯特將妳教導得舉止合宜，我會為了給他造成麻煩支付他豐厚報酬，可是妳必須回家，無論妳是不是記得我。」

「而且想想妳跟他回家所能得到的，維琪！」哈特斯利老先生喊叫，變得十分激動。「阿佛瑞爵士早已死了四分之三，撐不了再四年。妳有時間從他身上擠出至少一個兒子，然後等到那個人壽終正寢，妳可以在妳想要的地方過妳想要的生活：在倫敦獨棟房屋或羅姆郡莊園或愛爾蘭其他莊園！想想那些宏偉的地方，維琪，都是妳的和我的。我的！準男爵的祖父！妳欠我的，維琪，因為我給了妳生命。所以，做隻聽話的驢子。名聲與富裕是妳眼前的蘿蔔堆，瘋人院是踢著妳走向它的靴子。是的。我們可以把妳關進瘋人院！當普里克基特醫生和一名有爵位的英國專家認證妳腦袋不清楚，誰會在乎一堆外國教授兩年前說的話？因為妳就是古怪，維琪，妳記不得自己爸爸，這件事便證明了。富裕或瘋人院！二者之中選一個吧。」

布萊頓・哈特斯利

以。」

「或者離婚，阿佛瑞爵士，」貝斯特說。「如果他堅持採取純法律觀點來看他的婚姻，妳也可以。」

我們都瞪著他看。

甚至連將軍都睜開眼睛看了一陣子，貝斯特已回到書桌位子，重新安排紙張，把不同的一落放到上面。他看著最上頭的一頁說：「一八八〇年二月十六日，布雷斯頓夫人，當時已在懷孕晚期，有一位亦挺著大肚子的女人來找她，後者是以前在波徹斯特排屋工作的廚房女僕，她說她是被阿佛瑞爵士拋棄的情婦，想討一些錢。阿佛瑞爵士——」

「留意了，先生！」將軍吼叫，可是貝斯特講得更大聲：「阿佛瑞爵士闖進來打斷她們，將訪客扔到街上，把他的妻子關在煤炭窖。翌日早晨，布雷斯頓夫人便失蹤了。」

「貝斯特先生，」律師迅速地說，「你現在假裝知道一名女士過往的驚人事情，但直到此刻，你都假裝毫不知情。如果這些指控沒有親眼目睹的證人願意在法庭宣誓所言屬實——在技巧性交叉訊問的壓力下不會崩潰的證人——你將為那種誹謗付出巨大代價。」

「我的消息來自卡夫警官，」貝斯特說，「你或許知道他是誰，葛萊姆先生？」

「蘇格蘭場的？」

「沒錯。」

「好人一個。獅子大開口，但值回票價。喜歡在貴族腳邊嗅聞。你雇了他？」

「我上個月雇用他盡全力找出布雷斯頓夫人的所有消息，在收到魏德本來信告訴我貝拉・貝斯特是維多利亞・布雷斯頓轉世之後。卡夫的報告裡提到許多人願意在法庭上做證指控將軍，他們大多是布雷斯頓夫人失蹤後不久辭職或被他開除的僕役。」

「不相干，」將軍說。「英國僕役是世上最惡劣的，沒有人跟著我超過兩個月。人們說我對待蠻族太過野蠻，但我唯一可以完全相信的人是我的印度貼身男僕。那真的奇怪。」

「僕人做證指控前雇主，」律師說，「在英國法庭沒有信譽可言。」

「這些人會被相信，」貝斯特說。「哈克先生，請把這份報告帶回飯店，私下跟將軍討論。現在就去，立刻。今天在這裡已揭開了許多傷疤。明天我會去聖以諾飯店拜訪，聽取你們的決定。」

「不，葛溫，」貝拉用堅定、憂愁的聲音說，「我的過去變得太有趣了。我想要現在聽到所有細節。」

「告訴她，貝斯特，」將軍打哈欠說。「把你的文字遊戲玩到底。這改變不了任何事。」

貝斯特嘆口氣，聳聳肩，開始總結報告，坐在靠窗一張椅子上的律師則研究他拿到的報告。然而，貝斯特是面對著將軍說，而不是貝拉。假如他面對貝拉，便會因為故事引起她的臉孔與身形改變而感到不安。

他說：「桃莉．柏金斯，十六歲的女孩，是你的客廳女僕，直到你婚禮的前一天，阿佛瑞爵士，你為她在七晷區附近的一棟出租公寓租了一套房子。你沒有告訴房東太太葛拉蒂絲．沐恩你的姓名，可是她從《倫報畫報新聞》的照片認出你來了。她說你每個週二下午固定來探訪柏金斯小姐兩小時，還有週五下午你來付房租的時候。如此持續了四個月，然後一個週五你付錢給沐恩太太時告訴她，『這是我最後一次這麼做，妳不會再見到我了。桃莉．柏金斯現在已經沒有用處了。如果妳不把她趕走，她將給妳的房子帶來壞名聲。』沐恩太太跟柏金斯小姐說了，後者坦承她身無分文又已懷有身孕。所以她叫她離開。」

「她不是因我而懷孕，」將軍冷漠地說，「因為我與桃莉交歡從不涉及受孕。當然，沒有人相信，所以那個貪婪的賤人想要勒索我給她錢，好生下私生子，說假如我拒絕，她會告訴我妻子我是孩子的父親。所以我叫這個婊子去死，一毛錢都沒給她。」

「你這個古怪悲傷的老將軍，」貝拉哀傷地說，「你真的認為你的妻子是個神精病，因為她想要你給她溫暖，一週超過一小時，而你卻固定擁抱年輕女孩四小時？」

「我從來沒有擁抱桃莉．柏金斯，」將軍咬牙切齒地說。「看在上帝的份上，告訴她男人的事，普里克基特。她在這個地方沒有學到有關男人的任何事情。」

「我認為阿佛瑞爵士希希希望我說，」他的醫生虛弱地說，「領導及防衛英英英國人的強壯男人必須鍛鍛鍊力量，藉著與婊子交交交歡以滿足他們本性裡的動物部分，同時維持婚婚婚床的純純純潔，以及他的子女出生的家庭神聖。那正是為什麼可可憐、可可憐、可可憐——」（此時將軍的醫生掏出一條手帕擦臉）「——那正是為什麼可憐的桃莉必須遭受那種糟糟糟糟糕的對待。」

「沒必要為這種事哭泣，普里克基特。」將軍平靜地低聲說。「你解釋得很好。現在說完你的故事，貝斯特先生，並請記住我在家裡或外面都沒有做任何我覺得丟臉的事。」

貝斯特說完故事。

「一八八〇年二月十六日，桃莉．柏金斯從僕人入口走進波徹斯特排屋二十九號。她身心俱疲，衣衫襤褸，身無分文，又餓又渴。廚娘布朗特太太給了她一杯茶、一些食物和一把椅子休息，然後就出去忙她的工作。不久後她發現椅子上沒人。桃莉．柏金斯爬到樓上的會客室，面對布雷斯頓夫人，告訴她故事——」

「大多是謊話，」將軍說。

「——並且乞求幫忙。布雷斯頓夫人正要給她錢，阿佛瑞爵士便進來，召喚他的男僕把桃莉．柏金斯扔到街上，並在貼身男僕幫助下，把他妻子拖上樓——」

「抬她上樓。她已經暈倒了，」將軍說。

「然後她很快就醒來。你把她鎖在她的臥室，但她爬上窗戶，開始把東西丟下去給在外頭街上的桃莉：起初是錢包和首飾，然後是她可以拿到的所有貴重小物品。此時，雖然是下雪天，一群窮人已聚集起來。我想像——」

「你所想像的不是證據，」律師說著，沒有從他正在看的報告抬起眼來。

「——她的狂暴行為在一群感激的觀眾面前，必然使布雷斯頓夫人充滿一種狂喜。這也難怪了。這或許是她做過第一件自己決定的事。她現在開始扔出梳妝台上的物品、鞋子、帽子、手套、絲襪、束腰、洋裝、枕頭、床單、熨斗、時鐘、鏡子、水晶與瓷器，當然摔碎了——」

「還有安格爾所畫我母親少女時的一小幅油畫，」將軍冷冰冰地說。「馬車車輪輾過那幅畫。」

「剛開始阿佛瑞爵士以為街上的騷動完全是桃莉．柏金斯以及她的平民朋友們引起的。等他終於獲悉真相，便衝進臥室，布雷斯頓夫人正在扔出椅子及小桌子。她被他的隨從及貼身男僕拖下去地下室——」

「抬下去！」將軍堅決地說。「她正處於脆弱狀態，即便她已徹底瘋狂。地下室是家裡唯一有裝窗戶柵欄的地方。」

「可是你把她關在沒有窗戶的煤炭窖。」

「是的。我突然明白樓下每個該死的房間都有我不知道的鑰匙，除了煤炭窖，而且我不信任僕役。維多利亞總是對他們過於友好，我擔心他們會幫她逃跑。確實發生了。我花了三小時才叫來普里克基特及另一名願意檢驗她的醫生，並找到一家願意接收懷孕瘋子的瘋人院，準備派一輛有襯墊的救護車及三名強悍的護士來管理她的運送。等我回來，她已逃出牢籠。」

「你的前男僕，提姆．布拉契福特，坦承用撥火棍砸壞地窖的鎖，」律師說，讀著貝斯特給他的報告的最後一頁。「你的前廚娘，布朗特太太說：『我們大家求他這麼做。可憐的夫人哭泣及瘋狂求救傳遍整個地方。我們擔心她快要臨盆了，可怕的拘禁可能造成母子雙亡。』然而，維多利亞夫人平安無事出來了。你的前管家，沐奈里太太給了她街上撿回來的衣物（比被煤炭弄髒的衣裳乾淨多了），還給了她火車票的錢去曼徹斯特找她父親。」

「維多利亞又瘋了，」將軍說。

我們看著貝拉，我聽見老哈特斯利先生好像對什麼恐怖東西發出呻吟。她的肌肉緊縮到骨頭，整個身形現在瘦骨嶙峋，最可怕的改變卻是在她的臉上。慘白尖聳的鼻子、空洞的臉頰及深陷的眼窩完全顯露頭顱的形狀，在眼窩裡，每一顆黑色瞳孔擴張到填滿整個眼睛，只剩下眼角一丁點三角形的眼白。她的黑色豐盈卷髮也蓬了起來，每根頭髮的第一吋都從頭皮豎直起來「像煩躁豪豬的尖刺」。我不懷疑眼前站的是憔悴的維多利亞．布雷斯頓夫人，剛從煤炭窖逃出來。她的聲音雖然哀傷，卻絕對是貝拉的。

「我感受到那個可憐的東西的感受，」她說，「但那不會讓我瘋狂。所以我去曼徹斯特找你了，爸爸。你對我做了什麼？」

「不對的事！不對的事，維琪，」老人用拳頭捶著椅子的扶手。「我應該把妳留在我那裡，寄信給阿佛瑞爵士，跟他商討更好的交易——對妳和我都有利的交易。相反地，我解釋說拋棄丈夫的妻子在男人與上帝眼中是逃學者。我說妳必須用妳自己的爐石打贏這場婚姻戰爭，否則妳永遠無法打贏。我叫妳跟阿佛瑞爵士說，如果他沒有現金去賄賂他拋棄的情婦好讓她們閉嘴，他應該把她們送來我這裡——我知道怎麼對付那種女人。我說的都是真的，維琪，但我說那些是因為我要妳離開房子，離開我眼前，越快越好。我怕妳快要生產了，而我**討厭**女人生產時在我附近，討厭流血、尖叫和她們造成的惡臭混亂，噁，一想到就讓我乾嘔。所以我迅速把妳送回車站，給妳買了前往倫敦的車票。妳表現得非常鎮靜及明理，維琪，跟我說不必陪妳等到火車來，於是我迫不及待離開了，以免妳在月台上產子。我是個懦夫，我承認，我抱歉。等我一轉身，妳必定是將我買的倫敦頭等艙車票換成前往格拉斯哥的三等艙車票。因此，妳才在這裡！」

「而且我留在這裡，」貝拉平靜地說，在她說話之際，她的身形與容貌放鬆，回到原本的柔和，頭髮開始服貼，眼睛恢復平常深度、大小與金棕色的溫暖。她說：「謝謝你給了我生命，父親，雖然如你所說的，我的母親給我造成許多麻煩，而你完全沒有。況且，不能自由選擇的生命不值得活下去。謝謝你，阿佛瑞爵士，從我父親手上解放了我，謝謝你逼我逃離你家。或者我應該感謝桃莉．柏金斯那麼做。沒有她，我可能持續依附著你。謝謝，普里克基特醫生，試著讓我以前還是那個可憐傻東西的生活可以忍受。你不得已也成為可憐傻東西。感謝你，葛萊姆先生，發現及告訴我，我如何必須藉由水路洗去我無用的過去。謝謝你修復我，葛溫，給了我一個家，而不是監獄。我會繼續住在這裡。還有坎多，有一個男人我完全不需要感謝真是太好了，我每晚抱著的人，及每晚抱著我的人，在早晨與夜晚是愉快的伴侶，每天讓我有自己的時間去做我的工作。」

她笑著，來到我身旁，抱著我及親吻我，我無法抗拒她；雖然我很抱歉在她第一任丈夫眼前如此公然地大秀恩愛。他是個自由黨國會議員，也是一名英勇戰士。

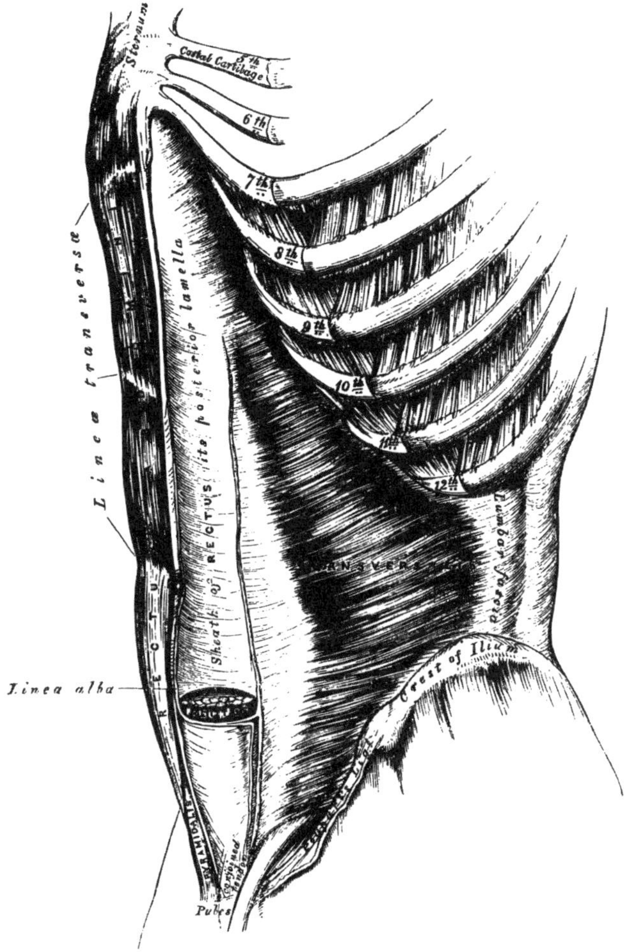
Sternum
Costal Cartilage
5th
6th
7th
8th
9th
10th
11th
12th
Linea transversæ
Sheath of RECTUS its posterior lamella
Lumbar fascia
Crest of Ilium
Linea alba
RECTUS
PYRAMIDALIS
Conjoined tendon
Pubes

第二十三章　布雷斯頓的終局

自從貝拉突然把她的手從他手中抽開，將軍便完全平躺不動，除了嘴唇、舌頭、眼皮與閃爍的眼睛有動作之外，這真是驚人：因此當老哈特斯利先生說他「死了四分之三」，似乎更像是診斷而不是汙辱。現在他輕輕地問：「你有什麼意見，哈克？」

「他們不可能贏得跟你的離婚官司，阿佛瑞爵士，你被指與桃莉・柏金斯通姦並不相干。丈夫的姦情並不構成離婚的理由，除非是不自然——進行肛交、亂倫、同性戀或人獸交。如果他們訴求的理由是極端殘忍，他們的證人必須證明你把布雷斯頓夫人關在地窖，因為她已徹底瘋了，為了在你尋求醫療協助時確保她的安全。離婚官司將終結，布雷斯頓夫人由法院監護，進行保護性拘留。若不是怕醜聞，我們應該歡迎這種事。」

「不要有醜聞，拜託，」將軍輕輕地笑著。「我要離開了，哈克。下去把馬車叫到前門。確定我自己的馬車正對著門口，把馬洪叫上來幫我下樓。我發現下去比上來困難。」

律師起身離開房間，什麼都沒說。

過一下子，布雷斯頓將軍坐起來，將腿放到地板上，手放在膝蓋上，笑著環顧房間，對我們每個人輪流點頭致意。他的臉頰突然有了血色，眼神中有一抹淘氣的亮光，我心想這個人坦然接受失敗真了不起。

「你離開前想喝點茶嗎？」貝斯特問。「或者更強烈的東西？」

「不需要點心，謝謝你，」將軍說，「而且我要道歉，貝斯特先生，浪費你那麼多時間。議會的方法總是浪費時間，你準備好了嗎，葛萊姆？」

「是，長官，」葛萊姆迅速地說，顯示他曾在軍中服役。

「看好麥坎多，」將軍說，從口袋裡掏出一把左輪手槍，打開保險栓，瞄準貝斯特。

「請坐下，麥坎多先生，」葛萊姆用禮貌友善的聲音說。我坐在最近的椅子，像被催眠，而不是被他穩穩對著我的武器尾端的小黑洞給嚇壞。我無法把視線從槍口移開。我聽到將軍開心地說：「我不想殺了貝斯特先生，但是如果你不留在現在的位子，我保證會將一顆子彈射進你的腹股溝。你準備好氣仿了嗎，普里克基特？」

「我──我──我──這麼做是極極極為──不樂意，阿佛瑞爵士，」醫生說。他坐在葛萊姆旁邊，我看到他虛弱地想要站起來，從衣服內部口袋摸出一個瓶子與一塊布。

「**當然**你是不樂意的，普里克基特！」將軍用和藹的壓迫語氣說，「但是你會去做，因為你是個好人，好醫生，而且我信任你。現在，維多利亞，你很愛貝斯特先生，因為他救了妳的命，為妳做了一些其他小服務。過來坐到我旁邊，讓普里克基特把妳迷昏。如果妳不這麼做，我會用子彈讓貝斯特先生疼痛到動彈不得，再用槍托把妳打暈**讓開女人！**」

我看向旁邊。

看到貝拉已站到貝斯特及布雷斯頓中間，正走向布雷斯頓，伸出右手要拿他的槍。他在沙發上滑動想要繞過她瞄準貝斯特，但是她輕輕一躍便到了他跟前，握住槍管指向地板。手槍擊發了。我想將軍被此舉驚嚇到，如同大家，唯獨貝拉沒有。她抓著槍管輕鬆地將槍從他手中抽出，將槍托握在左手。和貝斯特一樣，她也是雙手並用，那麼自然地握著左輪手槍，好像它是設計用來握住的，如此便直直對著將軍的頭。

「你這個笨士兵，」她說，將右手掌（被槍管的熱度灼傷）在婚紗的側邊摩擦，「你射到我的腳了。」

「遊戲結束了，將軍，」賽摩．葛萊姆對我抱歉地聳聳肩，鎖上他的左輪手槍的保險栓，收進口袋裡。

「遊戲**真的**結束了嗎，葛萊姆？」將軍說，眼睛沒有離開貝拉若有所思、不悅的臉。「不，葛萊姆，我不認為遊戲結束了。」

努力之下，他突然站好立正，像接受閱兵的士兵，現在槍口抵住他心臟部位的外套布料，只隔了一吋。

「**開槍！**」他說，冷冷地注視著前方。過一下子他親切地對貝拉微笑，貝拉訝異地回望他。

「維多利亞，親愛的，」他用溫柔、邀約的聲音說著，「扣下扳機。這是你丈夫的最後要求。請服從我。」

又過了一下子，他的臉漲得通紅。

「**開槍！我命令妳開槍！**」他大叫，在我耳裡，這個命令回盪到巴拉克拉瓦、滑鐵盧、卡洛登、布倫亭、阿金科特及克雷西戰役之中。我明白布雷斯頓將軍真心想要被射殺，他一輩子都這麼希望，這也是他為什麼如此頻繁受傷。這個歷史性命令與熱切的請求如此強烈，我想像在他的戰役裡身亡的所有人從墳墓裡站起來將他原地槍殺。貝拉算是服從了他。她扭轉上半身，將剩下的五顆子彈射進火爐裡。槍擊的爆音震懾住我們；煙霧害我流淚，其他人則嗆得咳嗽。她吹掉冒煙槍管的煙，那個姿勢在我們後來於一八九一年去大格拉斯哥東區博覽會看水牛比爾馬戲團時看到了。然後她把左輪手槍放進將軍的外套口袋便昏倒了。

在這之後，數件事迅速發生。貝斯特笨拙地走過去，抱起貝拉，將她放在沙發，脫掉腳上的鞋與襪。同時，我躍到放著醫療箱的碗櫥，把箱子帶到他們身邊。子彈幸運地射進地毯，刺穿第二及第三掌骨的尺骨與橈骨之間的皮膚，絲毫沒有傷及骨頭。這時，老哈特斯利先生正鼓掌叫喊：「耶，她是了不起的女子！你們看過這麼勇敢的人嗎？沒有，絕對沒有！真的是布萊頓·哈特斯利的女兒，她就是！」

門打開了，兩個極為不同的身形站在門裡：丁威迪太太和一名高大棕膚包頭巾、穿著由頸子到腳踝長袍的男人。我猜他是馬洪，將軍的貼身男僕。

「我要報警嗎，貝斯特先生？」我們的管家問說。「不用，請拿一些滾水過來，丁威迪太太，」貝斯特說。「我們的一位訪客剛進行了一次不成功的實驗，但沒有造成重大傷害。」

丁威迪太太離去。將軍袖手旁觀，陰沉地擼著大鬍子的一端。

「該離開了吧，先生？」賽摩·葛萊姆明智地建議。

「喔拜託！拜託，我們離開吧！」普里克基特醫生乞求著說，假如布雷斯頓將軍馬上離開，我相信他還會再多活幾年，得到國葬與公共紀念碑的禮遇。

我想他一直站在我們旁邊是因為他困惑著既沒有勝利也沒有一敗塗地。貝拉雖然沒有被氯仿麻醉，但現在失去意識，貝斯特和我跪著，背對著他，彷彿他不存在似地。用他口袋裡的手槍槍托，他可以輕易把我擊昏，甚至貝斯特，然後在馬洪協助下把貝拉帶到等候的馬車裡。但那會是怯懦的行為，而將軍不是懦夫。或許他留下來是因為他在思索一個簡短、強力、紳士的用語來吸引我們的注意，再行離去，因為他不習慣被人忽視。同時，我們給了貝拉嗎啡，倒碘酒在傷口上，綁上紗布。突然間，她張開眼睛，看著將軍，若有所思地對他說：「我現在想起來你是誰了，在巴黎聖母院旅館的地牢套房。你是那個戴面罩的男人——史潘基伯特先生。」

接著在迸出大笑之間，她大聲喊叫：「將軍阿佛瑞．狄．拉．波勒．布雷斯頓爵士史潘基伯特先生維多利亞十字勳章，太好笑了！大多數的妓院客人都是快槍手，但你是眾人之中最快的。你付錢給女孩們做些事情來阻止你在前半分鐘就射精，哈哈哈哈哈，會讓貓笑死！不過，她們喜歡你。將軍史潘基伯特出手闊綽，而且沒有造成傷害——你從來沒有讓我們染上梅毒。我想你最腐爛的事（除了你進行的殺戮以及你對待僕役的方式）是普里克基特所說**你的婚床的純潔**。操你的滾蛋，你這個可憐愚蠢呆傻古怪腐敗老嫖客哈哈哈哈哈！操你的滾蛋！」

我猛地吸氣。我從小就被告知唯有在英語裡，這個用來表達肉體歡愛的字眼——無論是名詞、動詞或形容詞——是個邪惡、不可說的字眼。我很小的時候曾聽過華菲爾農場上的雇工說過這個字眼，但是如果我媽和老匍匐聽到我說出這個字，他們會把我揍到昏倒。然而，貝斯特現在笑著，彷彿這個神奇字眼解決了我們所有問題。將軍的臉變得慘白，他的灰色八字鬍和落腮鬍相比之下顯得黑暗。半閉著眼睛及嘴巴張開，他踉蹌倒向一邊，跌到普里克基特身上，又倒向另一邊，直到被葛萊姆扶住，接著在兩人幫忙下，移動著顫抖的雙腳走向門口，馬洪有禮貌地為他們扶著打開的門。哈特斯利先生走在後面，動作恍惚像夢遊者似地，但在馬洪關上他身後的門之前，他轉身用吟唱般的聲音嗚咽地說：「那個女人不是布萊頓．哈特斯利的女兒。」

然後，他們全部離開了。

「很好，」貝斯特過一陣子說，發現貝拉的脈搏及體溫令人滿意。「我想將軍會同意合法仳離，但不會公布離婚。當然那表示你和貝拉無法結婚，但是離婚會重創開始在蘇格蘭工作的女醫師的生涯。慎重的私下理解將是對貝拉和你最好的事，直到布雷斯頓將軍壽終正寢。」

但在兩天後，報紙刊登布雷斯頓將軍被發現死在他位於羅姆郡唐恩斯[27]的鄉間住所的槍枝室地板上。他手裡的左輪手槍以及射穿腦袋的子彈角度排除了意外的可能。驗屍官說他死的時候「心智平衡受到干擾」，所以他獲得英格蘭教會葬禮，而不是國葬。倫敦《泰晤士報》訃聞寫說：或許是出於政治失望才導致他選擇了「羅馬結局」，並且影射格萊斯頓是禍端。

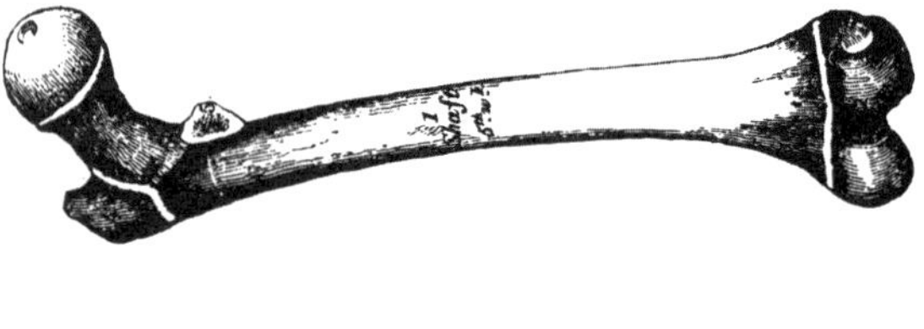

第二十四章 再會

讀者，她嫁給我了，我沒有什麼可以再說的了。我們的家庭幸福繁盛。我們的公共服務發揮用處，也被人注意到。亞奇博德·麥坎多醫生是格拉斯哥公民改進信託的主席；貝拉·麥坎多醫生——因為她經營的葛溫·貝斯特婦幼診所，她的費邊社小冊和提倡女性投票權——受邀到幾乎歐洲所有首都的平台演說，她的老朋友胡克醫生目前正在安排她在美國的巡迴演說。我在格拉斯哥藝術俱樂部的朋友嘲笑說我妻子名聲遠揚，我有個準備好的回答：「任何家裡有個出名的麥坎多就夠了。」我相信我們的兒子們認為他們索然無趣的父親正好平衡了他們聰明、毫不傳統的母親。我相信他們的母親也是這麼認為。她是我們婚姻遊艇揚起的風帆、調整仰差和陽光照耀的忙碌甲板；我則是下方的船殼，有著看不見的壓艙物和龍骨。這項暗喻令我十分滿足。

懷著沉重的心情，我現在要敘述我將永遠視為最睿智、最好的男人的最後日子。

在布雷斯頓將軍被擊敗後的那一天，貝斯特的健康惡化，他小心地跟即使是最好的朋友隱瞞。他把我們叫到他床邊，解釋說他需要休息幾週，請我們把他的餵食裝置移到他床邊的長凳子上。我們照辦了。幸福把貝兒與我變得自私，因為我們更享受用餐，沒有桌子他那端的奇怪氣味和他突然、令人不安地調整蒸餾設備。一週後，我們去國外蜜月。等我們回來，貝拉繼續在杜克街醫院的護士訓練，我則恢復在皇家醫院的行醫，因為我們目標的生涯仍未達到。每晚休息前我們在貝斯特床邊待一小時以上，我和他玩西洋棋或克里比奇紙牌，貝拉則討論她的工作。有時工作會讓她大怒。南丁格爾小姐設計的英國護理服務，如同它最初設計要協助的軍隊一般。醫師等同高階軍官，護士長與修女如同士官長，一般護士就是一等兵。低階的人鮮少跟高階的人講話，除非被命令，因此她們的才智大多被**刻意**閒置。我看出其中的奧妙，但識趣地閉嘴，因為貝拉無法參透其奧妙。貝斯特告訴她：「在妳了解其運作及了解它們之前，不要跟機構吵架。與此同時，運用妳的閒置才智去規劃做事情的更好方式。」

他亦指出她規劃的缺失，不是為了阻止她尋找更好的方法，而是為了幫助她把計畫變得可行。葛溫．貝斯特婦幼診所便是按照他們在一八八四年春天的討論所籌建起來的。此時，我們已把貝斯特臥病在床的狀態視為理所當然。他將他的新陳代謝神祕狀況對我們保持祕密，所以我們無從勸告他。

一個早晨我要出門上班時，丁威迪太太給我一張他寫的紙條。

親愛的亞奇，請勸說某人讓你今天休假，儘可能在中午回來看我。我想要私下談談。貝拉必須等到事後才能知曉。如果你覺得這是麻煩，我以後不會再麻煩你了。

誠摯的，葛

我對他發抖、字體不完整的鋼筆筆跡深感不安，還有他用我的教名稱呼我。我不記得他以前曾那麼叫過我。我迅速在中午回家，在大廳遇到丁威迪太太。她似乎在哭，她說：「我剛才幫葛溫先生穿好衣服，進到柯林爵士的舊書房。他迫切需要你，麥坎多醫生。快點過去。」

我跑著過去。

等我進入房間，我聽到呼、嗡及彈撥混合的聲音，我聽出那是心跳被大幅擴大的韻律。那是來自坐在桌邊的貝斯特發出來的，他死死地握著桌緣，阻止讓他的臉的輪廓變得模糊的可怕震動傳導到手臂。

「快！做！皮下注射！」他用模糊不清的聲音喊叫，痛苦地扭著頭示意。我看到他前面的盤子裡擺著一支填滿的皮下注射器，襯衫袖子已挽到前臂上。我抓起針筒，拉住姆指及食指之間的皮膚，給他皮下注射。過一陣子，顫動緩和了，恐怖的聲音也變小了。他嘆口氣，用手帕擦臉，笑著說：「謝謝你，麥坎多。我很高興你來了。我快要死了。」

我坐下來，無法控制地哭泣，因為我不能假裝不懂。他的笑容更大了，拍拍我的肩說：「再次謝謝你，麥坎多，那些眼淚安慰了我。那表示我對你很好。」

「你可以再活久一點嗎?」

「不能在沒有痛苦及有尊嚴之下。從我小時候,柯林爵士便告訴我,我的生命仰賴我保持一直平衡的性情——強烈的情緒會致命地強調出我內部器官的不協調。貝拉告訴我,她跟你訂了婚要嫁給你的時候,哀慟損害了我的呼吸系統。她從巴黎回來的那一晚,她問了個嚇人的問題,我的神經網絡一直未能恢復過來。六週後,布雷斯頓的律師讓我因為憤怒而抽搐,我的消化道受損到無法修復。你或許覺得我的龐然體型沒有明顯改變,但是我渴望死亡,麥坎多,唯有鴉片與古柯鹼系藥物才能讓我以泰然自若的神色享受你們的夜晚陪伴。我原本希望能和你們看到四月,但昨晚我們分開後,我知道我大限已到。我會想要在最後時刻有人做伴是脆弱的表現,但……我是脆弱的!」

「我必須找貝拉來,」我哭著說,跳著站起來。

「不,亞奇!我太愛貝拉了。如果她求我活久一點,我無法拒絕,但她看到我的最後一眼將是無法控制的汙穢、癱瘓白癡。我要在可以有尊嚴地告別時離開人世。我們來共飲一**杯告別酒**,一杯我父親的葡萄酒。我似乎記得兩年前鎖上一瓶你喝掉半瓶的紅酒。葡萄酒應該是越陳越香。鑰匙在這裡。你知道櫥櫃在哪裡。」

他講話時有一股愉快的熱情,差點讓我微笑;但是當我拿出那瓶陳年葡萄酒及兩支精緻高腳杯,我一直在發抖。我用胸前口袋的手帕把酒杯揮乾淨,倒了半杯,我們碰杯。他好奇地嗅聞然後說:

「我的遺囑將一切留給貝拉和你。生養子女，以身做則教導他們良好行為及誠實工作。絕對不要對他們使用暴力，絕對不要說教。確保丁威迪太太及其他僕人無法再工作時在這裡生活舒適，善待我的狗。最後——（此時他猛地一口乾了酒杯）——原來葡萄酒是這種味道。」

他放下酒杯，用巨大的拳頭抓住巨大的膝蓋，仰頭大笑。我以前沒聽他笑過。剛開始很小聲，後來變得很大聲，大到我用手掌捂住耳朵，雖然他心跳的砰砰聲也隨著變大聲，直到心跳聲與笑聲突然戛然而止。一片寂靜。他既未前傾也未後倒，而是僵直地坐著。

過了一陣子，我走過去，努力不去窺視可怕地張得大大地對著天花板、巨大牙齒環繞的洞穴，發現他的頸子已經折斷，這立即造成屍僵。為了不折斷他的關節好讓他躺平，我訂製了一個立方形的棺木[28]，寬四．五英尺，內部有個櫃子好讓他坐著安置。他一直那樣坐到今日，在柯林爵士於俯瞰格拉斯哥大教堂與皇家醫院的大墓園裡所購置的陵墓地板之下。等時日已到，我和妻子（她對他的死亡非常哀傷）也將加入他，我們的孩子及孫子也是，如果他們火化為自己預留空間的話。

這份我們早年艱困的記錄是獻給我的妻子，雖然我不敢拿給她看，因為裡頭訴說著她或醫學迄今都不相信的事。但科學進步年年都在加速。不久或許就會發現柯林．貝斯特爵士只傳給他兒子的事情，那將證明我此處所寫的一切事實。

（完）

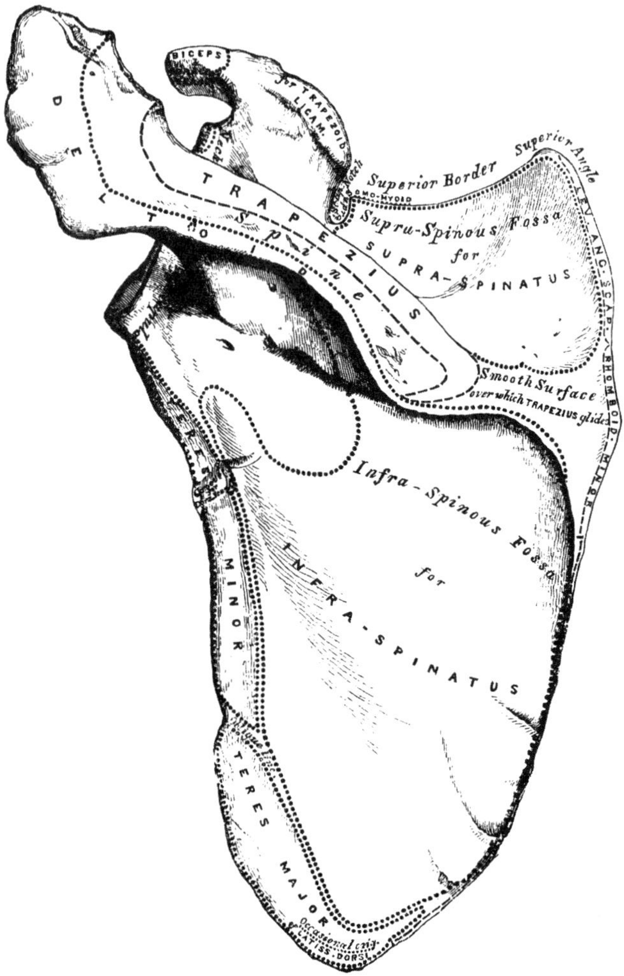
BICEPS
for TRAPEZOID LIGAM.
Superior Border
Superior Angle
OMO-HYOID
Supra-Spinous Fossa
for
SUPRA-SPINATUS
TRAPEZIUS
DELTOID
Spine
LEV. ANG. SCAP.
RHOMBOID. MINOR
Smooth Surface
over which TRAPEZIUS glides
Infra-Spinous Fossa
for
INFRA-SPINATUS
TERES
MINOR
TERES MAJOR
Occasional orig.
LATISS. DORSI.

Please remember me sometimes.

維多利亞・麥坎多醫生的信

寫給一九七四年她還活著的最年長後裔

修正她宣稱在

《一名蘇格蘭公衛官員早年生活的經歷》中的錯誤之處

由她的亡夫亞奇博德・麥坎多醫生所撰寫

生於一八五七，歿於一九一一年

親愛的曾孫或玄孫：

等到一九七四年，我的三個強壯茁長的孩子都會死了或老了，所以麥坎多王朝的其他所有倖存成員將有兩名祖父或四名曾祖父，並將嘲諷其中一名精神錯亂。我卻無法對這本書一笑置之。它讓我不寒而慄，感謝生命力量，我的亡夫僅印刷與裝訂這一版。我已經燒掉我所能找到原稿的每塊碎片，原本也要按照他在扉頁所寫詩句的建議把這本也燒了；但是，唉！這是那個可憐的傻子存在過的僅餘證據。他也花了不少錢印書——足夠十二名孤兒一年的食物、衣服和教育。插圖必定讓印刷成本增加了一倍。我的畫像是一八九六年一份畫報報紙的影本，畫得很像，連我都吃驚。如果你忽視蓋恩斯伯勒帽和矯揉造作的暱稱，那張圖片顯示我是一名平凡、理智的女人，而不是該書內文所寫的天真盧克雷齊亞・波吉亞（Lucrezia Borgia）（譯註：義大利文藝復興時期貴族女性，是羅馬教宗亞歷山大六世的私生女，前後出嫁過三次。）及無情妖女（La Belle Dame Sans Merci）（譯註：英國詩人濟慈的一首詩歌，描述一位美女蠱惑男子，使他們喪失心智。），所以我把書傳給後人。我不在乎兒孫們對這本書有什麼想法，只要沒有活著的人把它跟**我**連結起來就好了。

重新閱讀第一段之後，我注意到它形容我的第二任丈夫與第一任同樣令人厭惡。不對。我嫁給亞奇博德・麥坎多是因為他很方便，隨著歲月流逝，我逐漸喜歡及依賴這個男人。他對誰都沒什麼用處。他稱自己的書是《一名蘇格蘭公衛官員早年生活的經歷》——他才做了十一個月的格拉斯哥市衛生官員，一當上格拉斯哥公民改進信託的主席便辭去工作。我們的投資，而不是他的才華，為他爭取到那個職位。他需要主持一些會議，但大多數時間都是自由的。他沒有浪費自由時間。他協助丁威迪太太（我忠實的管家）照顧我們的幼兒，帶他們去散步，跟他們講故事，跟他們一起在地板上爬，幫他們用磚塊與紙板蓋出幻想城市，畫出幻想大陸的地圖及歷史。這些故事與遊戲給他們各式各樣的想法與資訊。他的科學傾向確保最古怪的怪物也有無懈可擊的達爾文進化系譜；最奇異的機器絕對不會違反熱力定律。他給他們的教育很像葛溫．貝斯特給我的活潑教育，使用許多相同的玩具、書籍和儀器。我們仍然在後院有個小動物園，雖然葛溫最後一隻狗在他死後五年也死了。

有一句蘇格蘭古諺說：「鞋匠的孩子穿著最破的鞋。」事實上，我這個大膽無畏的擁抱家庭與活潑教導倡導者，因為診所工作占去大多時間，其他職責又會讓我每年有一些時間離開格拉斯哥，照顧不到家庭。我的丈夫實踐了我的倡議。我有時擔心他讓孩子們的童年太過精彩，以至於他們的成年生活（像我的第一任丈夫、俾斯麥和拿破崙，以及更多平民罪犯）變成邪惡男孩的白日夢成真。我不需要害怕。等他們加入格拉斯哥中學（創立於十二世紀）其他男孩的社會，他們逐漸對遊手好閒、愛做夢、幻想的爸爸感到丟臉，而效法他們務實、忙碌於世界的母親。長子貝斯特．麥坎多是家裡的數學家。他去年拿到一個榮譽學位，現在任職於倫敦的皇家統計部。葛溫，家裡的工程師，在吉爾摩丘（Gilmorehill）（譯註：現為格拉斯哥大學）及安德森學院（譯註：現為斯特拉斯克萊德大學）之間跑來跑去，我從來沒搞清楚他在哪裡讀書。他說蒸汽及石油動力引擎是危險的落伍技術，我們必須準備由高地湖泊與瀑布汲取電力，同時逐步放棄廢棄物毒化空氣及髒汙肺部的煤礦與油井。小兒子亞奇博德正在讀高中最後一年，有兩項癖好。一是畫俗豔的水彩風景畫，另一是指揮格拉斯哥中學陸軍學員團。我當然討厭軍事訓練。年輕男子排成整齊行列踢正步，模仿發條娃娃的僵硬動作，而且他們的行動受制於一名吼叫的士官長——比起年輕女子在音樂廳站在歌舞線上，統一地踢起腳後跟的那種景象更令我作嘔。然而，我明白年輕亞奇對制服同志們的愛好平衡了他的波希米亞個人主義。等到他天性裡的這些方面終於調和之後，他或許也會成為優秀的公僕——或許是他們之中最好的。

一寫到我的兒子們，我便忘記了他們的父親：在他的晚年他總是容易被遺忘。他待在書房的時間越來越多，撰寫他自費出版的書籍，因為沒有出版商願意買下他的書。[29] 每兩年我下樓吃早餐時，便會發現又一本藍黑色書本放在我的餐盤旁邊，一個書籤夾在獻詞頁，總是寫著同一句話：**獻給讓我的人生值得活下去的她**。我翻閱書頁，努力表現出我根本無法感受到的興趣，他會用怯懦期望及滑稽順從的瘋狂表情看著我的臉：那種表情讓我的靈魂想要捉著他搖晃，讓他去做些實用的活動。他原本會是一個體面的綜合醫生，如果不是用貝斯特的錢去買下他誤以為是自由的懶散。在實現他母親希望他躋身中產階級的野心之後，他便不再希望由內部改革中產階級，不再希望由外部幫助勞動階級來改革我們（以及他們自己）。但是我知道榜樣是最好的責難。我會放下書本，走過餐桌，仁慈地親吻他，感謝他，然後出門到我的診所上班。

一九〇八年，我們發現他罹患轉移性硬化症（他自己診斷的），所以很容易對他仁慈。他淡然接受疾病，將床搬到書房，訂製一個特殊書桌，讓他不必起床就能寫作。假如他有運動的話，可以輕易活久一點，但他知道我不會逼迫他。我維持婚姻甜蜜的方法是大多數夜晚跟他玩西洋跳棋、清淡的晚餐和跟他聊天，才去休息。逐漸地我們聊天時回憶起以前跟葛溫・貝斯特在一起的日子。我也看到他在進行另一本書。

「妳想知道這本書嗎？」有一晚他問道，帶著調皮的活潑，他明顯認為是出於他的創意靈感，我則認為是出於生病造成的低燒。「你想要的話，就告訴我，」我笑著說。

「啊，不過這次我不想說。我要妳在我死後帶著驚訝讀它。答應我至少從頭到尾讀完那本書一遍。答應我不要把那本書埋進我的棺材裡。」

我答應了。

裝訂好的書終於從印刷廠送過來了，讓他高興了好幾個星期。他把書放在枕頭下睡覺。女僕換床單時，他會躺在沙發上，前前後後地翻著書頁，咯咯地笑。後來，他越來越虛弱，剩下的只是憤怒的不耐煩，到最後，他什麼都不要，只想要我用手壓在他額頭上，因為我把手拿開，他便嗚咽。我待在他身邊，雖然我在其他病床旁邊可以做更多好事。不過，算了吧。我在自己最後的日子或許也想有人做伴，所以我很高興我沒有拒絕他。

三年前，在葬禮後不久，我讀了那本書，我足足氣惱了兩星期。每當想起它，我還是不高興。為了解釋，我必須儘可能簡單訴說我自己的一生故事。

我記憶中的第一個家是兩個小房間和一個廚房，我們一家五口住著，有時我父親回來就是一家六口。我們唯一的水源是屋後頭一碼外（譯註：等於〇・九一四四公尺）的公用水龍頭。父親負擔不起衛生更好的房屋。他是附近曼徹斯特一家鑄造廠的工頭（就是我們現在所說的工人經理人），存錢是他最大的熱情。他很少給我母親足夠的錢購買適當的食物。

「在我控制一項好的專利權之前，我無法給我們的生活一個好的開始，」他告訴我們，「而那需要我可以得到的所有資金。」他對待自己的妻兒如同他對待工人：當成潛在敵人，一定要用暴力或脅使用暴力讓他們一貧如洗。他認為任何沒有明顯奉承他的話都是反叛。五歲時，有一次我看著他站在我們潮濕小廚房的鏡子前，調整他的墨綠色領結及綠天鵝絨鑲邊的西裝背心，他花錢裝扮他的外表，而不是我們的外表，他是個愛打扮的人，但打扮格調很鄙俗。看到衣服顏色與他暗紅的臉形成對比，我說：「你像罌粟花，爸。」

我什麼都不記得了，直到我在床上醒過來。他用拳頭把我擊倒在地，我的頭撞到鋪磚地板，我流血，失去意識數小時。我懷疑母親沒膽量去叫醫生。我的左耳上方在頭髮底下還留在一道不規則的三英寸長傷疤。它造成鱗狀骨縫合處不正常增寬，但除了那段暈厥的時間，我的記憶從未受到影響。這便是我的亡夫形容的「神祕的規則」及「頭髮底下環繞整個顱骨」的裂痕。

對於我的母親，我只有這些要說：她無私且辛勤工作，並教導我若無勇氣與才智，這些美德都沒有用處。若沒有在洗滌或縫補衣服、刷地板、撣地毯或用肉鋪賣不出去做貓食的剩料做出一加侖的湯，她便覺得自己邪惡。我不知道她是否識字，但是只要她看到我拿著一本書，她就會搶走，因為「女孩不需要懶惰的藉口。」我記得最清楚的是，在冬季月分用冷水洗身體及衣服的悲慘，我們沒有煤炭可以燒熱水，更沒有肥皂。母親和我的生活主要是設法讓房子及家人保持清潔，然而在我的弟弟們死掉之前，我們從未感覺清潔，父親（彷彿他一直在等待這個）把我們搬進一棟三層樓洋房，四面環繞一個大花園，說著：「我現在可以負擔得起這個了。」

我想他買下這棟房子至少一年了。[30] 房屋裝潢豪華，有十名或十二名僕人聽從一位容貌美麗的黃髮女士的差遣，她比我後來見過的管家都更為衣著華麗。她對我們很好。

「這是妳們的私人起居室，」她說，帶我們走入一個壁紙與窗簾圖案顯眼的房間，地板鋪著厚地毯，放著大量軟墊的家具，我所見過最大的火爐，爐邊擺著一個亮澄澄的黃銅煤桶。

「這裡有餅乾、蛋糕、雪莉酒、葡萄酒和烈酒，」她說，打開一個巨大櫥櫃的門，「還有一個蘇打水裝置，由雜務工在外面的庫房打氣。如果你們想要任何東西，拉這條鈴索兩次，就會有女僕來聽候差遣。妳們現在想要些什麼嗎？我叫人送茶來好嗎？」

「**他**要什麼？」母親低聲問，頭歪向站在火爐地毯上抽著雪茄的父親。

「布萊頓，你的妻子想要知道你想喝茶嗎！」那名女士說，我們明白她並不懼怕父親。

「現在不要，梅寶，」他打著哈欠回答。「給我一杯白蘭地。給哈特斯利女士及小維琪一杯雪莉酒，然後就可以下樓了。我十分鐘後再找妳。看在老天爺份上，孩子的媽，坐下來，不要再搓妳的手了。」

母親遵命，等管家離去，她不安地啜飲著雪莉酒問他：「你到手了，是吧？」

「到手什麼？」

「得到專利。」

「得到專利，而且多了一大堆，」[31]父親說，咯咯笑。

「從妳弟弟得到許多。」

「我的弟弟伊利亞？」

「你的弟弟諾亞。」

「那麼我可以見他嗎？」

「不行，現在沒人要見諾亞了，」父親說著，咯咯笑得更大聲了。「他沒剩什麼可看的了。聽我一句勸告，孩子的媽。在妳可以表現得像個淑女之前，不要邀請客人來這裡。請梅寶教導妳如何坐著、穿衣、站立及行走。當然還有談吐。她懂的可多了。她教了我一些新花招。我現在要走了。妳們必須等上一段時日，卻是值得的。等著吧。」

他喝掉白蘭地，便走出去。

兩星期後我在樓梯上遇到他，我說：「父親，母親每天都喝醉。她沒有事情可做。」

「是嗎，假如她想用那種獨特道路自殺，我為什麼要從中作梗？只要她安靜地進行，好比在她自己的起居室。妳想跟我要什麼？」

「我想要讀書，我想要學習。」

「梅寶無法教導的東西。」

「是的。」

「那麼，好吧。」

一週後，我被帶去洛桑的一座女修道院。

我不會詳細描述我的外國教育。母親教導我做個勞動男人的家政奴隸；修女則教導我做個有錢男人的家庭玩物。等她們送我回家，母親已經死了，我可以講法語、跳舞、彈鋼琴、舉止像個淑女，可以談論保守派報紙報導的時事，因為修女認為丈夫們會喜歡妻子們對世界有所了解。將軍阿佛瑞．

狄．拉．波勒．布雷斯頓爵士對於我所知的漠不關心，但他的華爾滋跳得美極了，儘管他受過傷。制服無疑是一大加分。我很高，可是他更高，其他跳舞的人停下腳步看著我們。我愛他的理由有很多。我同年齡的女孩們都期望有個丈夫、房子、嬰兒。他富有、出名，而且仍然單身。我也想逃離我的父親，他或許提供了逃跑的途徑。我在結婚那天真心快樂。洞房那晚我發現為什麼其他軍官都管「雷霆」布雷斯頓叫「北極天柱」，卻以為都是我的錯。六個月後，我出現第三次假性懷孕，乞求接受陰蒂切除手術。普里克基特醫生告訴我，一位高明的蘇格蘭外科醫生正在倫敦，或許「勝任這項工作」。於是，一個下午，我見到我唯一真正愛過的男人，葛溫．貝斯特。

為什麼我的第二任丈夫把葛溫寫得像個怪物，其外貌嚇哭嬰兒、嚇跑保姆，個性羞怯內向？葛溫是個高大、容貌哀傷的男人，但所有舉動極為細心注意不強加逼迫，動物、小人、受傷與孤單的人、所有女人（我要重複及強調這點）**所有女人第一眼**便覺得和他在一起安全又祥和。他問我為何想要接受普里克基特醫生安排的手術。我解釋了。他質詢我的解釋。我告訴他我的童年、我的教育、我的婚姻。經過一長段的停頓，他溫柔地說：「親愛的，妳的一生都被自私、貪婪、愚蠢的男人虐待。然而，那不是他們的錯。他們也受到糟糕的教育。普里克基特醫生真的相信將軍要妳接受的手術對妳有幫助。但它沒有幫助。手術一點也不相干。我會把我跟妳說的話講給普里克基特聽。他不會接受我的意見，可是妳有權知道事實。」

我懷著悲痛與感激而哭泣，明白他說的是真的。我一直感覺那是真的，卻無法確定，直到我聽見這番話。我對著他大哭說：「如果我留在這裡，他們會把我逼瘋。我能夠去哪兒呢？」

「如果妳沒有朋友可以收留妳，沒有錢也沒有賺錢的經驗，」他說，「只有自殺才能離開妳的丈夫。我很抱歉。我無法幫忙妳。」

我得到啓示了——因為他的仁慈。我衝到他坐著的椅子，跪在他的雙腿之間，雙手合十高舉到他的面前。

「如果，」我問說，「數週後或數月後或數年後的一個晚上，一名無家可歸走投無路無依無靠的女人去到你蘇格蘭家中，乞求庇護——一個你曾經仁慈對待過的女人——你會趕她走嗎？」

「我不會，」他說，嘆口氣看著天花板。

「那正是我需要知道的，」我說，站起身，「除了你的地址之外，我猜我可以在英國醫學名錄找到。」

「沒錯，」他低語，也站了起來，「但是請儘量不要打擾我，布雷斯頓夫人。」

「再會，」我跟他握手，點頭致意。

這種態度的外科醫生不曾被人追求嗎？這種態度的外科醫生不曾追求人嗎？

最後的可能時刻在兩個月後到來，我沒有懷孕，當我抵達格拉斯哥時從不曾考慮從橋上跳下去，我搭上馬車前往公園圓環及有著大狗的房子。我剛才獲悉不肯給我小孩的丈夫，即將由比我年輕十歲的僕人得到一個小孩。貝斯特讓我進門，什麼問題都沒問。他帶我走進丁威迪太太坐著的房間（她當時必然已四十五歲，因為他三十歲）說：「母親，這位遭遇不幸的女士來找我們想休息一下，將待在這裡直到她可以有個自己的家。請待她如同我的妹妹。」

是的，公園圓環十八號與波徹斯特排屋二十九號有一個共同點。主人都有個僕人生下的兒子：他們沒有娶那個女人。但是葛溫敬愛與承認他的母親，雖然她沒有得到父親的姓氏。貝斯特最喜愛的訪客會受邀與「我的母親——丁威迪太太」一起喝茶。跟她喝茶並不是輕鬆的形式。她是個頭腦敏銳的女人，幽默感很強，跟任何人談話都能堅持自己的話題。「你最近在發明什麼，威廉爵士？」她會問因為連結大西洋電纜而被授予爵士的這位科學家，「它可以彌補你上一份傑作造成的傷害嗎？」——因為她似乎認為戰爭與天氣都是在電訊發展之後惡化的。我自己的母親把我養成曼徹斯特人。修女們把我養成法國人。與丁威迪太太的友誼及對話讓我獲得無偏見、率直蘇格蘭女人的態度與聲音。對我早年一無所知的同事，有時說我很**蘇格蘭**，我都會感到開心。

葛溫可以對他沒有結婚的母親誠實，因為他是個有著預收收入的單身漢。他卻無法坦白收留了一個英格蘭準男爵與大英國協將軍的落跑妻子。為了省去尷尬的問題，他捏造出南美已婚表親，他們死於火車車禍以及他們的失憶女兒貝拉・貝斯特，也就是我。這是一個教導我從未學過的重要事情的好藉口，但他不讓我忘記任何已經學過的事情。

「不要忘記任何事，」他說；「妳在曼徹斯特與洛桑與波徹斯特排屋的不堪經歷將擴大妳的心靈，假如妳用才智興致去記住它們的話。如果妳做不到，它們將阻撓妳的清晰思考。」

「我不能！」我哭喊。「我的手指因為在洗衣槽的冰水刷骯髒衣物而疼痛；我的手指因為在鋼琴上連續不停地彈奏十九遍貝多芬的《給愛麗絲》而疼痛，因為只要我彈錯一個音符，教師便叫我重新來過。我的頭疼是因為我爸用拳頭打破我的頭顱；我的頭疼是因為我必須背誦芬乃倫（Fénelon）寫的《忒勒馬科斯歷險記》（*Les Aventures de Télémaque*），那必定是史上最無聊的書。這些事情無法以才智方式記住——它們屬於不同世界，葛溫，與它們有關的事都是我想要忘記的痛苦。」

「不，貝拉。它們似乎是不同世界，因為妳在距離遙遠的地方遇到它們，請看著我打開這個大型娃娃屋的鉸鍊式門口，把門打開著。看進所有的房間。這是你在英國城市會找到數千棟、在小鎮數百棟、在村莊數十棟的房子。它可以是波徹斯特排屋或是這棟房子——我的房子。僕人大多居住在地下室或閣樓：最冷最擠的樓層，房間最小。睡覺時他們的體溫讓住在中間樓層的雇主更加舒適。這個廚房裡的女性小娃娃是廚房女僕，也做些洗衣的粗工，刷洗與軋乾衣服。如果她的主人或情婦大方的話，她會有許多熱水可用，如果比她層級高的僕役們仁慈的話，她的工作量或許不會太多，但是我們活在節儉與激烈競爭被宣揚為國家基礎的時代，所以就算她受到惡劣及殘忍利用，也沒有人會有意見。現在看進第一樓的起居室。這裡有一架鋼琴，另一個女性小娃娃坐在前面。如果她的衣裳及髮型換成廚房女僕的，她或許就會是同一個女孩，但那是不會發生的。她或許想要彈奏貝多芬的《給愛麗絲》，不彈錯一個音符——她的父母希望她有一天可以釣到一個金龜婿，而她丈夫將把她當成社交裝飾及子女生養者。告訴我，貝拉，廚房女僕與主人女兒有什麼共同點，除了她們年紀與身體相仿以及這棟房子之外。」

「她們都受到他人利用，」我說。「她們不能自己決定任何事情。」

「妳看出來了？」貝斯特欣喜地說。「妳立刻便明白了，因為妳記得妳的早年教育。絕對不要忘記，貝拉。大多數的英格蘭人，蘇格蘭人也是，被教導什麼都不要知道——被教導作為工具。」

是的，貝斯特用我小時候從不知道的玩具教導我自由，向我示範如何使用儀器（當時稱為哲學儀器），那些是他的父親曾用來教導他的。我無法形容我在操弄陸地儀與天體儀、萬花筒、顯微鏡、電流電池、攝影暗箱、正多面體與納皮爾人骨頭時，所享受到天堂般的權力滋味。我很容易便能巧妙操作，因為母親的針線活與女修道院的鋼琴訓練。我還有植物、動物、旅遊與歷史書本，附帶浮雕與彩色圖片可以看。鄧肯．魏德本，葛溫的律師朋友，有時帶我出門看戲，因為葛溫做不到——他害怕人群。我喜愛劇院——即便是腿踢高高的舞台劇歌舞隊員也讓我覺得無憂無慮及快樂！不過我最愛莎士比亞。所以我開始在家中閱讀他的作品，首先是蘭姆姊弟的《莎士比亞戲劇故事集》，然後是他的劇作。在圖書館裡（在插畫的指引下）我也找到《安徒生童話故事》、《愛麗絲夢遊仙境》與《阿拉伯之夜》（*Arabian Nights*）（最後這本是法語翻譯，附帶色情橋段）。有一段時間，貝斯特給我找了一位家教，麥塔維席小姐。她沒有做多久。我不要別人，只要葛溫教我。跟他上課，學習猶如一頓驚喜晚餐；跟她上課則是一門學科。大約此時，我第一次遇見年輕的亞奇・麥坎多。

那是一個溫煦清新怡人的午後，我看上去有些幼稚地跪在小廚房花園的草地，偷窺小毛與小皮在籠子裡交配。貝斯特與一名笨拙、衣著低級、耳朵外擴的年輕人走過通道。貝斯特介紹我們，但那個男孩害羞到說不出一個字，這令我也很尷尬。我們上樓去喝茶，但不是跟丁威迪太太，所以我知道貝斯特並沒有把麥坎多當成親近朋友。在準備茶點時，貝斯特愉快地聊著大學醫學事務，麥坎多卻死死地望著我，沒回答一句話。好糗！所以我走到鋼琴旁，彈奏一首伯恩斯的簡單歌曲。可能是〈羅夢湖畔〉[32]，但是我沒有用自動鋼琴的踏板。我是用手指彈奏，而且節拍完美。況且，我清晰記得我們是在一八九七年女王登基鑽禧紀念那一年買了自動鋼琴。我不認為這種樂器在那之前便已被發明。麥坎多要離開時，他堅持親吻我的手。在阿佛瑞爵士的屋子裡從未有人做過這種花式歐陸舉止，即便是我們的法國及義大利賓客。我很吃驚，或許在事後困惑地看著我的指尖。我們這位訪客的口水超多，我不想在他離開視線前便擦乾我的手或碰觸我的衣服。我之後有一段很長時間沒再看到他，而且肯定不想見。

那些幸福快樂的日子裡，只有一個不幸的來源。葛溫不讓我勾引他。

「請不要愛上我，貝拉，」他說。「我不是男人，妳看看，我是一頭有著人形的聰明大狗。除此之外，我只有一個不像狗的特徵。我不要主人——也不要情婦。」

這是實話，但我不想面對事實。我全心全意全部靈魂都愛著他，所以想要把他變成人類。有一晚，因為這種慾望而失眠，我手中拿著蠟燭，全身赤裸走進他的臥室。地板上的狗吃醋地低吼，但我知道牠們不會咬人。哎呀，床上他的身邊、腳邊也堆滿了狗。牠們齜牙咧嘴叫著。「維多利亞，我沒地方容納妳，」他低語著，睜開眼睛。

「喔，請讓我進來一下子，葛溫！」我哭著求他。「給我足夠的你好生出我們的小孩，一個我們兩人生出來的孩子，我可以哺育、永遠愛著及擁抱。」

「他們會長大，」他低聲說，打了哈欠，「而且我有醫學理由不能生育小孩。」

「你病了？」

「無可救藥的病。」

「那麼我會當個醫生來治好你！醫生可以做外科醫生做不到的事！我會當你的醫生。」他用舌頭發出一個彈舌音。地板上的兩條狗用牠們的大下巴輕柔地含住我的腳踝，把我拖向門口。我必須離開了。

翌日在早餐時，葛溫把事情充分解釋，因為他從不故作神祕。從他父親身上，偉大的外科醫生，他遺傳了梅毒，終將導致瘋狂與全身癱瘓。

「我不知道這個病會何時發作，」他說。「或許數月；或許數年。但我已做好了準備。醫生唯一能幫我的地方是無痛毒藥，自我注射，在出現第一個症狀的時候。我總是把藥帶在身上，所以妳不必為了我當個醫生。」

「那麼我會為了整個世界當個醫生！」我在哭泣之中宣布。「我將拯救一些人的生命，假如救不了你的命。我會取代你！我會成為你！」

「那是個好主意，維多利亞，」他嚴肅地說，「如果妳堅持的話，妳的學習應該要朝向那個方向。但是我首先想要看到妳配備一個實用的丈夫：有效率、不自私、既能幫妳做妳想做的事，又能滿足妳的愛慕本能——它們飢渴不已。」

「如果你不願意，就讓飢餓成為我的丈夫好了！」我咬牙切齒地告訴他。他笑著搖頭。我們早已忘記英格蘭我那位大名鼎鼎的丈夫。

他帶我去環遊世界。這是我的主意——我想要讓他遠離那些狗。他那麼做（我現在明白了）是想要拓展我的知識，同時也是為了擺脫我。我們在十四個首府參觀醫院或參加醫學演講。一名維也納專家教我最現代的性愛衛生及生育控制，之後他只要一有機會就把我推給其他男伴。雖然我的性慾很強，我無法亦不願與道德慾望切割去擁抱愛慕的人，況且還有誰比葛溫更令我愛慕？當我們終於回到格拉斯哥，我把他弄得很悲慘。我的陪伴剝奪了他所有自由。他去哪裡做什麼事都要帶上我。我比他開心多了，因為儘管無法用婚姻全部占有他，我仍然可以比別人得到更多的他。然後，有一天散步到西區公園的紀念噴水池時，我們又遇見麥坎多了。

我曾提過動物、小孩和所有瘦小或笨拙的人在葛溫身邊都覺得安心。麥坎多第一次遇見葛溫是在大學解剖部，葛溫正在做示範，原本的講師請病假。瘦小笨拙的麥坎多對葛溫一見鍾情，跟我一樣。他也愛我，當然，但那只是因為他把我當成葛溫的女性部分——他可以擁抱與進入的部分。但是，葛溫是他生命裡的最愛，只是這份愛卻沒有得到回報。早在我去到公園圓環之前，麥坎多便埋伏在星期天葛溫帶狗散步的路徑，總在散步時跟他走在一起。葛溫無法對任何人不好，但是有一次，麥坎多不僅跟著他回家，還無禮地強行入內，我可憐的親愛的總算設法說出他需要麥坎多給他更多隱私。麥坎多之後便放過葛溫，除非他們意外碰到，而葛溫邀他回家。因為葛溫總是那麼好，這種事偶爾發生，那便是我與麥坎多的第一次相遇。

等到我們第二次相遇，葛溫確定把我推給那個可憐的小人。他坐在長椅上，說他需要休息一下，請麥坎多帶我在公園散步。我現在明白（事後回顧）他只想圖個清靜，遠離我所變成的嘮叨、叫人吃不消的怪物；但是當我和麥坎多手挽著手走進灌木叢，我對他的動機有了另外想法。或許他認為麥坎多是實用、不自私的丈夫，可以幫我做我想做的事，又能滿足我的愛慕之類的？我明白這種男人一定要是個（以世人眼光與或許我自己的眼光）弱者，因為他**絕對不能**拆散我和葛溫。事實上，他將必須跟葛溫和我住在一起，不想要他自己的家。我在思考這些事情時，這個虛榮的小矮子緊挨著我的手臂，喋喋不休說著他童年的貧困，他成功作為一名醫學生，以及他當上皇家醫院住院醫生的了不起成就。**這**是我需要的男人嗎？我停下來更加仔細地看著他。他用親吻回應我，起初很害羞，後來變得熱情。我以前從未被男人吻過。我僅有的戀愛歡愉是與洛桑鋼琴教師的女同性戀情。我原本會愛她到天荒地老，但是可悲啊，她愛太多人了，我的自私無法忍受，於是我拋棄了她。我很訝異我從麥坎多身上得到的享受。我們分開時，我用出於尊敬的情感看著他。當他求婚，我答應了，並說：「我們馬上去告訴葛溫。」我心中毫不懷疑葛溫會無比高興的跟麥坎多分享我，因為他將能得到更多隱私。

那個時候的我是多麼自私啊！我對人們沒有道德想像力（moral imagination），沒有理智同情心。葛溫希望我有個好丈夫，讓他可以重新享受不被打擾的生活；他並未預期到我的婚姻將使他的家裡又**多了**一個人！一個他不是很喜歡的人。當我告訴他這個消息，他幾乎要昏倒了。他懇求我們至少考慮這件事兩星期，再做出決定。我們當然同意了。

我希望一九七四年的人們不像大多數維多利亞時期的同儕對性的事實大驚小怪。如若不然，這封信應該在閱讀後燒毀。

接下來的一週，麥坎多的吻占據我的想法與白日夢。我猜想著，是因為麥坎多，抑或任何其他男人也能給我那種既強而有力又脆弱無助的感受？或許（我甚至大膽想像）**別的男人可能做得更好**！為了調查，我誘惑鄧肯・魏德本，我以前從未考慮過的男人，而且（公平地說）從未考慮過我的男人！他是傳統的人，完全奉獻給自私的母親，在和我成為愛人之前，他從來沒有結婚的念頭。然而，之後他立即有了結婚念頭。我並未理解到他提議的私奔會涉及結婚。我把它想成美味可口的實驗，發掘麥坎多是否合適的航程。我向葛溫解釋這點，他可憐兮兮地說：「去吧，維多利亞，我無法教導妳愛。但是請善待可憐的魏德本，他的頭腦不堅強。麥坎多也是，等他聽到消息會難過。」

「但是，你不會在我回來時把我關在門外吧？」我輕快地問他。

「不會。但是我或許不在人世了。」

「會的，你會，」我說，吻了他。我不再相信他有梅毒。我發現比較容易相信他捏造那個說法來阻止我這種女人玩弄他於股掌之間。

嗯，我在魏德本好好的時候很享受他，等他崩潰了也善待他。我仍然每個月去精神病院探望他一次。他很有精神很開心，總是用調皮的眨眼與心知肚明的笑容迎接我。我確定他一開始是裝瘋來逃避侵占客户資金的牢獄之災，但現在真的很像瘋了。

「妳的丈夫呢？」上週他問我。

「亞奇死於一九一一年，」我告訴他。

「不是，我是指妳的**另一個**丈夫——巨靈·無底深淵·貝斯特·狄·巴比倫，該死的物質宇宙的外科之王。」

「也死了，魏德，」我發出來自內心的歎息。

「嘻嘻嘻！那個人永遠不會死，」他吱吱笑。我多麼希望他沒有死。

等我回到公園圓環，他已經快要死了。我由他萎縮的身形與顫抖的手看了出來。

「喔葛溫！」我哭著。「喔葛溫！」我跪下來抱著他的腿，把我哭泣的臉壓在他的腿上。他坐在丁威迪太太的起居室，她坐在一邊，麥坎多站在後面。我很訝異看到我的未婚夫在那裡，雖然我有一直寫信跟他保持聯繫。發病之後，葛溫需要醫療協助，一些操作是他的母親沒有力氣做到的。瀕臨死亡亦驅散他對麥坎多的討厭。

「維多利亞，」他低聲說道，「貝拉—維多利亞，妳美麗的勝利，我的心靈很快就要消失了，如果我們的蠟燭製造商朋友沒有給我一劑很強的藥劑，妳將不會再愛我了。但我很高興在我喝下藥劑之前見到妳。嫁給這個蠟燭，貝拉—維多利亞。我的一切將是妳的。答應我好好照顧我的狗，我的可憐可憐孤單沒有主人的狗。可憐的狗。可憐的狗。」

他的頭開始搖晃，嘴巴流口水。

麥坎多握住了他的手臂，給他注射。他又清醒了幾分鐘。

「是的，帶狗去進行牠們的星期天散步，亞奇與維多利亞。沿著運河河岸走到保林，然後走史特洛旺井到鄧巴頓上面的朗峭壁（Lang Crags），穿過史托基穆爾（Stockiemuir）到卡貝斯，回程走克雷加利恩（Craigallion）湖、艾倫德、瑪格達克和米爾蓋（Milngavie）水廠。或者走克萊德河到盧瑟格倫或坎布布斯朗，穿過德赫蒙特登上卡斯金布雷斯丘陵，沿著加古諾克和馬勒舒赫（Malletsheugh）到奈爾史頓平板山丘（Neilston Pad）。格拉斯哥四周有美麗的步道，全都通往高處可以俯瞰世界的美麗步道：高山，湖泊，綠色山丘，林地和大峽灣，全都圍繞著這個我們愛得不夠的格拉斯哥，因為如果我們足夠愛她，我們會把她變得更好。請為我享受這些風景：凱德爾教堂的踏腳石，清澄的巴多威湖，老妻岩（Auld Wives' Lifts），惡魔的講壇（The Devil's Pulpit），杜姆戈雅岩（Dumgoyach）和杜姆戈因山（Dumgoyne）。如果你們有兒子，請把其中一個取為我的名字。媽咪會幫你們帶小孩。媽咪！媽咪！把麥坎多的小孩當成妳的孫子。我很抱歉不能讓妳抱孫子。同時請試著原諒我的父親，柯林爵士。那個男人真是個該死下流的老混蛋。（他做事虎頭蛇尾）不過我們都是那樣哈哈。快，麥坎多！藥！」

亞奇端起那杯藥，但我從他手中把藥接過來，在把我的唇壓在我的摯愛的唇分享我們唯一的吻之後，我用手扶著他的後腦杓，幫他喝下。

那才是貝斯特死去的情況。

你，親愛的讀者，現在有兩份敘述要做出選擇，何者為最有可能的已無庸置疑。我的第二任丈夫所講的故事絕對是最病態世紀，十九世紀，最病態的事。他把原已古怪的故事弄得更加古怪，卻還加入霍格的《自殺者的墳墓》可以找到的情節與用語，並添加瑪莉・雪萊與艾德加・可倫坡作品的恐怖因素。還有什麼病態維多利亞奇幻小說是他沒有剽竊的？我找到《即將到來的種族》（*The Coming Race*）、《化身博士》、《德古拉》、《特里爾比》（*Trilby*）、萊特・哈葛德的《她》（*She*）、《福爾摩斯檔案簿》的蛛絲馬跡以及，唉，《愛麗絲鏡中奇遇》；陽光普照的《愛麗絲夢遊仙境》的陰暗版本。他甚至抄襲我的兩位摯友的作品：蕭伯納的《茶花女》與赫伯特・喬治・威爾斯（**Herbert George Wells**）的科幻羅曼史。自從讀到這部我人生故事的低劣惡趣味仿作之後，我一直自問：為什麼亞奇寫它？我現在可以寫這封信給後代子孫，因為我終於找到了答案。

如同火車引擎是由高壓蒸汽驅動，亞奇博德・麥坎多的心智是由小心隱藏的妒嫉所驅動。他後半生的好運始終沒有消除他心中認為自己不過是「可憐的私生子」。窮人的妒嫉及感覺被富人剝削是件好事，假如可以用來改革這個階級不公平的國家。那便是我們費邊社認為工會與工黨，以及任何要求基本薪資、衛生住宅、適合的工作環境及每個英國成年人具有投票權的誠實公僕（自由黨與保守黨）都是我們的盟友。不像我的亞奇只嫉妒他愛的兩個人，唯一能夠忍受他的兩個人。他嫉妒葛溫有一個出名的父親和溫柔慈愛的母親。他羨慕我富裕的父親、女修道院的教育及赫赫有名的第一任丈夫，憎恨我在社交時優雅動人。最重要的是他怨恨葛溫給予我的照顧與陪伴以及我深愛葛溫，他厭惡我們對他頂多只是友好的善意（在我這邊）混雜著性慾耽溺。所以在他的最後幾個月，他為了安慰自己而想像出一個他和葛溫和我完美平等的世界。他的童年是特權人士認為的「沒有童年」，於是他寫了本書暗示葛溫也沒有——葛溫一直就像亞奇所認識的那樣，因為柯林爵士用科學怪人的方法製作出葛溫。然後他剝奪了我的童年與教育，暗示我與他初相識時，心智上不是我，而是我懷的女兒。藉由剝奪我們而創造出這種平等，他接著便能輕易描寫我是如何一眼便愛上他，葛溫是如何妒忌他！當然，亞奇不是神精病。他知道他的書是一個狡猾的謊言。在他最後數週看著書咯咯笑，對於他的小說高明地智取真相而開心。或者我是這麼認為的。

可是他為什麼不寫得更令人信服呢？在第二十三章，描述我的第一任丈夫開槍射到我的腳的時候，他說：「子彈幸運地射進地毯，**刺穿第二及第三掌骨的尺骨與橈骨之間的皮膚**，絲毫沒有傷及骨頭」粗體字句或許可以說服對解剖學一無所知的人，但是這幾句話是胡說、廢話、無聊、莫名其妙的冗長文章，[33]因為亞奇不可能把醫學訓練忘記到那種程度，他一定知道的。他很容易就可以說「射穿腳姆指與腳食指近端指骨之間的內收足姆肌斜肌頭肌腱，而未損及骨頭，」因為那才是真正發生的情況。不過我沒有時間逐頁檢視，分辨事實與虛構。如果你忽略有違常識的地方和這封信，你將發現這本書裡記錄了悲慘年代的一些真實事件。如同我之前說過，這本書在我鼻孔裡散發著維多利亞主義的臭氣。它和史考特紀念碑、格拉斯哥大學、聖潘克拉斯車站和國會大廈同樣是假哥德式。我討厭這些建築。它們無用的過度裝飾是用不必要的高利潤：從每天在不必要的骯髒工廠工作超過十二小時、每週六天的兒童、女人和勞工的勞苦生活壓榨出來的利潤；因為到了十九世紀我們已有了衛生知識，我們卻未加以應用。資產階級的巨大利益太過神聖不可質疑。對我而言，這本書跟貧窮女人在週末火車廉價出遊到水晶宮的裙撐內側一樣散發臭味。我明白我太過認真了，但我感謝自己存活到二十世紀。[34]

因此，親愛的孫輩或曾孫輩，我想到了你們，因為我無法想像這則訊息被讀到的世界——如果有人讀到的話。上個月威爾斯（那個有蜂蜜香味的男人！）出版一本書，書名叫《大空戰》（*The War in the Air*）。背景設定在一九二〇或三〇年代，該書描寫德國空軍如何進攻美國及轟炸紐約。這造成全世界陷入衝突，摧毀每個文明思想與技術的主要中心。倖存者活在比澳洲原住民更糟糕的狀況下，因為他們缺乏原住民的狩獵與撿拾技能。當然，威爾斯的書是一項警訊，而非預言。他和我和許多其他人預期未來會更美好。格拉斯哥對熱衷的社會主義者是一個令人興奮的地方。即便是在早期的自由時期，她透過市政府開發公共資源給全世界立下典範。我們的技術性勞力如今是英國教育程度最好的；合作社運動（Co-operative movement）風風火火；格拉斯哥電話系統被郵政總局採用，擴展到整個英國。我知道支撐我們信心與成就的資金有一個危險來源——政府合約在克萊德河畔建造的巨型戰艦，以回應德國製造的同樣巨大的驅逐艦。因此，威爾斯的警告值得注意。

但是國際社會主義運動在德國跟英國同樣興盛。兩國的工會與商會領袖均認同，假如他們政府宣戰，他們將立即呼籲總罷工。我幾乎希望我們的軍事與資本主義領袖真的宣戰！假如勞工階級經由和平手段立即中止戰爭，那麼大型工業國家的道德與實際控制權將由物資所有者轉移到製造者，親愛的未來之子，你們生活的世界將是更為理智與幸福的地方。祝福你們。

維多利亞・麥坎多醫師

公園圓環十八號

格拉斯哥

一九一四年八月一日

重要及歷史註釋

——阿拉斯代爾．格雷

1. 這不是一個無知女人的迷信。銀行倒閉在十八世紀及十九世紀頻仍發生，受害最深的是窮人，因為富人對哪家金融公司不健全、或變得不健全更加消息靈通。在二十世紀的英國，這種不公不義只發生在退休年金。

2. 在他的歷史書《皇家醫師》（一九六三年由麥克米蘭出版），葛瓦西．特林（Gervaise Thring）將大部分篇幅用來敘述葛溫的祖先，柯林爵士，但是說：「在一八六四至一八六九年，他比較不知名但同樣才華出眾的兒子是三名王子及一位公主接生時的現場顧問，或許拯救了克拉倫斯公爵的性命。可能是基於健康不佳的理由，葛溫．貝斯特遁入私人生活，數年後默默無聞地死去。「在愛丁堡註冊署並沒有他的出生記錄，一八八四年死亡證明的年齡與母親欄是空白的。

3. 塞麥爾維斯是一名匈牙利產科醫生。對他工作的維也納婦產科醫院裡的高死亡率大為震驚，他使用殺菌劑，將死亡率由十二％降到一．二五％。他的長官拒絕接受他的結論，還把他趕走。他刻意在一根手指感染敗血症，一八六五年在一家精神病院死於他用一生對抗的疾病。

4. 下列有關這個主題的摘錄出自W．F．拜南編輯的《醫學歷史百科全書》當中由蓋爾－柯德希（Geyer-Kordesch）撰寫的欄目「女性與醫學」：「佛羅倫斯．南丁格爾曾經寫道，她根本不希望女人當醫生，因為她們會變得跟男性同儕一樣。南丁格爾的目標驚人的廣泛。她無異於要求一場預防及照護的徹底醫學革命，讓醫生變得無用武之地。」

5. 麥可．唐奈利孜孜不倦地想要證明這段歷史是虛構的，指出此處描寫的花園並提到未在一隅設立一座馬車房。他參觀了貝斯特的故居（公園圓環十八號），斷定後門入口與塞麥爾維斯之間的空地太小及凹陷，不可能曾經是個曝曬場。當然，這只證明馬車房是後來建造的。

6. 原文Skeely意思是「靈巧的」，如古老的蘇格蘭民謠〈派屈克史潘斯爵士〉（*Sir Patrick Spens*）：

鄧佛林鎮上坐著國王，
喝著血一樣紅的酒：
「啊，我去哪兒找靈巧的水手，
來駕駛我這艘好船？」

7. 第一隻魚龍是由瑪莉．安寧（萊姆里吉斯的化石女人）發現。此處的插圖出自波卻（Pouchet）的

德國傳說的地精挖掘魚龍。摘錄自《宇宙》（*The Universe, or, The Infinitely Great and the Infinitely Little*）。作者波卻。

《宇宙》（*The Universe*），十九世紀流行的自然史入門書。

8. 格拉斯哥拯救與回收溺死者人道協會，是由格拉斯哥外科醫師學院於一七九〇年創立，第一間船屋及為職員建造的房屋於一七九六年蓋在格拉斯哥綠地。喬治・葛德斯，第一位全職員工，雇用期間是一八五九年至一八八九年；他的兒子（第二個喬治・葛德斯）任職於一八八九年至一九三二年。這份工作後來交給同樣有名的班・帕森納吉（Ben Parsonage），他的兒子現在住在靠近吊橋尾端的人道協會之家。

聖安德魯吊橋，位於碼頭上游，一直是自殺熱門地點。它是行人步橋，人煙稀少，以前的鐵格欄杆很容易攀爬（不過現在已包覆一層細鐵絲網）。第一代喬治・葛德斯的孫子在一九二八年為拯救一名由聖安德魯橋跳河的男人而死亡。

9. 正確的名稱是史都華紀念噴水池，因為它是為了紀念梅多斯頓的史都華先生——格拉斯哥校長爵士而於一八五四年建造。不顧民營水公司的強烈反對，他推動一項議會法案讓格拉斯哥公司（Glasgow Corporation）將遠在三十英里外，特羅斯薩克深山的卡特琳湖作為該市的主要公共水源。

然而，麥坎多的錯誤是可以理解的。由詹姆士・塞拉國際事務所設計，一八七二年由水委員會建造，這個噴水池精巧雕刻著凱特林湖島上的動物：蒼鷺、水獺、黃鼠狼和貓頭鷹。最高處設立著海倫的高雅雕像，這是湖水女神本尊。手上拿著槳，她豎立在一艘想像的帆船船首。如同華特．史考特爵士（Sir Walter Scott）最出名的詩作描述費茲詹姆士看著她一般。大約在一九七〇年，主管機關停掉噴水，把雕像當作兒童攀爬設施的框架。雕像遭到破壞。一九八九年，格拉斯哥準備成為歐洲文化之都，雕像被完全修復，又開始噴水。等到一九九二年七月，再度停水。四周架起木頭高圍籬。

10. 格拉斯哥西區公園陡峭的平台是一八五〇年代初期由約瑟夫．帕克斯頓設計的，他也設計了女王公園和植物園。斜坡的大角度對帕西．皮爾徹（Percy Pilcher）測試滑翔翼時很有幫助，他最後因測試滑翔翼死於一八九九年，但確定了今日飛機的主要架構。皮爾徹或許促使赫伯特．喬治．威爾斯（Herbert George Wells）在他的小說《大空戰》（*The War in the Air*）把西區公園當成背景，該書在一九一四～一八年戰爭爆發前一個月出版。威爾斯描寫英國第一位成功地由倫敦飛到格拉斯哥、中途沒有降落的飛機駕駛。他在與最高的平台高度相同的西區公園上空盤旋時，向當地驚訝的群眾大喊：「我是蘇格蘭人！」而贏得熱烈掌聲。

11. 氣象報告顯示，一八八二年六月二十九日天氣異常高溫及悶熱。日落時分，大多數格拉斯哥人被一個聲響嚇到，當地媒體在接下兩星期不斷討論其原因。大多數人認為那是工業嘈音，來自很遠的地方。西北區撒拉遜十字的人認為公園前鑄鐵廠發生了爆炸；從公園前到東南區則是認為撒拉遜那裡的鐵工廠發生了一場工安事故。在西南區的戈凡，人們認為是東北方的火車工廠在測試新型蒸汽哨笛；東北區的人則以為克萊德河邊的船塢發生鍋爐爆炸。《格拉斯哥先驅報》一名科學記者表示，這個現象「比較像是電擊，而不是雜音」，或許「是因為氣象緣故，異常天氣情況加上大氣裡的煙。」一本詼諧刊物《市政官》（*The Bailie*）指出，西區公園與大學是聽見那個聲響的區域中心，認為湯姆森教授在實驗一種經由空中而不是電纜的新型電訊。《蘇格蘭人》（一本愛丁堡刊物）最後一封開玩笑的來函表示，那是一名格拉斯哥的銲鍋匠在演奏新型風笛。

12. 麥可．唐奈利給我看過公園圓環的原始藍圖，一八五〇年代由查理．威爾森設計，藍圖上顯示一座馬車房將公園圓環十八號的後院與巷子隔開。可是，建築師設計的構造可能在很久之後才真正蓋出來。哥德式教堂的建造者花了數個世紀才完成建築師的設計。愛丁堡的國家紀念堂，雖是為了紀念在拿破崙戰爭中陣亡的蘇格蘭士兵，至今仍然只有正面石柱而已。

13. 一八八〇年代的鐵路時刻表顯示，從格拉斯哥開往倫敦的密德蘭線夜車有可能在基爾馬諾克下車，然後搭上一個小時後的第二班列車繼續旅行。

14. 魏德本那麼做是缺乏遠見，因為這家保險公司（現在稱為蘇格蘭遺孀公司）仍然經營得很好。一九九二年三月，保守派為了在大選前宣傳，蘇格蘭遺孀公司董事長宣布，如果蘇格蘭成立獨立議會，該公司總部將遷往英格蘭。

15. 女王街上的皇家交易所於一八二九年九月三日落成及開幕。它是用六萬英鎊的認捐建造而成，不僅是格拉斯哥商人的財富紀念堂，並且在之後數十年一直是英國最尊貴的同類機構。這座豪華建築是依據大衛．漢米爾頓的設計所建造的古希臘式建築。這棟建物入口處是宏偉柱廊，上頭聳立著一座美麗燈籠塔。大型屋頂長一百三十英尺，寬六十英尺；屋頂由哥林多柱支撐，高三十英尺。建築內部現在是史特林公共租借圖書館，一如以往地莊嚴。

16. 去過奧德賽的大多數遊客都知道往下通到港口的巨大階梯。格拉斯哥西區公園的大理石階梯（一八五四年建造，成本一萬英鎊）同樣的壯麗美觀，可惜位在很難被看見、公眾鮮少使用的角落。假設建在比較靠近公園平台的中央斜坡，它就會正對狹窄山谷對面的格拉斯哥大學，而更加宏偉了。

17. 那名俄國賭徒的那段話：開頭是「嗯，」他帶著悲傷的笑容說，結尾是「臭蟲必定也有牠們獨特的世界觀，」顯示他浸淫在杜斯妥也夫斯基（Fyodor Dostoyevsky）的小說。貝拉不可能知道這些，因為這位偉大的小說家在前一年（一八八一年）過世，而且作品尚未翻譯成英語。

18. 根據《蘇格蘭廚房》（作者瑪莉安．麥克尼爾，布萊奇與兒子，畢曉普布里格斯，一九二九年），這個食譜省略了兩項重要材料：半茶匙的烘焙粉與中溫。

19. 仔細搜尋那個時期的公共記錄與報紙並無證據顯示，「哈利」．艾斯利曾經存在過。看到艾斯利先生自稱是皮布拉克（Pibroch）勳爵的表兄弟，所有的蘇格蘭及一些英格蘭讀者或許會感到訝異。Pibroch 是蘇格蘭蓋爾語風笛的意思，蘇格蘭軍事學院，和英國人一樣，堅持所有稱謂均來自地名。然而，在外國人聽起來，所有很像是蘇格蘭的名字都同樣可信，這顯示艾斯利是冒名頂替者。那個時期的商業註冊署沒有一家叫做樂維爾公司的製糖公司。那麼艾斯利是誰呢？我們唯一的線索是他無疑與俄羅斯有關聯，以及他對貝拉的歷史演講。這些證明在他英國人的表象之下，對大英帝國毫無愛意。他或許是沙皇間諜，前往倫敦去監視藏匿當地的流亡俄羅斯革命分子。赫爾岑與（很後來的）列寧是其中最有名的。幸好貝拉拒絕了艾斯利的求婚。

20. 女裁縫是指法國勞工女子，尤其是年輕的女裁縫。她們的薪水微薄，但通常熟知如何打扮，於是有錢男人將她們這個階層視為廉價情婦的來源。

21. 讓－馬丁．沙爾科（Jean-Martin Charcot，一八二五～九三年），法國醫師，出生於巴黎。他在一八五三年畢業於巴黎大學，取得醫學學位，三年後成為中央醫院局的醫生。一八六〇年他被任命為巴黎醫學界的病理解剖學教授，一八六二年開始在硝石庫慈善醫院工作，並且持續一生都在那裡任職。一八七三年他被選進醫學學院，一八八三年成為該機構成員。他通曉數國語言，熟知其他國家與他自己國家的文學。他是一名優秀的臨床觀察家與病理學家。他的一生大多在研究疑難雜症，例如歇斯底里與催眠的關聯。他在硝石庫慈善醫院的工作主要研究神經疾病，但是除了在神經領域的研究，他亦出版許多肝病、腎病、痛風等主題的精彩書籍。他的完整著作在一八八六年到一八九〇年總共編輯成九冊。他是個極為成功的老師，許多徒弟在他們工作上極為出色。佛洛伊德就是他的學生之一。

22. 節錄自《人人百科全書》，一九四九年版，艾塞斯坦．里吉威編輯。

23. 「被我自己的炸彈炸到了」，這句話莎士比亞曾說過。

24. 貝拉誤會了克朗奎比爾女士的方言。那位可憐的女士可能是說「大洞」，而不是大貓頭鷹。

討喜錢是一項蘇格蘭習俗，其方式如下：孩童們聚集在新娘或新郎要出門去結婚的房子門口。此時，伴娘或新郎要扔一把錢給他們——假如不給，孩子們會吟唱著「沒錢！沒錢！」，表示讓他們失望的人太窮酸了。如果丟出一把銅板，孩子們會瘋狂爭奪，最強壯、最暴力、最粗魯的孩子會搶到錢，最弱、最小的孩子只有手指被踩、哭泣的份。這種習俗仍盛行於蘇格蘭部分地區。一些現代保守派哲學家認為這對成人競爭的世界而言是一項好訓練。

想要進行實驗的人可以輕鬆從公園圓環十八號，穿過公園，走到蘭斯唐尼教會，只要不到十分鐘。這座建築（由約翰．亨尼曼設計）採用奶油色砂岩，法式哥德風格，有著歐洲最細長的尖塔（以高度比例而言）。約翰．羅斯金（John Ruskin）看到這幅景象後感動落淚。教堂內仍保留箱型座席的奇特安排，還有兩面彩繪玻璃窗，由阿爾佛雷德．韋伯斯特（Alfred Alexander Webster）所繪，主題是聖經場景與當代格拉斯哥。教堂與禮拜集會均可回溯至一八六三年。

25. 喬治・葛德斯的受歡迎程度可以由曾經在格拉斯哥音樂廳表演過的一首詼諧歌曲獲得證明。這首歌描寫克萊德一艘觀光蒸汽輪一次災難性的出航，最後一句歌詞是：「去找喬迪・葛德斯，因為船要沉沒了。」

26. 這個故事在許多十九世紀格拉斯哥軼聞被一再傳頌，故事源頭成為海因里希・霍施雷克教授一份長篇專題論文的主題：「科學怪人是蘇格蘭人？」沉默寫作出版公司，未知之地，一九二九年。（譯註：前述教授、論文、出版社、出版地皆為虛構。）看不懂德文的人可以在法蘭克・庫普納（Frank Kuppner）的《賈斯卡登之橋》，莫倫迪納爾出版社，一九八七年，看到簡明的總結。

27. 這位名震一時的軍人生涯從烏雲下起步，亦在烏雲下結束。一八四六年在桑德赫斯特皇家軍事學院，一名學員因為布雷斯頓帶頭的惡作劇而跌死，雖然也許不是他把受害者的靴子鞋帶繫起來的。他與威靈頓公爵的家族關係或許讓他只是受到懲戒，而沒被退學。一八四八年，公爵擔任王室內務總管，組織軍隊打擊倫敦的憲章運動。他找布雷斯頓擔任幕僚，卻發現他不適合。里格比在他的回憶錄記載，公爵向蒙茅斯公爵表示：「阿佛瑞是一名英勇及聰明的軍人，但唯有在殺人時才感覺活著。不幸的是，大多數軍人都在等著那麼做。我們必須把他派遣到遠離英格蘭的前線。我們應該把他留在那裡。」

公爵死於一八五二年，但他的意見一直被奉行。布雷斯頓的前線勝利（往往在土著軍隊的協助下而打贏）令英國報紙大為激賞。喬治．奧古斯都．沙拉在《每日電訊》稱呼他為「雷霆布雷斯頓」。雖然不受他自己社會階層的歡迎，他得到女王封爵：簡言之，帕默斯頓與格萊斯頓與迪斯雷利推薦他受封。同時，國會表揚他並給他津貼，雖然一名激進派議員有時表示他以不當的殘暴「平定」領地。大多數作者喜歡他。卡萊爾說他：

這個人如同削瘦高聳入天的松樹，被暴風雨颳掉樹枝，然而他的每一吋都筆直朝向天際，因為他植根於事實。適合作為長矛的木材！話語對他比風還不如。這也難怪他在西敏寺聊天室的集會不受待見。那根長矛是否會成為刺胳針，切開腐敗國會用語的癤，消除引發政治身體發燒的毒藥！

坦尼森在一場支持艾爾總督的公共宴會上遇到他，留下深刻印象而寫下〈老鷹〉。雖然許多人知道這個作品，卻很少人明白這是對作者友人的浪漫描繪：

老鷹

他用彎曲腳趾鉤住峭壁，
接近孤寂之地的太陽；
環抱蔚藍世界，他站立著。
身下的皺摺大海爬行著；

他由山上圍牆俯視，
猶如雷霆般墜落。

但是對於布雷斯頓的最佳讚美詩是由魯德雅·齊普林所寫，他相信將軍之死是因為國會責難：

雷霆終局

環繞赫德遜灣的捕獸者
如今不再懼怕混血兒。
在和平的巴塔哥尼亞，農民耕犁。
狡猾的中國商人在和平之中追求獲利
在不收受賄賂的警察清廉地執行正義之下；
雖然這項產業的創辦人，這項利潤的給予者，
死在槍枝室的地板上——
腦袋裡有顆子彈。
國會裡總有空間

容納笨蛋與惡棍，
以及不愛勇者的多愁善感激進分子。
一群溫吞的「現實主義者」喜歡現狀，
卻覺得負責的人「往往太超過了」。
有些人負責，
真正做事的人，
對一些人，例如基奇納，我們讚美；
咒罵一些人，例如布雷斯頓！
讓激進分子與「現實主義者」安穩地睡在他們床上。
布雷斯頓躺在槍枝室地板上——
腦袋裡有顆子彈。
許多英國人稱為家的和平殖民地
曾是游牧者漫遊的咆哮荒野。
許多一半馴服的部族

挖礦、剪羊毛、馴馬
因為他們的野蠻祖先被雷霆打擊。
是的，我們用雷霆燒炙他們
但不會聞到惡臭。
我們用雷霆鞭打他們
但不喜歡尖叫聲。
我們用雷霆劈開他們，
被雷劈聲震聾，
我們用雷霆粉碎他們。
一些人因為粉碎而顫抖。
我們仁慈的待在家裡的英國人
喜歡文雅公平的事情；
他們偏愛丹麥人勝過尼爾遜
偏愛黑人勝過艾爾總督。
但是大商船帶給英國

肉品、羊毛、礦物和糧食。

阿佛瑞爵士躺躺在槍枝室地板上——腦袋裡有顆子彈。

在這種悼文之後，不引述兩篇較不友善的文章就不公平了。狄更斯在一八四六年寫作《董貝父子》（*Dombey and Son*）之間，聽聞布雷斯頓在桑德赫斯特皇家軍事學院的惡作劇出了人命，因而有了靈感寫了一段在布萊頓海濱步道的對話，巴格史托克少校問董貝是否願意讓兒子去讀公立學校：

「我尚未決定，」董貝先生說。「我想不會。他很脆弱。」

「假如他很脆弱，先生，」少校說，「你是對的。唯有強悍的人才能在桑德赫斯特熬得過去，先生。我們讓每個人接受折磨，先生。我們用慢火燒烤新生，把他們懸吊在三扇樓梯窗戶的外面，頭下腳上。先生，約瑟夫．巴格史托克從腳踝那的靴筒處被綁了起來，掛在窗戶外，按照學院時鐘懸吊了十三分鐘。」

最後，希萊爾．貝洛克（Hilaire Belloc）對一名帝國創建者的諷刺描述——血腥隊長——便是用布雷斯頓將軍與塞西爾．羅茲（Cecil Rhodes）作為原型：

血腥了解當地人的心。
他說：「我們必須堅定但仁慈。」
結果發生叛亂。
我永遠不會忘記血腥在這可怕的一天
保護我們全體免於死亡的方式。
他站在一個小土墩，
用他無精打采的眼睛掃描
然後低聲說：
「無論發生什麼事，我們有
馬克沁機槍，而他們沒有。」

28. 假使麥坎多醫生耐心等候腐爛發生，他的朋友貝斯特便不會再有屍僵，而會是可以好好放進傳統棺木的鬆弛狀態。但是，或許貝斯特的奇特新陳代謝違反正常的腐爛過程。

29. 除了這一本，麥坎多醫生一生中還自費出版了四本書。不同於《可憐的東西》，他將下列作品寄給了愛丁堡的蘇格蘭國家圖書館，依照他的筆名「一名加羅威傻子」編進圖書目錄。

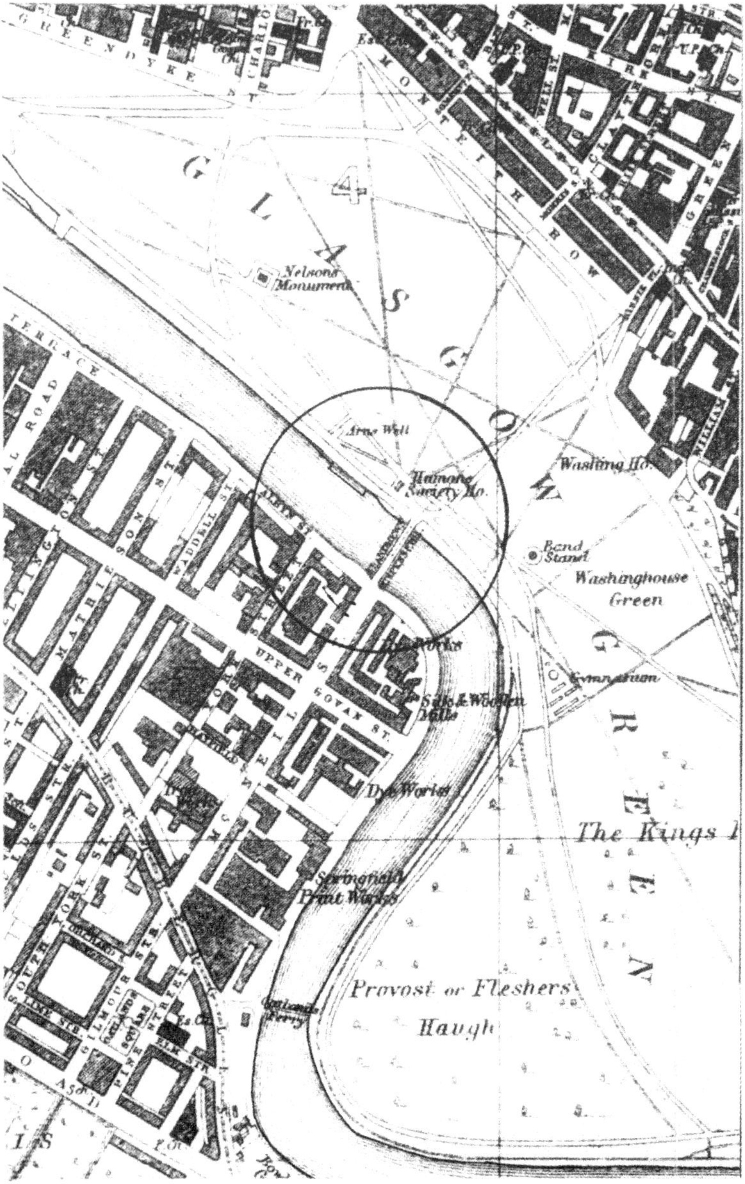

格拉斯哥綠地，一八八〇年。圓圈標示處是維多利亞．布雷斯頓夫人投河自盡處，以及她跳下的橋；葛德斯看見她溺水的碼頭；葛溫．貝斯特檢驗她的屍首的人道協會之家。

由西區公園進入公園圓環的入口。

十八號是塗成黑色那塊，
後面畫線那塊是花園與
「馬車房」。

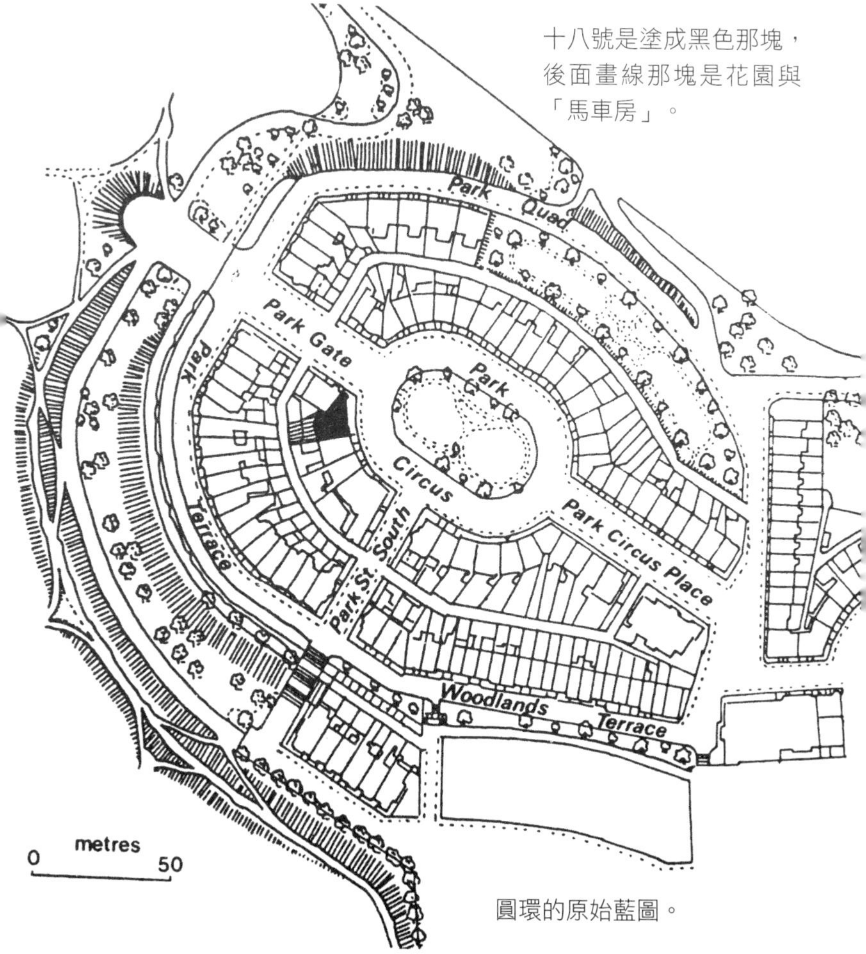

圓環的原始藍圖。

上：史都華紀念噴水池，左側是格拉斯哥大學，右側是公園圓環。
下：聖潘克拉斯的密德蘭飯店，貝拉與魏德本私奔第二晚住的地方。

左：蘭斯唐尼聯合長老教會，一八八三年耶誕節結婚儀式被中斷的地方。

右頁：這是《畫報週刊新聞》報導的布雷斯頓將軍生涯事件。

下：布雷斯頓將軍計畫用來綁架被迷昏的「妻子」貝拉・貝斯特的馬車。

緬甸討伐之後在曼德勒拍賣掠奪品。「雷霆」布萊斯頓認為維持帝國和平的一般士兵值得在薪資以外獲取更多。

普倫佩國王的羞辱：「總督在阿散蒂叛亂之後提出的要求之一是普倫佩國王必須根據當地習俗進行卑躬屈膝的臣服。國王摘下王冠與涼鞋，與母后一同上前進行受辱的舉動，走到法蘭西斯·史考特爵士、布雷斯頓將軍與麥克斯威爾先生坐著的台子。他們屈膝跪下，抱著英國人的腿與穿著靴子的腳，阿散蒂人則驚愕地看著他們國王被貶抑。」

北印度的謀殺：「討伐路沙伊丘部族時，在霍沙塔酋長的墳墓裡找到陣亡的中尉史都華的配槍。其他村莊傳聞，如果霍沙塔殺害了中尉史都華，配槍就會放在酋長的墳墓裡。他的墓被挖開。霍沙塔防腐處理過的屍體旁邊就放著那把槍：這份確鑿的證據顯示了布雷斯頓將軍夷平這些犯罪部族村莊的決定再正當不過。」

一八八六年《我倆散步之處》

以與他的妻子戀愛時走過格拉斯哥各處為靈感而作的詩集。其中《可憐的東西》第七章引述的那一首（題名為〈西區公園卡特琳湖水廠紀念噴水池〉）是最好的一首。

一八九二年《復活》

這齣有關伯克和黑爾（Burke and Hare）謀殺二人組的五幕劇並沒有比十九世紀許多其他以這個相同熱門主題改編的通俗劇出色。購買屍體的外科醫生羅伯．諾克斯得到更受憐憫的待遇，因此這齣戲或許影響了詹姆士．布里迪（James Bridie）的《解剖學家》。

一八九七年《華菲爾的日子》

回憶加羅威農場上的童年。雖然目的是作為自傳，這本書對作者父親、母親和朋友只是蜻蜓點水帶過，令讀者感覺他從來沒有朋友。唯一被親暱地詳細描述的角色是一個殘暴嚴厲的「牧師」，他對作者學術能力的認可從未減輕對他施加的大力毆打。這本書大部分是在描述「趕」鱒魚，「追逐」兔子和小害獸，以及「掠奪」鳥巢。

一九〇五年《索尼．比恩的誓約》

這篇以「伯恩斯詩節」體例寫作的史詩一開頭是比恩躺在梅里克山頂的石楠花叢，審視這個誘惑及逼迫他成為食人族的國家。那年是一六〇三年，「君位合併」（Union of Crowns）之前不久。比恩因食物中毒而不適，因為他不久前吃了蘇格蘭聖公會收稅員和喀爾文教派乞丐的屍體。他要強調這種象徵主義，而不是腸子強強滾的喜劇。在譫妄之中，比恩長篇大論斥責蘇格蘭歷代君主的鬼魂，由卡加庫斯到詹姆士六世。蘇格蘭過去與未來的人物登場：芬格爾、珍妮．葛德斯、詹姆士．瓦特、威廉．艾華特．格萊斯頓等等，最後是「一名未來的詩人——失落、追尋者，和我一樣發現了蘇格蘭——就在那天。」至此可看出，比恩與他的飢餓家人（即將被皇家軍隊逮捕，在愛丁堡格拉斯市場活活燒死）象徵著蘇格蘭人。這首史詩的主要艱難之處（除了篇幅超長及語言乏味之外）在於了解吃人到底象徵什麼。它或許代表麥坎多醫生認為蘇格蘭一度普遍的差勁飲食習慣，因為他對讀者說的話，彷彿比恩氏族曾經存在。稍做研究便可向他證明，蘇格蘭歷史或傳說、民間故事或小說都找不到。它最早出現在大約一七七五年倫敦印製的《紐蓋特大事記或血腥罪犯的登記簿》。這本書的其他故事是真實記載可怕的英國謀殺者，犯下當時大家記憶猶深的案件。索尼．比恩的故事亦使用相同事實風格訴說，但背景設定在近兩個世紀之前的一處荒蕪蘇格蘭海岸。它是根據英格蘭民間故事改寫而成的小說：英格蘭人講述蘇格蘭人的故事，當時這兩地的人正在交戰，或者即將開戰。

我詳細敘述這四本沒有價值的書，是為了勸阻他人別浪費時間在這些書上。然而，它們確實證明麥坎多醫生沒有創意想像力或者不擅長對話，所以《可憐的東西》必然是從極為詳盡的日記抄襲出來的。他的妻子所燒掉的手稿必定可以證明這點。

30. 有理由相信他已買下房子十四年了。在第二十二章，布萊頓・哈特斯利吹噓在他「粉碎赫德遜國王」十年後，他「雇用了曼徹斯特與伯明翰半數技術性勞工」。喬治・赫德遜——人稱鐵路大王——是一名很成功的股票與房地產投機客，直到一八四七～四八年的鐵路狂熱導致他的毀滅。這表示貝拉的父親在她三歲時便已經是個百萬富翁。

31. 麥格雷戈・尚德（MacGregor Shand）雙活塞套筒的專利讓布萊頓・哈特斯利的蒸汽牽引力公司一路領先競爭對手，直到一八八九年，貝爾佛瑞吉提升閥讓套筒變得陳舊。麥格雷戈・尚德於一八五六年死在曼徹斯特皇家精神病院慈善病房，病因為肺結核。

32. 維多利亞醫生誤會了。這首佚名的民謠並不是伯恩斯所寫或收集的。

33. 如果維多利亞醫生更愛她丈夫多一些，她便可輕易看出他為何寫出這種失誤。亞奇博德・麥坎多顯然是希望她編輯他的書以供出版。這是她具有經驗及醫學訓練可以校正的唯一部分，也是他請求她協助的方法，可是她卻看不出來。

34. 貝拉・貝斯特的晚年是用維多利亞的名字，因為在一八八六年她用那個名字去就讀愛丁堡的索菲亞・傑克斯—布萊克女子醫學院，並以那個名字於一八九〇年在格拉斯哥大學成為醫學博士。一八九〇年她亦在靠近考卡登斯（Cowcaddens）的多比洛恩成立了葛溫・貝斯特婦幼診所。它是一個純粹的慈善基金會，她自己訓練了一小群當地婦女作為員工來經營診所。這些婦女持續來來去去，因為她在訓練她們之後，不會雇用超過一年。對一名不願離去的忠心員工，她說：「妳幫了我很大的忙，但是我已經沒有什麼可以再教給妳了。我喜歡教導我的助手。離開去幫助妳的鄰居，或者去為可以教妳新東西的醫生工作吧。」

她的數名助手去市內醫院擔任護士，但不是很多人都表現優秀，因為（如一名病房修女所說）「她們問太多問題了。」

一八九二到一八九八年間，維多利亞醫生生下三個兒子，間隔兩年的期間，每次都繼續在診所工作直到臨盆前的兩、三天，分娩後很快便恢復工作。她說：「我治療的貧窮婦女就是這樣——她們負擔不起臥床休息。我比她們大多數人幸運多了。我的丈夫是個很稱職的妻子。」

費邊社於一八九九年出版了她的公共衛生小冊。名稱是「反對臥床」，她說許多醫生要求患者臥床，因為它讓醫生覺得好多了，而不是患者。她認同臥床休息是治癒許多疾病的基本，但是分娩並不是疾病，儘管很疼痛，以蹲姿生產更加輕鬆。她倡導十八世紀使用的一種分娩凳。她亦說臥床休息既是一種心理也是一種生理狀態。它假設身體的內部運作是神聖的神祕，唯有醫師才能理解，因此好病人必須對他們具有不容質疑的信心。她說：

當牧師與政客要求不容質疑的信心，我們知道他們是以自己為優先考量。為什麼我們具備科學訓練的人**也**要求我們服務的人卸除他們的思考裝置，對我們俯首稱臣？唯有所有人都知道醫療藝術的日常常識基礎，病患才能妥當地面對醫生——醫生才能妥當地面對病人。

她要求所有兒童在小學學習基本護理（「可以當作一種遊戲來學習」），中學則接受基本醫學訓練。如此一來，所有人都將懂得醫生如何及何時可以幫助他們，而且也可以活得更健康，如何更好地照顧彼此，以及他們為何不應忍受損害他們自身、子女與社區健康的居家與工作環境。

以下是當時新聞刊物的一些典型反應：

看起來維多利亞·麥坎多醫生提倡將英國每所學校——是的，甚至包括托嬰所！——都變成革命社會主義分子的訓練基地。

——《泰晤士報》

我們聽說維多利亞·麥坎多醫生是一名已婚女性，有三個兒子。這是驚人的消息——我們難以置信！單憑她的著作，我們會猜測她是那種了無生趣、沒有女人味的女性，將因「臥床休息」而受益！在目前環境下，我們只能給予她的丈夫衷心的同情。

——《每日電訊報》

我們並不懷疑維多利亞·麥坎多醫生的醫學訓練是否充足，亦不懷疑她心懷仁善。她的診所位於格拉斯哥一個赤貧地區，或許為求醫的不幸之人帶來的好處多過壞處。但是，那間診所不過是她的嗜好——她不依賴看診收費過生活。我們這些依賴聽診器與手術刀過活的人應該笑著容忍她的烏托邦計謀，回到我們治療病人的俗世任務。

——《刺胳針》

麥坎多醫生希望這個世界不再是個戰場，而是變成大家可以輪流擔任醫生及病患的療養院，好像兒童遊戲似的。顯而易見地，在這種世界唯一會繁盛的事情將是——疾病！

——《蘇格蘭觀察家》

一九〇〇年之後，維克醫生（報紙都開始這樣稱呼她）成為活躍的婦女參政論者，她為這項運動的努力可以在其歷史讀到。一九一四年的大戰對她造成極大震撼，她始終沒有恢復過來。她要求勞工與軍人藉由罷工來中止戰爭，但是她的次子與三子幾乎立刻便參軍，不久後便在索姆河戰役陣亡。她與費邊社分道揚鑣，因為她說「他們冷淡地容忍犯罪大屠殺」，與反戰的凱爾・哈第（James Keir Hardie）、詹姆士・馬克斯頓（James Maxton）、約翰・麥克林（John Maclean）等其他格拉斯哥社會主義者（以及倡議蘇格蘭自治的人士）同台。她與長子貝斯特爭吵，後者在皇家統計部的職位上支持戰爭。在一封寫給派屈克・葛德斯的信上，她寫道：

> 貝斯特行使造假的奇蹟，證明在法國被殺、致殘的大量人數其實沒有公眾認為的那麼恐怖，因為其中包含成千上萬名在和平時期可能因為意外而被殺、致殘的人。這安慰了從我們的戰爭工業賺取預收收入的利益相關者及從中獲利者。那意味著數百萬死去的年輕士兵不久將被遺忘，像那些死於工廠及公路意外的人。

諷刺的是，貝斯特・麥坎多在一九一九年死亡，得年二十七歲，沒有子嗣，死因是陪同洛伊德・喬治（Lloyd George）（譯註：在第一次世界大戰期間擔任英國首相）參加凡爾賽宮和平會議時被一輛巴黎計程車撞死。

和當時的許多人一樣，她長時間認真思考為什麼世界上最富裕的國家——因為最工業化所以最文明而自豪的國家——展開歷史上最龐大最殘酷的戰爭。她搞不懂為何數百萬男人，若分別來看既不嗜血也不愚昧（她想到的是自己的兒子們），服從政府命令他們去殺人以及以自殺方式被殺。她認同托爾斯泰的看法，人類動物有感染瘋狂疫疾的傾向，如同數萬法國人跟隨拿破崙進入俄羅斯，戰死沙場，而即便他們征服俄國，祖國也不會變得更好。然而，作為一個醫生，她知道疫疾是可以預防的，假如找出原因的話。她知道在過度擁擠的地方生活與工作的人容易感染好戰的疫病，和任何過度擁擠的生物一樣，可是至少四分之一加入大戰並戰死的人生活富裕，居住在寬廣的房子，這個階級幾乎全數是下令大屠殺的軍官。她的結論是，雖然大戰是由相同的國家與商業對手展開，造成英國與法國、西班牙、荷蘭及法國打仗，美國與法國打仗，她認為支持及參與戰爭的男人罹患了「一種自殺式服從的瘟疫」，因為不良的母親及父親教養致使他們大多數人衷心相信他們的人生沒有價值：

有哪些尊重自己身體的男人可以忍受赤身裸體地排隊，等候被另一個穿著衣服的男人檢查他們的生殖器？有哪個尊重自己心靈的男人可以忍受靠著做這種事來賺錢？然而，醫學檢查不過是加入殺戮宗教的洗禮，最佳士兵是那些把自己身體視為最不敏感機器的人——甚至不是自己的機器，而是被搖控者操縱的機器。我的次子與三子自願成為這種機器，讓他們美麗的身體被碾壓成泥。我的長子讓他的心智，而不是身體，成為戰爭機器的一部分。我現在覺得他和他的弟弟們一樣是自我貶抑的受害者。可是在他們人生的前十年，這三個年輕男人住在一個乾淨寬敞的家，得到關愛、受教育及好冒險的父母照顧並以身作則。我是（現在仍是）激進的社會主義人士。我的丈夫是一名自由黨黨員。我們的兒子全都在準備做個和平的專業蘇格蘭公僕，運用最人性的現代概念去解決我們已知的二十世紀最艱巨任務——讓英國成為每個人都有良好乾淨的住家、從事有用工作並獲得良好報酬的國家。然而一宣戰，我的三個兒子**立刻**表現得像是英格蘭獵狐保守黨的兒子們。他們知道我認為這是一種邪惡的行為。為什麼他們覺得那是對的？我拒絕接受人類男性本性天生墮落的答案。我亦無法指責他們在學校被教導的軍國主義歷史，因為那必然被他們在家裡的閱讀與教導所抵消。我被迫在我自己身上尋找理由。他們人生的前六年或七年，我完全掌控這些男孩，我有許多金錢和一名愛我的丈夫，然而，我並沒有給他們自尊去抵抗自我貶抑的瘟疫，也就是一四～一八年的大戰。我為什麼沒有做到？如果我不能找到我自己身上的病根，我對別人便沒有用處。但是，我已經找到了。請讀下去。

前面的一段是摘錄自她在一九二〇年自費出版的一本小冊子的前言：「愛的經濟——一名母親終結所有國家與階級戰爭的處方」。扉頁亦印刷著：葛溫・貝斯特和平出版社，第一冊。但再也沒有第二冊了。這本小冊並未得到重視，儘管她郵寄給英國所有工會的領導人與祕書，信封上在男士姓名之後寫著與**您的夫人**，寄給少數女士的則是寫著與**您的先生**。她寄給《名人錄》上的每位醫生、牧師、軍人、作家，公僕及國會議員。她還寄了兩千本給北美的這類人士，但是在美國海關就被沒收及焚燬。在一封寫給蕭伯納（George Bernard Shaw）的信，他當時正在義大利度假，貝特麗絲・韋伯（Beatrice Webb）寫道：

> 等你回家，你會看到維克醫生的最新小冊等著你。那是馬爾薩斯、D・H・勞倫斯與瑪麗・斯特普（Marie Stopes，譯註：英國節制生育的提倡者）精選概念的瘋狂混合。她責怪自己應為大戰負責，因為她生了太多兒子，沒有好好擁抱他們。她要求勞工階級的父母只生一個孩子以減少未來的軍隊。她要求他們讓孩子感覺無比珍貴，讓孩子跟他們睡在同一張床，經由真人實例學習所有做愛與節制生育的一切。如此一來（她認為）孩子長大後就不會有伊底帕斯症候群、陰莖羨妒（penis envy）和佛洛伊德醫生發現或發明的其他疾病，也不會跟手足打架，而是與鄰居小孩玩夫妻家家酒。她現在極為性瘋狂——是個色情狂，以舊用語來說——並且試圖用古板語言加以掩飾，顯示她在內心裡仍然是維多利亞女王的子民。擁抱是她表達做愛的字眼，她呼籲淫亂結合。可惜，她曾經擁有卓越的心智。我希望她可憐的小老公沒死就好了。我想他讓她在與威爾斯及福特・馬多克斯・休佛兄弟的難堪不倫之間保持穩定。當然，失去兒子們對她打擊很大。過去六年已傷害所有人，除了最強大的心靈之外。

格拉斯哥的獨立工黨（Independent Labour Party）社會主義者也討厭「愛的經濟」。湯姆・強斯頓在《前瞻》（*Forward*）期刊評論說：

維多利亞．麥坎多醫生要求勞工階級的父母藉由局部的生育罷工來提升他們子女的勞動價值。在封鎖及薪資削減的今年——各地勞工階級運動壓迫政府藉由工作配給以減少失業的一年——這種來自一名優秀同志的訴求是令人分心的無聊事情。飢餓與無家可住是當前必須處理的事，不能延遲到下一代。

每一個基督教會的神職人員均詆毀這本書倡導節制生育，但這本書也惹怒節制生育的倡議者，因為她說商業避孕用具不健康。維多利亞醫生說：

他們讓使用者的心靈鎖定在生殖器，從而令他們無法專心擁抱。擁抱如同牛奶。它可以並且應該一輩子滋養我們的健康。結婚是擁抱的精華，是我們中年（假如我們幸運的話）的主要快樂，但是那與擁抱沒有什麼不同。然而，我們一切的教導——可悲啊，甚至連瑪麗．斯特普的教導也是——把它們變得不同，藉由加以區別及把它宣傳為稀有商品。那正是為何缺乏擁抱的男人害怕性愛或將之視為打砸搶奪的事情。

因此，儘管維多利亞．麥坎多在英國各大報紙為「愛的經濟」打廣告，卻只得到兩個贊同的迴響：一是蓋伊．艾爾德雷德（Guy Aldred，譯註：英國無政府共產主義者）在一本無政府主義期刊，以及雕刻家、排版設計師艾瑞克．吉爾（Eric Gill）在《新世紀》的投稿。報業大亨比佛布魯克（Beaverbrook）在教會暗示下，成功發動奪走維多利亞·麥坎多診所的運動，並且擴大了《每日快報》（*Daily Express*）的發行量。以下是一篇題為「女醫生要求近親相姦」的報導摘錄：

> 我們都知道什麼是媽寶——想要大家仰慕他，卻太懦弱無法捍衛自己的女人氣小娘娘腔。如果維克醫生得逞的話，從今以後全英國的男孩都會變成那種哭哭啼啼的膽小鬼，但在她腐敗我們的兒童之前，她必須腐敗他們的父母。這正是她想要做的。

兩天後又刊出這篇報導：

> **維多利亞醫生開出全國自殺的處方**
>
> 如果維克醫生的「被單性愛」（sex through a sheet）方法流行起來（這是有可能的——她已花費大筆財產去廣告），幾年內英國兵役年齡的男性人數將不及天主教愛爾蘭人。如果它在文明世界蔚為風潮，我們將被布爾什維克（俄國共產黨）、中國人和黑人壓制。她與俄國共產黨英國總領事約翰·麥克林是密友不可能是巧合。她是反戰主義者的鳥身女妖，假如威廉二世（譯註：末代德意志皇帝兼普魯士國王）的黨羽成功讓他登上英國王位，她將獲頒鐵十字勳章，這不可能是巧合。

不久又登出：

維克醫生的布爾什維克慈善！

二十世紀最陰險的人是擁有預收收入的人，在社會主義的偽裝下，利用他們的錢袋在窮人間散播不滿與邪惡。《每日快報》發現，過去三十年來，維多利亞．麥坎多，布爾什維克醫生，一直在祕密教導她現在公開宣揚的事情。在她所謂的「慈善」診所，位於一個格拉斯哥貧民窟，她教導數千名貧窮婦女違背自然、基督教信仰及本國法律：我們指的是比她荒謬的「被單性愛」更加嚴重的事情。我們指的是墮胎。那便是她「愛的經濟」的最終目的。

《每日快報》的記者並沒有證據證明維克醫生實施墮胎。不過，他們找到兩名診所的前任員工，發誓說她訓練婦女們互相進行墮胎，而這導致公訴。這項起訴失敗了（或者說沒有完全成功），因為事實證明這兩名員工某種程度上收取《每日快報》賄賂，同時也有智能障礙。地方檢察官坎貝爾．霍格在交叉訊問時試圖拿最後一點做文章，而且差點就成功了：

坎貝爾．霍格：麥坎多醫師！妳是否訓練許多智能障礙女性來協助妳？

維多利亞．麥坎多：我能訓練多少就訓練多少。

坎貝爾．霍格：為什麼？

維多利亞．麥坎多：基於經濟理由。

坎貝爾．霍格：喔！妳給她們較少薪水？

維多利亞．麥坎多：不是。診所帳冊顯示她們領的薪水和聰明的護士一樣多。我說的不是財務經濟，而是社會經濟——愛的經濟。如果給予機會，許多腦部受損的人遠比許多我們視為「正常」的人更有愛心。她們往往可以被教導執行最基本的護理工作，比聰明人更有效率——因為聰明人想要做更有企圖心的事情。

坎貝爾．霍格：像是寫作愛的經濟這類書？

維多利亞．麥坎多：不是。像是在為了娛樂低俗下流報紙的法庭戲劇扮演丑角。

（法庭內傳出笑聲。郡法官警告被告人她可能因藐視法庭而遭到拘禁。）

坎貝爾．霍格（強力地）：我認為妳刻意選擇白癡作為妳的助手，因為理智的人不可能相信這些人對妳的診所說的評語！

維多利亞．麥坎多：你錯了。

坎貝爾．霍格：麥坎多醫師，妳是否從未（回答前請認真思考）妳是否從未給予妳的病人指示，協助她們墮掉不想要的嬰兒？

維多利亞．麥坎多：我從未給予可能傷害她們心靈或身體的指示。

坎貝爾．霍格：我要的答案是「是」或「不是」。

維多利亞．麥坎多：你不會再得到我更多的回答，年輕人。去教導另一名年長的人找工作。

試試失業的工程師——曾經打過仗的人。

（郡法官警告被告人她必須回答檢察官，但可以選擇她自己的用語。）

維多利亞・麥坎多：我明白了。那麼我重申我沒有教導可能傷害心靈或身體的事。

由於這次訴訟是在蘇格蘭進行，陪審團可以做出罪行未經證實的裁決，結果確實如此。維克醫生並沒有從英國醫學名錄被剔除，但沒有被宣判無罪。

維多利亞與亞奇博德在一八九〇年成立婦幼診所時，他們把貝斯特所有的錢用來設立基金以贊助診所。管理委員會包括派屈克・葛德斯爵士和格拉斯哥大學校長約翰・凱爾德。等到一九二〇年，委員會已被懦弱的人取代，現在屈服於不友善的輿論風暴。他們開除了維多利亞，把診所送給歐克班醫院作為門診部門。維多利亞醫生已把她的積蓄花在印製、寄送及廣告「愛的經濟」，所以她唯一剩下的房地產是公園圓環十八號。貝斯特以前的老僕人現在都過世了。她把樓上房間出租給大學生，退到地下室繼續經營葛溫・貝斯特婦幼診所，名稱沒有更改，只不過規模縮小許多。

從那時起直到一九二三年，她主要是因為支持約翰・麥克林而為人知曉。在寫給C・M・格里夫的一封信，她寫道：

我不可能喜歡正統共產黨。他們對每個問題只有一個簡單答案，並且相信（像法西斯主義者）

他們可以強行簡化他們不懂的事。在跟他們進行討論時，我覺得我面對惡劣的學校教師，只想叫我閉嘴。麥克林則是好老師。

麥克林並未加入新成立的英國共產黨，而是創立蘇格蘭工人共和黨，她提供自家作為他的會議場所。當他因為過勞與肺炎死於一九二三年，她在他的墓地發表了簡短演說。他的女兒，南・密爾頓，把演說記錄在一封信中，亞奇・辛德並在他有關麥克林的戲劇《肩併肩》結尾時引述。

約翰不是薩帕塔（Zapata，譯註：墨西哥革命領袖），馳騁馬背上越過玉米田。他是餵養薩帕塔的農民。他不是列寧，設法要將他的辦公室搬進克里姆林宮。他是喀琅施塔得的水手，他們的叛變給了列寧機會。約翰不是領導革命的人。他是造就革命的人。

《每日快報》兩年後派出另一名記者去採訪她，希望挖掘出更多非法墮胎的決定性證據，但是採訪寫出來的報導像是人物側寫，或許是因為現在幾乎每個還記得「維克醫生」的人都以為她死了。該名記者獲悉那個地區的小孩叫她「狗女士」，因為她在西區公園散步時，帶著大大小小的狗群，有的還紮著繃帶。診所要從後巷進入，巷子兩側的地上長滿植物大黃根。候診室擠滿維多利亞中期的笨重座椅，尤其是一座巨大的馬毛沙發。唯一的牆面裝飾是蘇格蘭工人共和黨的舊海報。還有沉重的掛鎖箱子，箱蓋有個開口，側邊釘著一張紙條寫著把你可以負擔的錢放進這裡——它不會被浪費掉。如果你很餓，請不要偷這個箱子，在看診室裡跟我說——飢餓是可以治好的。候診的人有一半看起來又窮又老。其他的似乎是帶著動物的兒童，大多是狗。只有一名孕婦。

當記者進入看診室，他看到的是一個大型煤氣燈廚房，一鍋湯在火上燉煮，各種動物斜倚在角落，一名高大、腰桿挺直的女人坐在廚房桌子旁，桌上堆滿書籍、紙張和醫學儀器。她穿著一件從頸子蓋到腳踝的全身白罩袍，她洋裝的黑色袖子套著白色賽璐珞袖口。她奇特的沒有皺紋的臉龐，年齡可能介於四十到八十歲之間。當記者坐下來面對她，她馬上就說：「你看起來像是報社記者。是《每日快報》嗎？」

他說是的，希望她不介意回答一些問題。她說：「當然不會，如果你出去的時候為我的時間付費。」

他問是否她的所有病人都用那種自願方式付錢給她。她說：「是的。他們是窮人或兒童。我如何判斷他們能夠付我多少錢而不傷害他們？」

他問她是否總是拿錢給肚子餓的乞丐。她說：「不。我給他們湯。」

他問她的獸醫工作沒有減少人類患者的數量嗎？她說：「無庸置疑。人類動物容易做出愚蠢偏見。」

他問說她是否愛狗勝過愛人類。她說：「不是，我不是那種多愁善感的人。我永遠都會對我自己愚蠢偏見的種族感覺溫柔。可是如今帶著生病動物的人不像生病的人那麼躲避著我。」

他問她人生中有什麼事是她真正遺憾的。她說：「大戰。」他跟她說她誤會了他的意思——他是說，她是否後悔什麼她應該負起責任的事情？她說：「有的。大戰。」

他問她對戴．瓦勒拉的愛爾蘭共和國（譯註：愛爾蘭共和國第一任總理）、年輕女人的裙子變短、（當時的一首流行歌）〈母馬吃燕麥真的吃燕麥〉（Mairzy Doats and Dozy Doats）及托洛斯基（Trotsky）被趕出俄國共產黨有什麼看法。她說：「沒意見。我不再看報紙了。」

他問她有什麼話要告訴英國的年輕人。她燦爛地笑了，說只要五英鎊她就會給他一個簡明的答案，總結一切她對人生的忠告，但她要先拿到錢。他給了她五英鎊。她從手肘旁的一堆中抽出一本精裝版的「愛的經濟」給他，道別並送他出門。

那篇報導是維多利亞．麥坎多在一九二五到一九四一年之間的唯一記錄，除了在凱利街名錄的姓名與地址之外。

第二次世界大戰讓格拉斯哥的工業與藝文生活振興了一陣子。格拉斯哥是英國與美國之間的主要轉運港。英國南部遭到轟炸促使許多人搬到這個北方的工業之都。畫家約翰．鄧肯．費古森（John Duncan Fergusson）與他的妻子瑪格麗特．莫里斯（Margaret Morris）回到這裡。他們在維多利亞醫生年輕的時候就認識她，瑪格麗特租下公園圓環十八號的地上一層作為她的凱爾特芭蕾舞團的排練空間。直到一九四五年，這棟房子成為了索奇霍爾街（Sauchiehall Street）鄰近地區聚集的數個非正式藝術中心之一。羅伯特・科爾庫洪（Robert Colquhoun）、史丹利・史賓塞（Stanley Spencer）和揚克爾・阿德勒（Jankel Adler）等畫家曾短暫住宿或拜訪過。哈米什・亨德森（Hamish Henderson）、西德尼・葛拉翰（Sidney Graham）以及C・M・格里夫，筆名休・麥克迪米德更為人所知，等詩人也是。在他的自傳《我的同伴》（*The Company I've Kept*）說：

> 我似乎是那兒唯一知道在地下室活動的奇怪老房東太太是那位蘇格蘭女醫生——除了格倫的高瑪麗（Long Mairi of the Glens）——足以跟居禮夫人、伊麗莎白・布萊克威爾（Elizabeth Blackwell）和索菲亞・傑克斯—布萊克在銘文裡並列的人。或許她的寵物醫院嚇跑膽小鬼，但是她的蘇格蘭高湯美味極了，而且大方地免費請人喝。

他痛斥說：

> 我們怯懦的蘇格蘭醫學界原本可以輕易讓她在大學教授婦科，卻被英格蘭下流報紙嚇到神智不清，帶頭者正是文盲惡棍比佛布魯克。

最後這段話說得再正確不過了，可是，如果更為禮貌地表達將更具說服力。然而，我們必須感謝麥克迪米德完整引述她在快死之前寫的一封信。小氣的男人會封鎖這封信，因為信裡寫了他絕對不喜歡的事情。

雖然沒有標示日期，顯然是在一九四五年大選之後不久寫的。

親愛的克里斯：

終於，自本世紀以來的第一回，我們有了一個工黨政府，勞工占大多數！我將重新開始看報紙。英國突然成為一個有趣的國家。一九二七年的反工會法被廢除，我們似乎將獲得社會福利及全民健保，燃料、電力、運輸和鋼鐵將成為公共財產！如同廣播、電話、自來水和我們呼吸的空氣一樣的公共！我們將扔棄脖子上沉重的石磨，大英帝國！你沒有感到快樂一點嗎，克里斯？我感到快樂許多了。我們為這個世界設立了比蘇聯更好的典範。我感覺一九一四年到今日的每件事都是醜陋的繞路，社會進步的正道的急轉彎，繞路的最後定點是洛伊德・喬治預算案廢除老年年金的濟貧院，開始用遺產稅分割巨大的遺產。約翰・麥克林似乎是錯的。勞工合作的國家將在倫敦設立，不必由獨立的蘇格蘭指引路途。

我知道（你這個老惡魔）你一個字都不會相信，認為我的心「太容易高興了」。我甚至知道你現在正拿起筆要向我說明啃蝕與盛英國根源的害蟲。放下那支筆！我要高興地死去。

假如你曾讀過我的著作（究竟有沒有活著的人讀過？）假如你讀過「愛的經濟」（應該以詩的形式去閱讀，如同你最差勁的詩應該用論文的形式去閱讀）假如你只是浮光掠影看了一段我可憐的被忽視的小鉅著，你將明白我異常地了解我的體內運作。難怪了！是一名天才向我說明的。腦出血將讓我在十二月初從這個凡人的迴圈解脫。我已結束這個在五十六年前如此大膽與豐富地成立的小診所。這很容易做到！我的病人如今是一些兒童寵物及兩名年老的疑病症患者，他們連珠炮似地跟我講了一小時只有佛洛伊德才懂的事情之後會稍微開心一點。我已經給我所有的狗找到了家，除了紐芬蘭犬亞奇。牠有個家在等著牠，但不會馬上過去那裡，直到在早餐後來拜訪我的友人（奈爾．陶德，勇敢的女同性戀，違抗格拉斯哥警察穿著男裝），用我給她的地下室鑰匙，發現我走了。完全死透。我也想要在臨終時有個溫暖穩定的男人，但是我人生裡僅有一人，而他三十五年前就死了。我倒不是討厭一夜情——有些人挺有趣的。但是穩定的溫暖是我現在需要的，而我的亞奇可以提供。

如果你侮辱我，提議為我提供溫暖，我永遠都不會再跟你說話。跟瓦爾妲致上我的愛。

誠摯的，

維多利亞．麥坎多

維多利亞．麥坎多醫生於一九四六年十二月三日被發現死於腦出血。從一八八〇年二月十八日她的大腦出生在格拉斯哥綠地的人道協會停屍房來估算，她正好六十六歲四十週又四天。由一八五四年她的身體出生於曼徹斯特來估算，她是九十二歲。

格拉斯哥大墓地，本書的三名主角葬在貝斯特陵墓——最右邊的羅馬式圓形建築物。

藍小說 355

可憐的東西

Poor Things

作　者—阿拉斯代爾．格雷 Alasdair Gray
譯　者—蕭美惠
主　編—謝翠鈺
責任編輯—廖宜家
行銷企劃—鄭家謙
封面設計—許晉維
美術編輯—張淑貞
董 事 長—趙政岷
出 版 者—時報文化出版企業股份有限公司
一〇八一九台北市和平西路三段二四〇號七樓
發行專線—（〇二）二三〇六六八四二
讀者服務專線—〇八〇〇二三一七〇五
（〇二）二三〇四七一〇三
讀者服務傳真—（〇二）二三〇四六八五八
郵撥—一九三四四七二四時報文化出版公司
信箱—一〇八九九　台北華江橋郵局第九九信箱
時報悅讀網—http://www.readingtimes.com.tw
法律顧問—理律法律事務所　陳長文律師、李念祖律師
印刷—家佑印刷有限公司
初版一刷—二〇二四年九月二十日
定價—新台幣五五〇元
缺頁或破損的書，請寄回更換

時報文化出版公司成立於一九七五年，
並於一九九九年股票上櫃公開發行，於二〇〇八年脫離中時集團非屬旺中，
以「尊重智慧與創意的文化事業」為信念。

可憐的東西 / 阿拉斯代爾 . 格雷 (Alasdair Gray) ; 蕭美惠譯 . -- 初版 . -- 台北市 : 時報文化出版企業股份有限公司 , 2024.09
面 ;　公分 . -- (藍小說 ; 1007)
譯自 : Poor things
ISBN 978-626-396-621-5 (平裝)

873.57　　113011231

ISBN 978-626-396-621-5
Printed in Taiwan